tredition®

www.tredition.de

Das Buch

Wem ist man mehr verpflichtet - den Gefühlen des eigenen Herzens, oder dem Menschen, der das eigene Herz vor dem Tod bewahrte?

John Woodward ist sieben Jahre alt, als er zum ersten Mal ohnmächtig zusammenbricht. Er ringt seinem Zwillingsbruder Rupert das Versprechen ab, niemandem davon zu erzählen. Bald darauf kann nur eine Herzoperation Johns Leben retten. Er wird wieder gesund, doch die Krankheit reißt eine Wunde in das Verhältnis der Brüder.

Knapp zwanzig Jahre später setzt Johns Herz erneut aus. Rupert rettet ihm das Leben. Wie könnte John danach noch beichten, dass er sich in Ruperts Freundin Peggy verliebt hat?

Die Autorin

Andrea Gärtner schrieb schon als Kind Geschichten, im Alter von dreizehn Jahren reichte sie das erste Manuskript bei einem Verlag ein. Es folgten unzählige Gedichte, Liedtexte und Geschichten.

Nach einigen veröffentlichten Kurzgeschichten legt sie mit „Herzfehler" nun ihren ersten Roman vor.

Andrea Gärtner lebt mit ihrem Mann und zwei Katzen in Südniedersachsen.

Herzfehler

EIN ROMAN VON
ANDREA GÄRTNER

tredition®

www.tredition.de

© 2017 Andrea Gärtner

Verlag und Druck: tredition GmbH, Grindelallee 188, 20144 Hamburg

ISBN
Paperback: 978-3-7439-1776-7
Hardcover: 978-3-7439-1777-4
e-Book: 978-3-7439-1778-1

Das Werk, einschließlich seiner Teile, ist urheberrechtlich geschützt. Jede Verwertung ist ohne Zustimmung des Verlages und des Autors unzulässig. Dies gilt insbesondere für die elektronische oder sonstige Vervielfältigung, Übersetzung, Verbreitung und öffentliche Zugänglichmachung.

Für Joachim
- der mein Herz schlagen lässt!

Kapitel 1

November 1971 - Bexhill-on-Sea, Sussex, England

„... neun, zehn, ich komme." John stieß sich vom Regal ab, an dem er mit geschlossenen Augen gezählt hatte. Er sah sich aufmerksam um. In der geräumigen und ordentlich aufgeräumten Bootswerkstatt seines Vaters gab es nicht viele Möglichkeiten, sich zu verstecken. In der Mitte des Raumes stand Jim Woodward und baute an einer kleinen Yacht, die auf einem speziellen Gerüst stand. An den Wänden standen Schränke voller Dosen, Töpfe und Lacke und überall hingen Regale, die den vielen Werkzeugen Halt gaben. An einer Längsseite der Werkstatt thronte eine große Werkbank, daneben warteten Maschinen auf ihren Einsatz: Fräsen, Sägen, Bohrer und Hobel. Die Pläne über dem Schreibtisch zeigten, wie die Yacht einmal aussehen würde.

John hatte die schwere Werkstatttür nicht gehört, die jedes Mal quietschte und ächzte, wenn sie bewegt wurde. Rupert musste sich also im Inneren der Werkstatt versteckt haben. Was auch sinnvoller war, denn draußen herrschte schmuddeliges Herbstwetter. Vorsichtig suchte John den Raum ab. Als er die Yacht umrundete und gerade unter dem Kiel an den Beinen seines Vaters vorbei linste, kam Rupert aus seinem Versteck geschossen. Er hatte hinter dem großen Sägetisch gehockt und auf einen günstigen Moment gewartet. Der war nun gekommen. Rupert flitzte zum Regal, an dem John gezählt hatte, um sich frei zu schlagen. John sah Rupert hinter der Säge auftauchen und setzte alles daran, zuerst am Regal ankommen. Er machte auf dem Absatz kehrt und rannte los. Er kam nicht weit. Jim hielt ihn am Jackenkragen fest und sagte: „Halt! Hiergeblieben. Was habe ich euch gesagt?"

„Frei!", klang es von der anderen Seite des Raumes. Rupert jubelte. „Ha, ich habe schon wieder gewonnen."

„Oh menno", John zappelte, „Dad, lass mich los." Seinem Bruder rief er zu: „Das zählt nicht, Dad hat mich festgehalten."

Jim Woodward ignorierte Johns Schimpfen und rief: „Rupert, komm her!"

Das Siegeslächeln nicht mehr im Gesicht, erschien Rupert auf der anderen Werkstattseite und blieb neben seinem Bruder stehen. Jim Woodward blickte mit strenger Miene als er sich zu ihnen hinunter beugte. „Was habe ich euch gesagt?"

„Kein Toben in der Werkstatt", antworteten John und Rupert leise und unisono. Sie hielten die Köpfe gesenkt.

„Genau. Und warum nicht?"

„Weil wir uns verletzen könnten." John hatte die Antwort gegeben. „Oder, weil etwas kaputt gehen könnte", fügte Rupert hinzu.

„Genau." Jim erhob mahnend den Zeigefinger. „Und das wollen wir doch nicht, oder?!"

„Nein", sagten die beiden wie aus einem Mund, sie schauten sich erleichtert an.

„Na also", sagte Jim und machte sich wieder an die Arbeit.

Da quietschte die Tür. „Mr. Woodward?" Ein Mann trat herein. Der Wind wehte Laub in die Werkstatt. „Ah, da sind Sie ja", sagte Mr. Longshaw, als sein Blick auf Jim fiel.

„Mr. Longshaw. Hallo, kommen Sie doch herein." Jim winkte den Mann zu sich an das Boot heran. „Sie wollen sicher schauen, wie weit ich mit Ihrer Yacht bin."

Während ihr Vater mit dem Mann an das Boot trat, um ihm die neuesten Fortschritte zu zeigen, setzten sich John und Rupert an den Schreibtisch und schnitten Grimassen. Sie mochten Mr. Longshaw nicht. Er war groß, dick, hatte schwarzes Haar und blaue Augen, die so kalt waren wie Eiszapfen. Er trug immer einen feinen Anzug, mit dem er überhaupt nicht in die Werkstatt ihres Dads passte, und einen klobigen goldenen Ring am linken kleinen Finger. Außerdem fanden die Jungs, dass er stank wie ein Iltis. Obwohl ihr Vater ihnen erklärt hatte, dass der Geruch von einem teuren Parfum käme, hatte Mr. Longshaw seinen Spitznamen weg: Iltis.

John hielt sich die Nase zu, Rupert tat so, als würde er in Ohnmacht fallen, beide feixten. Flüsternd begannen sie ihr Lieblingsspiel, bei dem sie abwechselnd alles aufzählten, was ihnen zu Iltissen einfiel: Stinktier, Fell, Schwanz, Höhle, Jäger. Den Blick dabei unverwandt auf Mr. Longshaw gerichtet, versuchten sie, nicht zu laut zu lachen. Aber Mr. Longshaw bemerkte sie.

„Da sind ja auch die Zwillinge", sagt er und kam mit einem raubtierähnlichen Grinsen auf John und Rupert zu. „Wer ist nochmal wer?" Typisch. Gerade jene Menschen, die Zwillinge besonders aufregend fanden, konnten sie am wenigsten auseinanderhalten. Dabei gab es ganz deutliche Unterschiede zwischen ihnen. Johns Augen waren eher blau, die von Rupert mehr grünlich. Zwischen Johns Schneidezähnen klaffte eine große Lücke, die es bei Rupert nicht gab. Ruperts Gesicht wurde von jeder Menge Sommersprossen getupft und sein blondes Haar hatte einen rötlichen Schimmer. An der Stirn erhoben sich die Haare widerspenstig durch einen Wirbel, der seinen Pony immer etwas abstehen ließ. John dagegen fielen die Haare bis über die Augen, deshalb hatte er sich angewöhnt, die Haarsträhne immer wieder aus der Stirn zu streichen. Eine Angewohnheit, mit der Rupert ihn gerne aufzog. Eltern, Großeltern, ihre Schwester Mandy, die meisten Lehrer und auch fast alle Kunden ihres Vaters konnten Rupert und John problemlos unterscheiden. Wem das nicht gelang, der hatte bei den beiden verloren.

Mr. Longshaw hielt John seine fleischige Hand entgegen. „Du bist Rupert, richtig?"

„Stimmt", sagte John und kam damit seinem Vater zuvor, der schon Luft geholt hatte, um den Irrtum richtig zu stellen.

„Und ich bin John", log Rupert und ergriff ebenfalls die massige Pranke. Ihr Vater schüttelte den Kopf. „Jungs, jetzt lasst mich mal mit Mr. Longshaw allein. Wir müssen etwas besprechen. Geht rüber und spielt, oder schaut, ob ihr Ma helfen könnt. Sie wollte heute Plumpudding machen."

Schnell waren die Jungs draußen. Sie liebten Plumpudding, den es nur an Weihnachten gab und der nach der Zubereitung ewig warten musste. Die Aufforderung ihrer Ma, in der Küche zu helfen, ließ sie sonst eher das Weite suchen, aber Pflaumen und Äpfel für ihre Lieblingsspeise schnippelten sie durchaus gern. Das war die beste Weihnachtsvorbereitung für die Zwillinge.

Sie flitzten den Pfad hoch zum elterlichen Haus. Es stand auf einer kleinen Anhöhe ein gutes Stück außerhalb von Bexhill-on-Sea, nahe einer Klippe über dem Meer. John liebte das kleine weiß getünchte Haus. In der großen Küche in der unteren Etage spielte sich an dem Tisch, an dem alle Platz hatten, das Leben der Woodwards ab. In den Polstermöbeln im Wohnraum verbrachte die Familie gern Abende am offenen Kamin. Oben waren die Schlafzimmer. Jeder Zwilling hatte sein eigenes Zimmer. Meistens spielten sie aber sowieso unten, draußen oder in der Werkstatt ihres Vaters. John und Rupert verbrachten ihre Tage gemeinsam, waren beste Freunde und kannten einander in- und auswendig. Als sie das Haus betraten, lachten sie immer noch über den stinkenden Iltis-Mann und seine Unfähigkeit, sie auseinander zu halten.

Elaine Woodward war klein, hatte dünnes blondes Haar und blaue Augen. Ihr zierliches Äußeres und ihr fröhliches Wesen standen in krassem Widerspruch zu ihrem resoluten Auftreten, mit dem sie den Alltag der Familie Woodward steuerte. Obwohl Jim das ungekrönte Familienoberhaupt war, konnte Elaine sich mit ihrem Starrsinn manches Mal gegen ihn behaupten. Sie stand in der Küche, trug eine Schürze über ihrem Kleid und steckte mit den Händen tief im Puddingteig. Der schwere Geruch von Rum zog durch den Raum, ein sicheres Zeichen dafür, dass die Früchte schon geschnitten waren. John und Rupert warfen einen Blick auf Tisch und Arbeitsfläche, in der Hoffnung, eine kleine Leckerei ergattern zu können. Doch ihre Mutter durchschaute sie sofort und sagte in warnendem Ton: „Wehe! Hier wird nicht genascht. Schon gar nicht mit ungewaschenen Fingern!" Lächelnd gab sie einen Klaps auf Johns Hand, mit der er gerade nach einer Apfelspalte greifen wollte.

„Ma", quengelte Rupert, „wir haben aber Hunger." John nickte bestätigend.

„Ich kann euch ein Brot machen. In einer Stunde wollen wir aber losfahren. Reicht es nicht, wenn wir in Brighton etwas essen?" Elaine hatte sich wieder dem Teig zugewandt und darum auch nicht bemerkt, dass John nun doch zwei Apfelspalten vom Tisch stibitzt hatte. Die Brüder grinsten sich an. „Na gut", sagte Rupert mit langgezogenem Stöhnen, „dann warten wir eben solange." Noch immer in ihre dicken Jacken gehüllt gingen sie hinaus, um sich die Zeit bis zur Abfahrt mit Spielen zu vertreiben. Gegen den heftigen Novemberwind brüllten sie Sätze von der Klippe auf das offene Meer. Niemand außer ihnen konnte die Worte hören und sie genossen die seltene Gelegenheit, ungestraft Schimpfwörter und Flüche zu johlen.

Kapitel 2

7. August 2013 - Kingston, Norfolkinsel, Australien

John ballte im Schlaf die Hände zu Fäusten und streckte die Finger dann wieder aus. Unvermittelt griff er blitzschnell nach etwas, das nur er in seinen Träumen sehen konnte.

Schrilles Telefonklingeln weckte ihn und die Traumbilder verschwanden im Nebel, der sich auflöste, je wacher er wurde. Beim dritten Klingeln des Telefons schlug John die Augen auf und warf einen Blick auf den Wecker. „Verdammt", murmelte er vor sich hin. Es war noch nicht einmal sechs Uhr. Wer um alles in der Welt rief ihn so früh schon an? Seine Praxis öffnete erst um acht. Notfallpatienten sollten sich bis dahin ans Krankenhaus wenden. Das Klingeln hörte nicht auf. John rappelte sich fluchend hoch, fegte das Moskitonetz zur Seite, stieg aus dem Bett und ging in den Flur zur Kommode, auf der das Telefon lag. Mit dem noch immer klingelnden Telefon stieg er zurück ins Bett, legte sich mit geschlossenen

Augen wieder hin und nahm mit einem mürrischen „Was?" das Gespräch entgegen. Zuerst dachte er, es habe sich jemand verwählt oder erlaube sich einen schlechten Scherz mit ihm. Durch das Telefon drang nur Keuchen und Knistern. „Hallo? Wer ist denn da?", fragte er genervt.

„John? John bist du's?" Er erkannte die Stimme seiner Ma und die typische Frage, mit der sie ihre Telefonate eröffnete. Wer sollte es denn sonst sein, wenn sie seine Nummer anrief? Aber irgendetwas stimmte nicht. Hellwach setzte er sich im Bett auf. „Ma? Alles in Ordnung?"

„Ach, John…" Er hörte wieder dieses Keuchen und ihm wurde klar, dass es von seiner Mutter kam. Es knisterte, dann hörte er seinen Dad dumpf im Hintergrund: „Elaine, lass mich mit ihm reden."

„Nein!" Das war deutlich seine Ma. Sie atmete noch einmal hörbar, dann sagte sie: „John, es ist etwas passiert."

„Was ist passiert, Ma? Geht's dir gut? Was ist denn bei euch los?" Angst und Sorge hatten ihn schnell gefangen. Gepresst sog er die Luft ein und hielt sie dann an, um keinen Laut aus dem Telefon zu versäumen. Am anderen Ende hörte er seine Mutter weinen. In seinem Kopf überschlugen sich die Gedanken. Wie spät war es gerade bei seinen Eltern in London? Es musste Abend sein, so gegen halb acht. Was konnte bloß passiert sein, das seine Ma derart aus der Fassung brachte? War sein Dad krank? Aber nein, er konnte ihn ja im Hintergrund auf seine Mutter einreden hören. War mit Mandy oder seinen Nichten etwas geschehen? Aber dann würde doch Mandys Ehemann Luke anrufen. Ging es um Rupert?

„Ma, bitte, rede mit mir! Was ist passiert?" Er erschrak über den schrillen Ton seiner Stimme. Seine Mutter zog schniefend die Nase hoch, hielt kurz die Luft an und stieß dann eilig hervor: „Rupert hatte einen Unfall."

„Einen Unfall? Was für einen Unfall? Ma, was ist passiert?" Seine Hände wurden kalt. Wieder hörte er seine Mutter stöhnen. Sein Vater sprach im Hintergrund beruhigend auf sie ein. John hörte sein Blut in den Ohren rauschen, während er auf weitere Erklärungen wartete. Endlich sprach seine Mutter wieder: „In Ruperts Institut gab es eine Explosion. Das ganze Labor ist in die Luft geflogen, sagen sie."

Nun begann John als Arzt zu denken und verscheuchte die aufkommende Panik durch Professionalität. Sein Bruder war Physiker und erforschte mit seinem Team, unter welchen Bedingungen Staub explodierte. Bei einer ungewollten und unkontrollierten Explosion entstanden sicher hohe Temperaturen und wurden Teile durch die Luft geschleudert, womöglich traten giftige Stoffe aus. Rupert konnte alle möglichen Verletzungen davongetragen haben. „In welche Klinik wurde er gebracht, Ma? Wie schwer ist er verletzt?"

„John, er ist tot."

Die Zeit stand still. John sah Rupert vor sich: Groß, etwas kräftig, das blonde Haar ordentlich frisiert, das Gesicht mit Sommersprossen übersät. Das war Rupert, sein Zwillingsbruder, der ein paar Minuten älter war als er selbst. Rupert, der immer gesund und robust gewesen war. Rupert, der in jeder Situation einen blöden Witz auf Lager hatte. Rupert, der sein bester Freund war und ihm das Leben gerettet hatte. Rupert, bei dem die innere und äußere Entfernung der letzten Jahre am meisten schmerzte.

„Bist du noch da, John?" Die Frage seine Mutter brachte die Zeit wieder in Bewegung. Er hauchte ein tonloses „Ja" in die Leitung.

Immer wieder von Schluchzern unterbrochen, erzählte seine Mutter weiter. „Es ist heute Mittag passiert. Sogar im Radio haben sie darüber berichtet. Wir wussten erst gar nichts. Peggy hat versucht, etwas heraus zu finden, aber sie haben ihr nichts gesagt. Wir haben die ganze Zeit dagesessen und Daumen gedrückt, dass Rupert nichts passiert ist. Aber dann haben sie angerufen und gesagt, dass …." Jetzt weinte sie so heftig, dass John nichts mehr verstand. Im Grunde hatte er sowieso nur ihre Worte gehört. Den Sinn dessen, was sie sagte, konnte er nicht begreifen.

Es knisterte wieder in der Leitung, dann

hörte er dumpf seinen Vater. „Elaine, bitte beruhige dich. Ich rufe sonst wieder bei Dr. Langley an." Schließlich übernahm sein Dad das Telefonat. „John, kannst du kommen?"

„Was ist mit Ma? War Dr. Langley schon da?" John fand zum logischen Denken zurück. Ihr Hausarzt Dr. Langley könnte ihr sicher etwas zur Beruhigung spritzen. Sie war mittlerweile neunundsiebzig Jahre alt und ihr Herz geriet manchmal etwas ins Stolpern.

„Du kennst sie ja, John. Sie wollte kein Beruhigungsmittel. Aber Dr. Langley hat versprochen, noch einmal zu kommen, wenn ich das Gefühl bekäme, dass es nicht anders geht. Wie sieht es aus? Kannst du kommen? Sie wissen noch nicht genau, wann Rupert frei gegeben wird, aber nächste Woche soll die Beerdigung sein."

Sein Vater hatte es schon immer verstanden, seine Gefühle hinter den pragmatischen Dingen zu verbergen. Auch für John war es leichter zu planen und zu handeln, als dem Unglaublichen Raum zu geben und seinen Empfindungen Platz zu schaffen. Es war so viel leichter, die nächsten Schritte mit seinem Dad zu besprechen, einen Flug zu buchen und die Koffer zu packen, als über den Verlust seines Zwillings zu reden oder gar zu weinen.

„Natürlich. Ich gebe euch Bescheid, wann ich ankomme. Habt ihr schon mit Mandy gesprochen?"

„Sie hatte es auch im Radio gehört und bei Peggy angerufen. Aber Luke und die Kinder können ja nicht einfach so aus dem Job und der Schule. Die vier kommen also, wenn wir den genauen Termin für die Bestattung haben."

Das Gespräch geriet ins Stocken. Was gab es noch zu besprechen? Alle nötigen Informationen waren ausgetauscht. John und sein Vater beendeten das Gespräch. Seine Ma rief aus dem Hintergrund: „Vielleicht ruft er mal bei Peggy an." John drückte die Aus-Taste am Telefon und wusste, mit der Frau seines Bruders würde er sich später beschäftigen müssen.

Für eine Weile saß er reglos da und lauschte in sich hinein. Wie fühlte es sich an, wenn von

Zwillingen nur noch einer übrigblieb? Bemerkte er eine Veränderung in sich?

Nicht sicher, ob er etwas spürte oder wie zu deuten war, was immer er fühlte, erhob er sich vom Bett. Er horchte auf seinen Herzschlag, der kräftig und gleichmäßig war. Dass Ruperts Herz nun nicht mehr schlug, war ihm unbegreiflich, war es doch immer das kräftigere von beiden gewesen. Aber seines hatte scheinbar den längeren Atem.

Kapitel 3

7. August 2013 - Kingston, Norfolkinsel, Australien

John klopfte energisch an die Tür. Atemlos stand er auf Stewards Veranda. Gestern Abend hatte er noch hier mit seinem Freund gesessen und eine entspannte Zeit verbracht. Da hatte er noch nicht gewusst, dass seine Welt kurz davorstand, aus den Fugen zu geraten. Jetzt war alles anders. Unvorstellbar anders. Wie sehr, darüber wagte er nicht nachzudenken.

Er klopfte erneut. „Sally? Steward? Ich bin's!"

Endlich hörte er Schritte hinter der Tür. Gleich darauf stand Sally vor ihm. Ihre schlaftrunkenen Augen schauten ihn unter dichten schwarzen Brauen verwirrt an. Sie trug den Abdruck ihres Kissens im Gesicht und das üblicherweise zum Pferdeschwanz gebundene dunkle Haar fiel ihr zerzaust über die Schultern. Sie zog ihren Bademantel über dem Nachthemd zusammen und fragte erschrocken: „John, was ist denn los? Wir schlafen noch. Hast du eine Ahnung, wie spät es ist?" Eine Mischung aus Ärger und Besorgnis schwang in ihrer Stimme.

„Das Festnetz ist mal wieder ausgefallen", sagte John und schob sich an ihr vorbei ins Haus. „Und ans Handy seid ihr auch nicht gegangen."

„Ans Handy?", fragte Sally verwirrt. „Ich weiß ehrlich gesagt nicht einmal, wo die Dinger gerade rumliegen."

John ging nicht weiter darauf ein. „Ich wollte Steward bitten, mir einen Flug zu organisieren", sagte er.

Sally starrte ihn entgeistert an. „Einen Flug?", wiederholte sie. Eine Sorgenfalte erschien über ihren zusammen gekniffenen Augen. „John, du bist kreideweiß. Komm erst einmal rein. Ich mache uns einen Tee und du erzählst, was passiert ist."

„Nein, keinen Tee. Ich muss dringend nach London und wollte Steward fragen, ob er als ehemaliger Pilot seine Kontakte nutzen könnte, um mir so schnell wie möglich eine Verbindung zu besorgen."

In diesem Moment kam Steward die Treppe herunter. Er rieb sich über den dunklen Dreitagebart und musterte John aus blauen Augen eindringlich. „Was ist denn los? Bist du aus dem Bett gefallen?" Auf seinen markanten Gesichtszügen lag ein sorgenvoller Ausdruck.

„Aus dem Bett gefallen? Ja, kann man sagen", antwortete John. „Ich muss nach London. Kannst Du mir einen Flug buchen?" Steward runzelte die Stirn und sah Sally fragend an. „Hab ich was verpasst?" An John gewandt sagte er: „London? Jetzt gleich? Was willst du denn da?"

„Von Wollen kann keine Rede sein", antwortete John dumpf.

„John, jetzt komm doch bitte kurz rein und erzähl, was los ist. Du machst mir ja Angst." Sally wies in Richtung Küche.

„Sally hat recht. Du siehst aus, als hättest du ein Gespenst gesehen. Natürlich mache ich für Dich einen Flug klar. Und ich fahre dich dann auch zum Flughafen. Aber vorher hast du sicher noch so viel Zeit, zu erzählen, was eigentlich los ist."

John ließ sich von Steward in Richtung Küche schieben. Während Sally mit Wasserkocher und Teekanne hantierte, setzten sich die beiden Männer an den Küchentisch. Steward sah John schweigend an, der hielt einen Moment sein Gesicht in den Händen verborgen, hob dann den Blick und sagte: „Rupert ist tot."

Scheppernd fiel die Teedose auf den Boden. „Was?" Sally sah John entsetzt an.

„Ach du Scheiße", entfuhr es Steward.

„John, das tut mir leid." Sally fand als Erste ihre Worte wieder, setzte sich zu John und legte ihm eine Hand auf den Arm. „Wie furchtbar. Was ist denn passiert?"

John zog seinen Arm zurück und ließ ihre Frage unbeantwortet. „Ich muss so schnell es geht nach London", sagte er stattdessen. „Meine Eltern hat das ziemlich mitgenommen. Und die Beerdigung …" Er brach ab.

„Ich vermute, das hat nicht nur deine Eltern mitgenommen", bemerkte Steward. Die Worte schienen in der Luft hängen zu bleiben. John runzelte die Stirn, sagte aber nichts.

„Versprich mir, dass du auf dich Acht gibst", mahnte Steward und legte eine Hand auf Johns Arm. Dorthin, wo eben noch Sallys Hand gelegen hatte. John ließ es geschehen und nickte.

Schweigen senkte sich über die drei. John überschlug im Kopf die nächsten Schritte: Koffer packen. Praxis auf unbestimmte Zeit schließen. Lindsay anrufen, um zu fragen, ob er bei ihr wohnen könne.

„Hast du schon was von Peggy gehört?" Stewards Frage katapultierte John zurück in die Gegenwart und ließ sein Herz heftig schlagen. Er sah seinen Freund mahnend an und sagte: „Ich wäre dir wirklich dankbar, wenn du mir jetzt einen Flug organisieren könntest."

„Klar", murmelte Steward, erhob sich und verschwand aus der Küche. Sally blickte ihrem Mann überrascht hinter und wandte sich dann John zu. „Das tut mir wirklich leid", wiederholte sie und nahm die Teezubereitung wieder auf. „Danke", sagte John und meinte damit auch die dampfende Tasse, die Sally kurz darauf vor ihn hinstellte. Während sie schweigend am Küchentisch saßen, konnte John seinen Freund im Nebenzimmer telefonieren hören. Der Tee floss heiß durch seinen Rachen und verströmte Wärme in seinem Körper. Ein Schauer lief ihm über den Rücken. Erst jetzt fiel ihm auf, dass er fröstelte.

„Alles klar." Steward kehrte zurück. „Ich konnte Dich auf einer Maschine in vier Stunden unterbringen. Du fliegst über Sydney und Auckland zwar leider länger, als über Hongkong. Dafür bist Du aber letztlich eher in London." Er reichte John Notizen zu Flugnummern und –zeiten.

„Okay, danke!", sagte John und erhob sich.

„Ich hole dich in zwei Stunden ab und bringe dich zum Flughafen. Und wenn du sonst noch etwas brauchst: Melde Dich! Ich bin da!"

John ließ zu, dass Steward ihn umarmte, wandte sich aber schnell ab, als auch Sally auf ihn zutrat. „Ich muss los." Er verließ das Haus, stolperte von der Veranda und machte sich auf den Heimweg.

* * *

„Melde dich, wenn du zurückkommst. Ich hole dich wieder ab." Steward umarmte ihn zum Abschied, ehe John auf die Passkontrolle am Terminal zuschritt. „Und grüß Lindsay!", rief Steward ihm hinterher. John winkte, um zu signalisieren, dass er gehört hatte. Er fühlte sich zu müde, um seinem Freund zu antworten. Die letzten Stunden hatten ihn Kraft gekostet. Seit dem Anruf seiner Eltern stand er neben sich, beobachtete lauernd jede körperliche und seelische Reaktion und filterte alles wie durch ein Sieb aus Fragen. Benahm er sich angemessen für einen nahen Angehörigen eines gerade Verstorbenen? Wann und wie würde er zu trauern beginnen? Spürte er Unregelmäßigkeiten an seinem Herzen? Fühlte er schon Schmerz oder würde das erst noch kommen?

Er hatte sein Team gebeten, eine Vertretungsregelung für die Praxis zu organisieren. Er hatte das schmutzige Geschirr vom Vortag abgespült und nass stehen gelassen. Er hatte seine Tasche gepackt und sich gefragt, für welchen Zeitraum er Wäsche brauchen würde. Er war mit einer Gießkanne durch sein kleines Haus gegangen, um seine Zimmerpflanzen vor der Abreise noch einmal mit frischem Wasser zu versorgen. Als dabei sein Blick auf eine Kiste alter Fotos gefallen war, hatte er kurz gezögert, dann aber doch hineingegriffen. Manche der Bilder waren uralt: Rupert und er in einem selbstgebauten Boot ihres Vaters, die ganze Familie Woodward bei der Taufe seiner ältesten Nichte oder Rupert als stolzer Gewinner eines naturwissenschaftlichen Wettbewerbs. Eines der Bilder aber war erst wenige Wochen alt. Es zeigte Rupert mit einem Glas Milch und einem breiten Grinsen auf Johns Veranda.

John verstaute die Bilder wieder in der Kiste und warf einen Blick zum Telefon. Die ganze Zeit hatte er gehofft, dass Lindsay zurückrufen würde. Sie hatten zusammen in London in einer WG gelebt: Lindsay Milton, Steward Beat und John. Steward und Lindsay gehörten nach wie vor zu seinem Leben. Sie waren die besten Freunde, die er je gehabt hatte. Mit Ausnahme von Rupert. Aber das war lange her.

„Flug 3578 nach Sydney. Wir bitten die Passagiere zum Boarding." Die schnarrende Stimme holte John in die Gegenwart des Wartebereichs des Flughafens zurück. Er ging zum Gate. In gut zwei Stunden würde er in Sydney landen, dann könnte er noch einmal versuchen, Lindsay zu erreichen.

„Entschuldigung, ist das nicht Ihr Rucksack?" Eine ältere Dame mit grauen Locken und einem freundlichen Lächeln zupfte an seinem Ärmel und hielt ihm seinen grünen Rucksack entgegen. „Oh ja, tatsächlich, vielen

Dank. Den habe ich ganz vergessen", antwortete John und nahm ihr das Gepäckstück ab.

„Ist Ihnen nicht gut, junger Mann? Sie sehen ganz verschwitzt aus. Und blass dazu." Instinktiv wischte sich John über die Stirn. Er schwitzte, obwohl es eigentlich kühl war. „Nein, nein, alles in Ordnung", beschwichtigte er. Ihm stand nicht der Sinn nach Smalltalk mit einer Fremden. Er drehte sich von ihr weg und trat auf die Stewardess zu, die gerade ihre Hand nach seiner Boardkarte ausstreckte.

Kaum hatte John seinen Rucksack im Gepäckfach verstaut, sich auf seinem Platz niedergelassen und die Augen geschlossen, als die ältere Dame neben ihm auftauchte. „Ach, was für ein schöner Zufall", sagte sie, „ich sitze direkt neben Ihnen." Sie stellte ihre Handtasche auf dem Sitz ab, zog ihre Strickjacke aus und legte sie ins Gepäckfach. Dann nahm sie neben John Platz und begann, in ihrer altmodischen Handtasche zu kramen. „Ha!", stieß sie schließlich triumphierend hervor, um gleich darauf John ihre Hand hin zu halten. Darauf lag ein Bonbon. „Hier, nehmen

Sie. Das ist ein Notfallbonbon. Es hilft sicher gegen Ihre Flugangst. Und falls nicht, schmeckt es immerhin ganz lecker", fügte sie augenzwinkernd hinzu. John verzog seinen Mund zu einem schiefen Lächeln, nahm aber nach kurzem Zögern das Bonbon entgegen. Es schien ihm zu aufwendig, der Frau zu erklären, dass er nicht unter Flugangst litt. Stattdessen war er auf dem Weg, seinen Zwillingsbruder zu beerdigen, dem er so gerne noch so viel gesagt hätte. Er hatte Angst vor dem, was ihn erwartete. Und weil er Lindsay nicht erreichen konnte, von der er gehofft hatte, dass sie ihm helfen würde, all das durchzustehen.

Wieder tauchte die faltige Hand der alten Dame vor seinem Gesicht auf. Dieses Mal lag ein Papiertaschentuch darauf. Mit Erstaunen bemerkte John, dass ihm Tränen die Wangen hinab liefen. Er schaute zu der Frau im Nebensitz. Ohne Worte, nur mit einem milden Lächeln im Gesicht, hielt sie ihm weiter das Taschentuch entgegen. Er nahm das Tuch entgegen, nickte zum Dank und ließ den Tränen freien Lauf. Es war nicht die Erinnerung an Rupert, wie John eigentlich erwartet hatte. Es kam ihm so vor, als würde seine Erschöpfung aus seinem Körper fließen. Mit jedem weiteren verbrauchten Taschentuch – der Vorrat der Dame war unerschöpflich – spürte John das drückende Gewicht in seinem Innern leichter werden.

Sie waren längst gestartet, als John sich beruhigte. Er putzte sich ein letztes Mal die Nase, atmete tief ein und wandte sich der Frau neben sich zu.

„Tut, mir leid, Sie müssen denken …"

„Ich denke gar nichts", unterbrach Sie ihn sofort. „Ihnen geht es nicht gut, das habe ich sofort gesehen. Warum auch immer, das geht mich gar nichts an. Wenn ich helfen kann, tue ich das gern. Schön, wenn es Ihnen jetzt besser geht."

„Mein Bruder ist gestorben." John hatte nicht gewusst, dass er das sagen würde, bis er die Worte aus seinem Mund hörte.

„Das tut mir leid." Das Lächeln der Frau verschwand nicht, aber ein Schatten verdunkelte ihre Augen.

„Mein Zwillingsbruder, genauer gesagt. Ich bin auf dem Weg zu seiner Beerdigung."

„Das ist sicher kein leichter Weg für Sie", erwiderte die Frau. Sie trug eine gelbe Bluse zu einem altmodischen Tweedrock. Die grauen Locken umrahmten ein rundes freundliches Gesicht, dessen blaue Augen von vielen Falten umgeben waren. Ihre schwarze Handtasche hielt die Frau noch immer auf ihrem Schoß fest. „Entschuldigung, wir reden immer nur von mir", sagte John und zerknüllte das Papiertaschentuch in seiner Hand. „Und Sie?", fragte er, „wohin geht Ihre Reise?"

„Oh, ich fliege nach Hause. Ich war nur zu Besuch auf Norfolk. Meine Enkelin hat ein Baby bekommen und ich wollte meinen Urenkel doch gern mal auf den Arm nehmen." John sah Freude in ihren Augen aufblitzen. Plötzlich war es, als würde in seinem Kopf ein Puzzleteil an die richtige Stelle fallen. „Ach, dann sind Sie Grandma Lucy", entfuhr es ihm.

Die alte Frau schaute ihn verdutzt an. „Äh, ja, tatsächlich, die bin ich. Aber woher wissen Sie das?"

John streckte ihr die Hand entgegen. „Dr. John Woodward, angenehm. Ich bin der Arzt von Miranda, ihrer Enkelin, und seit neuestem auch von ihrem Urenkel Brad." Nun war es an ihm, sie anzulächeln, bis die Verwirrung aus ihrer Miene wich.

„Ach, Sie sind der Arzt. Ja, von Ihnen hat Miranda schon einmal erzählt."

Es wurde ein angenehmer Flug. Lucy Moody war eine liebenswerte Person und eine unterhaltsame Sitznachbarin. Als ihr Flugzeug in Sydney gelandet war, verabschiedeten sie sich wie alte Bekannte und Grandma Lucy versprach, ihn mit Brad zu besuchen, wenn sie wieder einmal auf der Insel wäre.

Erst als John in der Abfertigungshalle vor einem Kaffee saß und auf seinen nächsten Flug wartete, wurde es ihm bewusst. Das war es also gewesen. Das erste Weinen nach dem Tod seines Bruders. Daran würde er sich wohl den Rest seines Lebens erinnern. Er war dankbar, dass es mit einer so netten Frau wie Lucy Moody verknüpft war. Er zückte sein Handy und versuchte erneut, Lindsay zu erreichen. Ohne Erfolg.

Kapitel 4

November 1971 - Bexhill-on-Sea, Sussex, England

Der fertige Plumpudding war in die Speisekammer gebracht worden und nun waren Jim und Elaine mit John und Rupert auf dem Weg nach Brighton. Mandy ging dort aufs College. Das Beste an diesen Besuchen waren die Strandtage bei gutem Wetter, weil ihr Dad dann mit ihnen toben konnte. Jetzt aber war schlechtes Wetter. Und die Eltern hatten schlechte Laune.

„Er kann doch nicht einfach den Auftrag stornieren", sagte seine Ma gerade. „Du hattest im Vorfeld doch genau mit ihm besprochen, wie du die Yacht bauen würdest."

„Allerdings. Und ich habe ihm auch erklärt, dass meine kleine Bootswerkstatt eigentlich nicht dafür ausgelegt ist, eine Yacht zu bauen. Aber Mr. Longshaw hat darauf bestanden, weil meine Referenzen so gut seien." Mit der flachen Hand schlug Jim Woodward auf das Lenkrad. John erschrak. Sein Vater war eigentlich die Ruhe in Person. Groß, muskulös und mit vollem, dunklem gewellten Haar erschien er John manchmal wie ein Held aus einer Sagengeschichte, der auch dem größten Sturm zu trotzen wusste, indem er besonnen und friedfertig auf alles reagierte. Er fluchte nie, hob selten die Stimme – und wenn doch, dann war es wirklich ernst. Vor allem aber war John von den Händen seines Vaters beeindruckt. Kräftige Pranken voller kleiner Narben waren es, die sowohl fest zupacken als auch zart berühren konnten. Eine dieser Pranken, von denen John noch nie hatte Gewalt ausgehen sehen, hatte gerade auf das Lenkrad geschlagen.

„Und jetzt?", fragte Elaine.

„Tja, jetzt bin ich in Vorleistung gegangen und der feine Mr. Longshaw wechselt mir nichts dir nichts den Bootsbauer. Und ich bleibe auf einer halbfertigen Yacht sitzen, die mir von meinen üblichen Kunden keiner abkaufen wird."

John verstand nicht genau, worum es ging. Lediglich, dass der Iltis dafür verantwortlich war, dass seine Eltern sorgenvoll klangen, hatte er begriffen. Während sie vorne im Wagen weiter heftig diskutierten, flogen Johns Fantasien schon nach Brighton voraus. Wenn schon kein Strandtag drin war, dann vielleicht das Zweitbeste: eine Stippvisite auf dem Palace Pier, einer Art großem Jahrmarkt. Beim vorigen Besuch hatten ihre Eltern zum ersten Mal erlaubt, dass Rupert und John alleine mit etwas Geld loszogen. Darauf hofften sie auch heute. Doch der gepresste Ton seiner Mutter und die Unruhe des Vaters ließen John allmählich zweifeln, ob dieser Ausflug am Ende Spaß machen würde.

Rupert schien es ähnlich zu gehen. Er begann lauthals Witze zu erzählen, wohl in der Hoffnung, dadurch alle zum Lachen zu bringen. John durchschaute seinen Plan. Er lachte laut über jeden noch so lahmen Witz. Bis ihrem Vater die Geduld riss. „Es reicht jetzt!", fauchte er mit einem raschen Blick über seine Schulter. Rupert brach seinen Witz mitten im Satz ab. Erschrocken schaute er zu seinem Bruder. John zuckte mit den Schultern. Elaine Woodward legte beruhigend eine Hand auf die ihres Mannes. Der Rest des Weges verlief schweigend.

Die Stimmung besserte sich aber, als Mandy am College ins Auto einstieg. Nun scherzten alle Woodwards und erzählten wild durcheinander, so dass John vergaß, wie bedrückt seine Eltern eben noch gewesen waren. Mandy durfte aussuchen, wo sie essen gehen sollten. Zur Freude der Zwillinge wählte sie einen Imbiss, an dem sie sich den Bauch mit fish and chips vollschlugen.

Beim Essen erzählte Mandy von ihren Freundinnen, schimpfte auf die Lehrer und bekam glänzende Augen, als sie vom neuen Sprecher ihres Biologie-Clubs erzählte. Immer wenn sie seinen Namen sagte, schien es, als umhüllte Nebel ihre Stimme. John stupste Rupert in die Seite. „Sam Rosenberg", hauchte er den Namen und versuchte, Mandys heiseren Ton zu treffen. Jim und Elaine lachten, während seine Schwester ihm unter dem Tisch einen kräftigen Tritt gegen das Schienbein verpasste.

Es dämmerte schon, als sie aufbrachen, um zum Pier zu gehen. Die Eltern steuerten ein Café an und drückten jedem der Kinder etwas Geld in die Hand. „Denkt daran: In einer Stunde am Ausgang!", riefen sie ihnen hinterher, als John, Rupert und Mandy auf den Pier stürmten. Mandy traf bald einige Freundinnen, bei denen sie stehen blieb. John zog Rupert mit sich weiter. Das Geld klimperte schwer in seiner Hosentasche. So muss es sich anfühlen, erwachsen zu sein, dachte John und stürzte sich mit Rupert ins Vergnügen. Zwischen parfümierten Damen und verschwitzten Männern suchten sie sich ihren Weg von den Trampolinen zum Glücksrad und zurück zu den Karussells. Dort lieferten sie sich ein rasantes Auto-Skooter-Rennen, beobachteten einige ältere Jugendliche am Punchingball und entschlossen sich dann, ihre letzten Pennys in einem einarmigen Banditen zu versenken. Sie sprinteten über den Pier in eine der Spielhallen. Der Raum wurde von einer Vielzahl blinkender Lampen und tutender Töne durchflutet. Rupert und John schoben sich durch die Menschentrauben und versuchten im dämmrigen Licht, eine freie Maschine zu finden. Mit vor Aufregung zittrigen Fingern steckte John schließlich fünfzig Pence in den Automaten. Rotes und gelbes Licht leuchtete abwechselnd vor ihm auf, während sich die Räder der Maschine drehten. Lachende Sonnen, grinsende Gesichter oder die Abbildung von Münzen sausten an seinem Blick vorbei. Rupert klatschte neben ihm aufgeregt in die Hände und knuffte ihn in die Seite. „Ja, zwei gleiche hat er schon. Komm, komm!"

Ruperts Stimme entfernte sich immer mehr. Jählings verschwammen alle Farben und Geräusche in Johns Kopf und sackten dann wie ein schwerer Brei auf seine Brust. Er konnte nicht atmen und riss den Mund weit auf. Dann kippte die Welt unter ihm weg.

„John!" Weit entfernt rief jemand seinen Namen. „Joohn!!" Das war Ruperts Stimme. „John!" Rupert rüttelte an Johns Körper. John öffnete die Augen und erblickte Ruperts Gesicht über sich, die Augen schreckgeweitet.

John rappelte sich auf, überrascht, dass er am Boden lag.

Rupert war kreideweiß. „Du hast mir Angst gemacht."

„Ist alles in Ordnung bei euch?" Ein grauhaariger Mann sprach durch eine Zigarrenwolke zu ihnen. John stand auf und lehnte sich gegen den Hocker, auf dem er eben noch gesessen hatte. Er hustete.

„Er ... er ... er ist einfach umgefallen", stammelte Rupert.

„Wo sind denn eure Eltern?", fragte der Mann. „Kommt, ich bringe euch zu ihnen."

John schüttelte den Kopf. Er wollte testen, ob der Brei immer noch in seinem Kopf steckte. Doch der schien verschwunden.

„Sie sind da vorne", sagte Rupert leise und deutete in Richtung Strand. Die sorgenvolle Stirn des Zigarrenmannes erinnerte John an die bedrückte Miene seiner Eltern im Auto. Endlich fand auch John seine Sprache wieder. „Danke. Es geht schon. Wir können alleine gehen." Seine Eltern waren gerade wieder fröhlich. Er wollte sie nicht traurig machen.

„Bist du sicher?", hakte der Mann noch einmal nach.

„Ja, klar", antwortete John und hoffte, er sehe nicht so ängstlich aus wie Rupert, der immer noch mit weit aufgerissenen Augen dastand. „Los, komm!" Er nahm seinen Bruder an die Hand und zog ihn Richtung Ausgang. Kurz bevor sie den Pier verließen, zischte er: „Und kein Wort zu Ma oder Dad, okay?!"

„Okay", antwortete Rupert widerstrebend und trottete John hinterher.

Das nächste Mal geschah es im Sportunterricht in der letzten Woche vor den Weihnachtsferien. John nahm Anlauf, um zum Weitsprung anzusetzen und fand sich kurz darauf hustend und spuckend in der Sprunggrube liegen. Ms. Powell hätte vielleicht weniger heftig reagiert, wenn Rupert nicht in Panik ausgebrochen wäre. Zitternd stand er neben seinem Bruder und rief immer wieder: „Schon wieder. Er ist schon wieder einfach umgefallen."

Die Sportlehrerin rief daraufhin einen Krankenwagen und Johns Eltern an. Viele Fragen, Tests und Laborergebnisse später stand es fest. John hatte ein Loch im Herzen.

* * *

April 1972 - Bexhill-on-Sea, Sussex, England

John dämmerte vor sich hin. Am Morgen war sein Vater mit ihm zur Therapie gefahren, und wenn er nachmittags nachhause kam, war John jedes Mal völlig erledigt. So lag er nun auf dem Sofa, die Wolldecke bis zur Nasenspitze hochgezogen. Ständig war ihm kalt. Vorsichtig tasteten seine Finger die lange Narbe auf seiner Brust ab. Vor zwei Monaten war das Loch in seinem Herzen geschlossen worden. „Ich habe da einen Flicken draufgeklebt. Ungefähr so, wie bei einem Loch in einem Fahrradschlauch", hatte der Arzt ihm nach der Operation erklärt. Danach musste er noch mehrere Wochen im Krankhaus bleiben und durfte nur liegen. Mittlerweile hatte der Arzt erlaubt, dass er wieder aufstand und seinen Körper vorsichtig belastete. Aber jetzt fühlte sich John müde und kraftlos. „Wenn alles gut läuft, bist du bald wieder ganz der Alte", hatte der Arzt gesagt. „Du darfst nur nicht vergessen, regelmäßig deine Medikamente zu nehmen." Auch die hatte er ihm genau erklärt: eine Tablette war dafür, dass sein Herz den Flicken nicht wieder loszuwerden versuchte, die andere sollte sein Blut dünner machen, damit es leichter durch das Herz gepumpt werden könne.

Jeden Morgen schluckte John nun seine Medikamente und viermal die Woche hatte er Training, um wieder zu Kräften zu kommen. Aber John ging das alles viel zu langsam. Wütend boxte er mit der Faust ins Kissen.

„Na, da ist wohl jemand aufgewacht." Die helle Stimme seiner Ma näherte sich. Sie stellte eine dampfende Tasse vor ihm auf den Tisch. „Ich habe dir ein leckeres Glas heiße

Milch gemacht", sagte sie und setzte sich auf den Rand des Sofas.

„Wie fühlst du dich?"

„Mir ist langweilig", maulte John. Er hasste es, dass sein Körper so schwach war. „Wann kommt Rupert endlich aus der Schule?"

Seine Ma setzte sich zu ihm. „Du weißt doch, eure Klasse macht heute einen Ausflug. Rupert kommt erst spät. Aber Granddad hat versprochen, vorbei zu kommen. Er spielt dann Backgammon mit dir."

So ging es seit Wochen. Rupert tobte draußen herum, ging ganz normal zur Schule und war dort zum Star der Klasse geworden, seitdem alle entdeckt hatten, wie gut er die piepsige Stimme ihrer Klassenlehrerin imitieren konnte. John hingegen lag auf dem Sofa und beneidete seinen Bruder um die alltäglichen Erlebnisse, zu denen ihm noch immer die Kraft fehlte. „Man kann fast gar nicht mehr erkennen, dass ihr Zwillinge seid", hatte Granddad kürzlich gewitzelt. „Rupert ist viel größer und kräftiger als du." „Kein Wunder bei dem, was er alles verdrückt", hatte John geknurrt.

Das war auch etwas, das John ärgerte. Zu ihm waren alle streng, immer darauf bedacht, dass er jede ärztliche Regel einhielt. „Übernimm dich nicht!" – „Das ist zu schwer für dich!" – „Das darfst du noch nicht!"

Rupert hingegen wurde nach Strich und Faden verwöhnt. Als er zuletzt eine viel größere Portion Shepherd's Pie bekam, hatte John sich lauthals beschwert.

„Na hör mal", hatte seine Mutter ihn streng ermahnt. „Rupert musste in letzter Zeit ganz oft zurückstecken, weil wir keine Zeit für ihn hatten. Da gönnst du ihm doch wohl zum Ausgleich etwas mehr Pie?!"

John schämte sich und war gleichzeitig wütend. Nichts konnte er machen. Nicht einmal in die Schule gehen. Dabei hätte John nie gedacht, dass ihm die einmal fehlen würde. Aber jetzt, wo er den Schulstoff zu Hause erarbeiten musste und nichts von den Späßen auf dem Schulhof mitbekam, an keinem der Ausflüge teilnehmen durfte, jetzt wünschte er sich nichts sehnlicher, als endlich wieder auf seinem Stuhl in der Klasse zu sitzen und hautnah zu erleben, wie Rupert die Lehrer nachäffte. Auch die Sorge, zu viel zu verpassen und womöglich ein Jahr wiederholen zu müssen, trieb John um. Nicht mehr mit Rupert in eine Klasse zu gehen, konnte er sich beim besten Willen nicht vorstellen. Er musste jetzt endlich wieder gesund werden!

Nur wenn Granddad vorbeikam und mit ihm Backgammon spielte, vergaß John für einige Zeit seinen Unmut. Der Opa hatte ihm das Spiel beigebracht und mittlerweile gewann John öfter, als er verlor. Irgendwann hatte auch Rupert einmal mit John spielen wollen. Doch er war kein ernst zu nehmender Gegner gewesen und John hatte schnell das Interesse verloren. „Ich spiele lieber mit Granddad", hatte er gesagt und Rupert hinterher geschaut, der aus dem Wohnzimmer gestürmt war.

„Trink deine Milch, ehe sie kalt wird", sagte seine Ma und verschwand wieder in der Küche.

Noch einmal boxte John in das Kissen. Drei

Wochen noch. Dann sollte er zu einem Abschlusstest in die Klinik und wenn der gut verlief, durfte er wieder in die Schule gehen.

* * *

Drei Wochen später hatte der Arzt sein Okay gegeben. Dann hatte John einen Termin bei der Schulleiterin gehabt, die prüfte, ob er in seine alte Klasse zurückkehren könne. Beides hatte John angestrengt und er war zu Hause gleich auf dem Sofa eingeschlafen. Er schreckte auf, als Rupert seinen Rucksack neben das Sofa fallen ließ. Noch bevor er richtig wach war, stürmte sein Bruder mit Fragen auf ihn ein. „Und? Wie war´s bei Mrs. D.?", fragte er aufgeregt. „Darfst du zurückkommen?"

John setzte sich auf und wollte gerade antworten, als seine Ma aus der Küche kam und Rupert vom Sofa fortzog. „Du packst als erstes einmal deinen Rucksack dorthin, wo er hingehört. Lass John doch erst einmal richtig wach werden, er hatte einen anstrengenden Vormittag."

„Aber ich wollte doch nur wissen …."

„Und er wird auch alle deine Fragen beantworten, aber vorher gehst du und wäschst deine Hände. Inzwischen kann John sich von dem Schreck erholen, den du ihm eingejagt hast." Sie warf einen sorgenvollen Blick in Johns Richtung. „Wenn wir alle am Tisch sitzen, kannst du fragen, was immer du willst", beendete sie ihre Tirade und schob Rupert energisch zu seinem Rucksack. Murrend folgte der ihren Worten, doch nicht, ohne sich noch einmal umzudrehen. John, der darauf nur gewartet hatte, rollte spielerisch mit den Augen und deutete dann lächelnd mit dem Daumen nach oben.

„Was hat sie denn gesagt?", wollte Rupert wissen, als endlich alle am Mittagstisch saßen. John erzählte von dem Besuch bei der Schulleiterin. Wie peinlich es war, als sie ihn umarmt hatte. Wie oft sie wiederholt hatte, dass sie froh wäre, dass John nun auf dem Weg der

Besserung sei. „Und wenn ich mich anstrenge, hat sie gesagt, kann ich es schaffen, alles aufzuholen. Und dass du mir sicher helfen kannst – weil du ja so gut bist, du Streber." Er stieß Rupert grinsend den Ellenbogen in die Seite. Der verdrehte die Augen und schnaufte. „Wahrscheinlich drücken bei dir alle Lehrer ein Auge zu, weil du so krank bist."

„Quatsch!" John fühlte sich endlich nicht mehr krank. Er hatte wieder etwas zugenommen und seine gesunde Gesichtsfarbe zurück, wie Granddad immer sagte. Dass er manchmal müde war, war doch normal. Aber wenn er durch das Mitleid seiner Lehrer ein paar bessere Noten einheimsen konnte, sollte ihm das nur recht sein. Allerdings war er sicher, dass sein Bruder das ziemlich unfair finden würde.

„Und wann kommst du nun wieder in die Schule?", fragte Rupert neugierig.

John strahlte ihn an. „Morgen", sagte er aufgekratzt. „Ab morgen ist hier alles wieder so wie früher!"

John und Rupert klatschten über dem Tisch ihre Hände zusammen. Die gerunzelte Stirn seiner Ma ignorierte John wohlweislich.

Kapitel 5

9. August 2013

Eine Ewigkeit später bestieg John endlich das dritte und letzte Flugzeug auf seiner Reise nach London. In Auckland hatte er lange Aufenthalt gehabt und sich für ein paar Stunden in einem der Flughafenhotels eingemietet. Scheinbar endlos hatte er sich auf dem Bett hin und her gewälzt. Das Zimmer hatte so stark nach Chlor gerochen, als hätte John im Schwimmbad Quartier bezogen. Dann war er in einen unruhigen Schlaf gefallen, aus dem er jedes Mal aufschreckte, wenn eine der angrenzenden Zimmertüren klappte. Weil das ziemlich häufig geschehen war, saß er nun im Flugzeug und blickte aus trüben Augen hinaus in die aufgehende Sonne.

Die Reise von Norfolk nach England war jedes Mal langwierig und anstrengend, deshalb trat er sie nur selten an.

John hatte jahrelang als Entwicklungsarzt in verschiedenen Ländern gearbeitet. Irgendwann war in ihm eine Sehnsucht nach Heimat gewachsen. Doch England kam für ihn nicht in Frage. Er konnte es nicht aushalten, allem so nah zu sein. Schließlich war er seinem Freund Steward Beat auf die entlegene kleine australische Insel Norfolk gefolgt. Ein etwas verzerrtes Lachen drang aus Johns Kehle, als ihm aufging, dass sie beide um der Liebe willen dorthin gezogen waren – und trotzdem höchst unterschiedliche Absichten verfolgt hatten.

Der Mann auf dem Platz neben ihm warf ihm einen fragenden Blick zu, sagte aber nichts. Er hatte sich vorgestellt, als er seinen beleibten Körper in den Sitz neben John gezwängt hatte. Seither war zwischen ihnen kein Wort gefallen und John konnte sich an den Namen nicht mehr erinnern. Er wandte den Blick ab und versank erneut in seinen Gedanken.

Seine Familie hatte John schon während der Zeit als Entwicklungsarzt nur selten gesehen. Seit er auf Norfolk lebte, waren die Kontakte noch weniger geworden. Wann immer seine Mutter ihn traurig darauf hinwies, war seine Antwort: „Das liegt nicht nur an mir. Ihr könnt doch genauso gut zu mir kommen." Doch wenn er ehrlich war, wusste er sehr genau, dass seine Eltern für die Strapazen der langen Reise inzwischen zu alt waren. Sie hatten ihr kleines Häuschen in Bexhill-on-Sea verkauft, weil es ihnen zu beschwerlich wurde, sich um das Grundstück zu kümmern. Beide waren Mitte siebzig, als sie in Ruperts Nachbarhaus eingezogen waren und hatten bis gestern die Nähe zu Rupert genossen – außerdem gab es in London gute Einkaufs- und Kulturangebote.

John war dankbar, dass Rupert sich um die Eltern kümmerte. Mandy lebte mit ihrer Familie in Edinburgh, auch zu weit weg, um den Eltern zu helfen. Ohne es jemals ausgesprochen zu haben, hatte Rupert die Verantwortung übernommen und seine Eltern zu sich geholt. Zu sich und zu seiner Frau Peggy.

Johns Atem wurde schneller und sein Herz schlug gegen die Rippen. Instinktiv fühlte er seinen Puls. Während er zu zählen versuchte, fragte sein Sitznachbar: „Geht es Ihnen nicht gut? Soll ich eine Stewardess rufen?"

„Wie bitte?" John ließ den Arm sinken. „Nein danke, ist schon in Ordnung. Ich bin Arzt."

„Nichts für ungut, aber im Moment machen Sie den Eindruck, als ob Sie selber einen Arzt brauchen könnten", erwiderte der Mann mit rauchiger Stimme.

„Tatsächlich?", entgegnete John kurz angebunden.

Der Mann ließ nicht locker. „Naja, Sie sind leichenblass und der Schweiß läuft in Strömen an Ihnen herab. Sind Sie sicher, dass alles in Ordnung ist?"

John rang sich ein Lächeln ab. „Ganz sicher. Ich bin nur schon ziemlich lange unterwegs, da macht der Kreislauf manchmal etwas Probleme."

„Mir hilft da immer ein ordentlicher Schluck Whiskey. Soll ich uns einen bestellen?"

John betrachtete seinen korpulenten Nachbarn. Geplatzte Äderchen im Gesicht, rote Augen sowie eine Alkoholfahne, die John bisher nicht aufgefallen war, entlarvten ihn als jemanden, der dem Alkohol oft zusprach. Da war wohl eher das eigene Verlangen der Hintergrund des freundlichen Angebots.

„Ich nehme lieber ein Wasser", antwortete John und murmelte, für seinen Nachbarn unhörbar: „Das würde ich Ihnen auch empfehlen".

Der Mann, an dessen Namen John sich noch immer nicht erinnern konnte, orderte Mineralwasser und Whiskey. Mit entschuldigendem Ton, als hätte er Johns Gemurmel gehört, sagte er: „Ich kann sonst überhaupt nicht schlafen. Da trinke ich lieber einen kleinen Whiskey, als eine Schlaftablette zu nehmen. Können Sie schlafen im Flugzeug?"

Die Stewardess kam mit den Getränken und ersparte John eine Antwort. Dennoch redete der Mann von nun an unbeirrt auf John ein, als sei ein Damm gebrochen. John war nicht sicher, ob er sich diesen Damm zurückwünschen sollte. Der Dicke versprühte zwar wenig Esprit und seine Erzählungen wurden umso zotiger, je mehr Whiskey er in sich hineinschüttete. Andererseits hielten das höfliche Zuhören und der Versuch, an den richtigen Stellen zu nicken, John davon ab, über seine Situation nachzudenken. Er ergab sich also in sein Schicksal und lauschte dem Geplapper so lange, bis der Mann endlich einschlief.

John sah aus dem Fenster in den bewölkten Himmel über dem indischen Ozean. Er registrierte noch, dass sein Atem sich beruhigt und der Herzschlag sich normalisiert hatte. Dann fielen auch ihm die Augen zu.

Das Flugzeug sackte in ein Loch und John stieß mit den Beinen gegen den Vordersitz. Er rieb sich, leise fluchend, das schmerzende Knie. „Meine sehr verehrten Damen und Herren", die schnarrende Stimme kam aus dem Lautsprecher über ihm, „wir befinden uns im Landeanflug auf London. Wie Sie an den Turbulenzen erkennen können, passieren wir gerade eine dicke Wolkenschicht, aus der es munter auf London hinab regnet. Kein schönes Sommerwetter also im Königreich. Bitte schnallen Sie sich für die Landung an und bleiben Sie so lange sitzen, bis das Flugzeug seine endgültige Parkposition erreicht hat. Vielen Dank."

Johns Mund war trocken. Das stetige Brummen der Triebwerke und das Säuseln der Klimaanlage dröhnten in seinen Ohren. Sein Blick fiel auf seinen Nachbarn. Der schlief noch immer. Ein Speichelfaden lief aus seinem Mund und hinterließ einen Fleck auf dem blauen Hemd, das über seinem Bauch spannte. John sah zur anderen Seite, zum Fenster hinaus in die Wolken. Er runzelte die Stirn und versuchte mit den Fingern seine Haare zu kämmen. Sein Äußeres war vermutlich so ramponiert wie er sich fühlte. Aber das passte ja zur Situation. Das äußere Chaos spiegelte jenes in seinem Inneren wider, das ihn nun erneut bedrängte.

John war schon lange nicht mehr unbeschwert nach England geflogen, doch dieses Mal fiel ihm der Weg besonders schwer. Er fürchtete sich ebenso vor dem endgültigen

Abschied von seinem Bruder wie vor der Begegnung mit seinen Eltern und Mandy. Am meisten Sorgen bereitete ihm aber der Gedanke an Peggy. Er hatte keinen blassen Schimmer, wie er sich verhalten sollte. Damals hatte er sich für den Rückzug entschieden, alle Gefühle in einer Art Vakuum versenkt und ein neues Leben weit weg von ihr begonnen. Nun aber musste er sie wiedersehen, es ging gar nicht anders.

John trank einen Schluck Wasser, um die am Gaumen festgeklebte Zunge zu lösen. Es half nicht viel. Mit einem Hüpfer setzte das Flugzeug auf der Landebahn auf, was zur Folge hatte, dass der Kopf seines Nachbarn so heftig auf dessen Brust aufklatschte, dass er davon erwachte. John unterdrückte ein Grinsen, verabschiedete sich und stand auf.

Auf dem Laufband kamen die Gepäckstücke langsam in Sicht. Die anderen Passagiere drängelten und schubsten, um möglichst schnell ihre Koffer zu grapschen. John, der die Eile nicht teilte, stand in zweiter Reihe. Es störte ihn nicht, als seine Reisetasche zu einer weiteren Runde auf dem Gepäckband wieder im Hintergrund verschwand. Alles, was die nächsten Schritte verzögerte, war ihm nur recht.

Das Wetter passte zu seiner Stimmung: Es war neblig und kühl, die Wolken hingen tief, feiner Sprühregen fiel auf die sowieso schon nasse Straße. Das Taxi kam vor ihm zum Stehen und schmutziges Wasser spritzte aus einer Pfütze auf seine Jeans. Er atmete genervt aus und ließ sich mitsamt seiner Reisetasche auf die Rückbank des Taxis fallen.

„Zum Parkcity-Hotel, bitte."

„Sind Sie beruflich in London?", fragte der Fahrer. Es war ein junger Mann. John vermutete, dass er arabischer Herkunft war. Hupend verschaffte er sich einen Weg aus dem Getümmel vor dem Flughafengebäude und fuhr zügig in Richtung Autobahn.

„Nein."

„Dann machen Sie Urlaub hier? Wie schade, da hätte ich Ihnen besseres Wetter gewünscht. Sind Sie zum ersten Mal in London?"

„Nein."

„Okay, das heißt London's Eye, Tower Bridge und Buckingham Palace kennen Sie schon. Wie wär's mit einer coolen Bar? Oder gehen Sie lieber ins Museum?"

„Danke, aber ich interessiere mich nicht für Sightseeing."

„Ah, verstehe", der Fahrer reckte das Kinn und zwinkerte John durch den Rückspiegel hinweg zu. „Sie haben eine Verabredung."

John lachte bitter auf. „So könnte man es auch nennen, ja."

„Sehen Sie. Ich habe ein untrügliches Gespür für meine Fahrgäste. Also, Sie treffen eine Freundin?"

So langsam ging John diese Indiskretion auf die Nerven. Unnötig scharf sagte er „Nein."

Der Fahrer ignorierte Johns Unmut. „Lebt sie hier in London? Ach nein, Quatsch." Er schlug sich eine Hand vor die Stirn. „Dann müsste ich Sie ja nicht zum Hotel fahren. Kennen Sie das Parkcity-Hotel schon? Ist `ne super Bude – wen ich da schon alles abgesetzt habe, Sie würden Augen machen. Übrigens ist der Hyde Park gleich nebenan, der ist wie geschaffen für einen romantischen Spaziergang. Naja, wenn Sie der Regen nicht stört." Ehe John etwas erwidern konnte, pfiff der Taxifahrer durch die Zähne und warf erneut einen verschwörerischen Blick nach hinten. „Ach so, jetzt verstehe ich. Sie treffen sich mit ihr im Hotel. Und zu Hause sitzt ihr Ehemann und denkt, sie ist auf einer Wellnessreise, oder so was. Stimmt`s?"

John schnaubte. „Hören Sie, auch wenn es Sie überhaupt nichts angeht – nein, ich treffe mich nicht mit einer Freundin im Hotel und ich plane keine romantischen Spaziergänge. Und jetzt möchte ich Sie bitten, mich einfach nur ins Hotel zu fahren, ohne mich weiter mit Ihren Fragen zu belästigen."

Das wirkte und es wurde still im Wagen. John blickte auf das Regenwasser, das an der Scheibe herablief. Er hatte London bei Regen zwar nie gemocht, aber es war ein so bekanntes Gefühl, dass ihn unwillkürlich Freude beschlich, wieder hier zu sein. Sie hatten mittlerweile die Autobahn verlassen und schoben sich durch den Stadtverkehr. Das Taxi passierte St. Peters Church und die Stadthalle von Hammersmith, dann hatte John freien Blick auf die Themse. Am Dove Pier dümpelten ein paar kleine Boote auf den Wellen, einige Ruderer ließen sich vom Regen nicht abhalten und paddelten flussabwärts. Menschen mit Regenschirmen eilten vorbei und John ahnte, dass es in den meisten der gleichförmigen Häuser so roch, wie in seiner Kindheit. Unwillkürlich musste er an Rupert denken. Wie konnte er selbst einfach so im Taxi sitzen, während sein Bruder tot war? Wieso durfte er weiterleben und Rupert hatte sterben müssen? Wieso konnte er den Regen erleben und die Doppeldeckerbusse betrachten, während Rupert in einem Sarg auf seine Beerdigung wartete? Die banale Erkenntnis, dass das Leben ungerecht war, traf ihn plötzlich und schmerzhaft.

Er starrte weiter aus dem Taxifenster in die verregneten Londoner Straßen hinaus, sah aber nur noch die Bilder, die durch seinen Kopf zogen.

Rupert in Khakishorts und blauem T-Shirt. Aus beiden hatten typisch englisch blasse Arme und Beine hervorgeragt. So hatte er ihn zuletzt gesehen. Vor ein paar Wochen war Rupert zu einem Kongress für angewandte Physik nach Melbourne gereist. Danach war er für ein verlängertes Wochenende zu John auf die Insel gekommen. Sie hatten eine so entspannte Zeit miteinander verbracht wie lange nicht mehr. Abends auf der Veranda lauschten sie den Tieren in Büschen und Bäumen und unterhielten sich. Rupert berichtete von seiner Beförderung, und machte Ma und Dad in ihrem Stolz auf ihn nach. Er hatte dafür schon immer ein Talent gehabt. John musste sehr lachen, als Rupert den Vater imitierte, wie er mit ernstem Gesicht und teurem Scotch mit Rupert auf den Karriereschritt anstieß. Und es hatte ihn Heimweh überfallen, als Rupert die Mutter in ihrer übertriebenen Begeisterung nachahmte. Da war John klargeworden, dass er seine Familie vermisste. Allen voran Rupert, dessen Witz ihn immer gefesselt hatte. Rupert hatte die Eltern schon ganz gern in seiner Nähe, aber seine Großzügigkeit wurde auf harte Proben gestellt, wenn Ma ungefragt dank ihres Zweitschlüssels bei ihm zu Hause in der Küche auftauchte. Und je älter sie wurde, umso öfter tat sie das. „Sie glaubt fast schon, dass sie bei uns wohnt", sagte Rupert empört und fand dann aber seinen Humor wieder: „Wahrscheinlich muss ich mit Peggy öfter mal im Schlafzimmer geräuschvoll einschlägige Dinge machen, das schreckt sie sicher ab." John fiel in Ruperts Lachen ein, obwohl er diesen Witz nicht komisch gefunden hatte. Peggy erwähnten sie beide nicht weiter. Und da war es dann wieder gewesen: das Loch zwischen ihnen, der Graben. Wie sollte man sich wieder nahe sein, wenn die Ehefrau des Einen ein Tabuthema war? Trotzdem hatte

John bei Ruperts Abreise versprochen, bald wieder einmal nach London zu kommen.

Nun war er da. Aber der Anlass war ein anderer als gedacht. Die Regentropfen rannen an den Scheiben des Taxis herab, ebenso wie jetzt die Tränen an Johns Wangen. Wann hatte er zuletzt so geweint? Am Abend nach Ruperts Hochzeit?

„Mister, ist alles okay bei Ihnen?" Der junge Taxifahrer warf John durch den Rückspiegel einen besorgten Blick zu.

„Nein, gar nichts ist okay", murmelte John.

„Was haben Sie gesagt?"

John atmete tief ein. „Nichts. Gar nichts. Es ist alles in Ordnung, danke", sagte John laut und betont schroff. Der Taxifahrer schaute noch einmal in den Spiegel, zuckte dann mit den Schultern und richtete seinen Blick wieder auf die Straße.

Durch Johns Kopf stoben Bilder wie aufgewirbelter Staub. Rupert in ihrem gemeinsamen Zimmer im College, Rupert und er spielend in der Werkstatt ihres Vaters, Rupert an seinem Krankenbett mit tiefen Sorgenfalten auf der noch kindlichen Stirn, Rupert und Peggy vor dem Altar.

John wurde übel. Er veränderte seine Sitzposition und fischte das Handy aus der Tasche. Es zeigte keine neuen Nachrichten an. Trotz unzähliger Versuche hatte er Lindsay nicht erreichen können. Statt in der alten WG-Wohnung würde er nun in einem Hotel schlafen müssen. Bei seinen Eltern übernachtete sicher Mandy samt ihrer Familie. Seiner Ma nicht noch mehr zumuten zu wollen, war eine willkommene Ausrede für John, denn allzu viel Nähe mit seiner Familie wollte er nicht riskieren. Mit seinen Eltern, seiner Schwester, ihrem Ehemann Luke und deren Töchtern Marge und Mary unter einem Dach zu wohnen, erschien ihm unter normalen Bedingungen schon schwierig. In der jetzigen Situation war das völlig abwegig. Er fühlte sich außerstande, so vielen Menschen nah und ausgeliefert zu sein. Er musste sicher sein, sich zurückziehen zu können, wann immer er wollte. John wünschte, er könnte sich auch aus sich selbst zurückziehen.

„Da wären wir." Das Taxi stoppte vor dem Hotel. John blieb regungslos sitzen. Jetzt allein in einem unpersönlichen Hotelzimmer zu sein und die Wand anzustarren, erschien ihm noch unerträglicher als der plappernde Taxifahrer. Schnell überschlug er im Kopf die Alternativen. Zu seinen Eltern? Das ging jetzt gar nicht. Zu Lindsay? Sie hatte auf seine vielen Anrufe nicht reagiert. Womöglich stünde er vor verschlossener Tür. Zu Peggy? Diese Begegnung fürchtete er am meisten und wollte sie so lange wie möglich hinauszögern. Ihm blieb nur eines. Vielleicht würde das helfen, seine Gedanken zu sortieren.

„Ich habe es mir anders überlegt", sagte er zu dem Taxifahrer, der ihn ungeduldig anschaute. „Bringen Sie mich bitte zum Kensal Green Cemetery." Der junge Mann zog erschrocken die Luft ein, drehte sich beschämt wieder nach vorn und steuerte seinen Wagen zurück auf die Straße.

Kapitel 6

1976 - Bexhill-on-Sea, Sussex, England

Der große Tag war da. John und Rupert würden in gut einem Monat elf Jahre alt werden und sollten nun endlich nach Brighton auf das College gehen. Beide waren aufgeregt und freuten sich sehr darauf. Mandy war schon seit fünf Jahren dort und die beiden beneideten ihre große Schwester um die Erlebnisse, von denen sie in schillernden Farben berichtete und um die Freunde, die sie während der Ferienzeiten vermisste. Das College war der erste große Schritt in Richtung Erwachsenwerden. Die Zwillinge konnten es kaum erwarten. So war John am Morgen der Abreise schon lange vor dem Weckerklingeln wach. Träge wie er morgens war, blieb er trotzdem liegen, drehte sich im Bett auf den Rücken, verschränkte die Arme hinter dem Kopf und überlegte, was er noch dringend einpacken müsste. Das College hatte eine Liste geschickt, mit der seine Ma ihn gestern schon fast in den Wahnsinn getrieben hatte. Die Schuluniform, Hemden, Hosen, Socken, Unterrichtsmaterial, Bücher – hatte er an alles Wichtige gedacht? John waren andere Dinge viel wichtiger. Sein Backgammon-Spiel durfte er auf keinen Fall vergessen, ebenso wie seine Gitarre. Seit es in ihrem letzten Jahr an der Primary School in Bexhill einen Kurs gegeben hatte, lernten Rupert und John Gitarre zu spielen. Es gefiel beiden sehr gut. Von Granddad hatte John eine grüne Gitarre bekommen, Rupert eine blaue. „Damit man euch besser unterscheiden kann", hatte er gesagt. Die Noten mussten sie gemeinsam nutzen. John schwang seine Beine aus dem Bett und trottete im Pyjama ins Nebenzimmer. Hier war Ruperts Reich. Alles war ordentlich aufgeräumt, die Koffer standen fertig gepackt neben der Tür. Rupert saß an seinem Schreibtisch, das Kinn auf eine Hand gestützt und war in ein Buch vertieft. Er erschrak, als John ihn unsanft aus seiner Fantasiewelt riss: „Rupert, hast du die Noten eingepackt?"

„Äh … was?" Rupert drehte sich zu seinem Bruder um und John wiederholte seine Frage. „Ob du die Noten eingepackt hast, will ich wissen."

„Ja, hab' ich", lautete die knappe Antwort, ehe Rupert sich wieder seinem Buch zuwandte. Typisch, dachte John und ging zurück in sein Zimmer. Außer der Leidenschaft zur Gitarre hatten sie nicht mehr viele Gemeinsamkeiten. Früher waren sie unzertrennlich gewesen, doch durch Johns Krankheit hatte sich das geändert. Rupert, schon immer der ruhigere von beiden, war noch stiller und beschäftigte sich meistens mit sich allein. Bücher, Rätsel und Experimentierkästen waren seine Hobbys. Manchmal blühte er in Gesellschaft anderer auf und erzählte einen seiner vielen Witze oder gab eine seiner gelungenen Imitationen zum Besten. John gab es nicht gern zu, aber er beneidete Rupert um diese Fähigkeit.

Er selbst war ganz anders. Durch seine Herzoperation vor vier Jahren und die lange Zeit der körperlichen Schwäche war er hager geworden. Damals hatte es auch für ihn nur Bücher und das Backgammon-Spiel mit seinem Granddad gegeben. Doch dann hatte er mit Schwimmtraining seine Kondition wieder aufgebaut. Obwohl er zeitlebens auf Medikamente angewiesen sein würde, ging es ihm nun körperlich wieder gut und er drängte auf Bewegung und Sport. Leider war seine Ma ständig in Sorge um sein Herz und bremste ihn andauernd aus. Jeder Sturz oder sein keuchender Atem nach einem Sprint ließen Angst in ihren Augen aufflackern. Auch deshalb freute John sich auf das College. Er würde endlich der übertriebenen Sorge seiner Mutter entkommen.

Schon eine ganze Weile überlegte er hin und her, welchen Schulclub er wählen sollte. Mandy hatte ihm von einem Backgammon-Club berichtet. John gelüstete es aber eher nach etwas Anderem. Er liebäugelte mit dem Rugby-Club. Vor einigen Tagen hatte er darüber mit seinem Dad gesprochen. Dessen besonnene Art, mit Johns Krankheit umzugehen, hatte John Mut gemacht, seine Frage los zu werden. Jim Woodward hatte auf dem Sofa gesessen und Zeitung gelesen, als John vorsichtig gefragt hatte: „Darf ich eigentlich jeden Club wählen, zu dem ich Lust hab?"

Ohne hinter den Blättern der Zeitung aufzutauchen, hatte sein Dad geantwortet: „Denke schon."

„Auch jeden Sportclub?"

Wahrscheinlich hatte Jim das Frohlocken in der Stimme seines Sohnes gehört. Er hatte die Zeitung sinken lassen, John mit hochgezogene Augenbrauen angesehen und dann wissen wollen: „Hast du einen bestimmten im Sinn?"

„Nö, ich frag nur." John hatte sich erst einmal alle Möglichkeiten offenhalten wollen.

Die Augenbrauen waren wieder herabgesunken, hatten sich sogar eng zusammengezogen. „Naja, der Arzt sagt, solange deine Entzündungswerte gut sind, darfst du alles machen. Also gilt das wohl auch für Sport. Was meinst du?"

„Dann muss ich nicht mehr unbedingt schwimmen?", John hatte seinen Ohren kaum getraut und nur gehofft, dass Ma nicht um die Ecke käme und ihm die Anstrengung verböte. Aber auch sein Dad war sich seiner Sache scheinbar nicht ganz sicher. „Geh doch mit Rupert gemeinsam in einen Club", empfahl er.

John hatte innerlich gestöhnt. Rupert fand Bewegung lästig. John würde ihn nie und nimmer überreden können, mit zum Rugby zu gehen. John hatte seinen Dad wieder der Zeitung überlassen und war froh gewesen, wenigstens kein klares Verbot bekommen zu haben.

So sicher er war, nicht mit Rupert gemeinsam einen Club zu besuchen, so froh war er doch andererseits, mit ihm zusammen aufs College zu gehen. Die Vorstellung, mit all den vielen fremden Schülern und Lehrern im Internat zu wohnen, ängstigte John mehr, als er zugeben wollte.

Von unten rief seine Ma zum Frühstück. Gegen Mittag wollten sie losfahren. Das College konnte kommen. John war bereit.

* * *

1978 - Brighton College, Brighton, England

Laute Musik drang durch die Tür in den Flur. John stöhnte auf. Er kam gerade vom Rugbytraining und war völlig erledigt. In solch schwachen Momenten fragte er sich schon manchmal, ob Rugby wirklich der richtige Sport für ihn war. Doch das würde er niemals zugeben. Jetzt sehnte er sich nach einer halben Stunde Pause vor den Hausaufgaben. Allerdings klang es eher so, als würde in seinem Zimmer eine wilde Party gefeiert.

John klemmte seinen Kopfschutz unter den Arm und stieß die Tür auf. Er musste unwillkürlich über das Bild lachen, das sich ihm bot. Rupert stand mitten im Zimmer, die blaue Gitarre umgehängt, den Kopf mit dem kurzen blonden Haar nach vorne geneigt und zupfte stürmisch einige Saiten. Ihr Zimmergenosse Simon, ein stämmiger Junge mit braunen Locken, stand ihm gegenüber und wiegte seinen Oberkörper mit geschlossenen Augen vor und zurück. Mit den Händen spielte er auf einer nicht vorhandenen Gitarre, die Töne machte er selber: „Dng -dng –dng —dng-dng-dng-dng - dng-dng-dng —dng-dng." Aus den Boxen eines Ghettoblasters dröhnte dazu „Smoke on the water".

John betrat das Zimmer, zwängte sich an den beiden vorbei und pfefferte Sporttasche und Kopfschutz auf sein Bett. Einen Moment lang beobachtete er Rupert und Simon noch bei ihrem Auftritt, dann stellte er die Musik aus. Sein Lächeln war verloschen.

„Ey!", beschwerten sich sofort beide Zimmergenossen und drehten sich zu ihm um. Ruperts Augen blitzten ihn wütend an. „Spinnst du?! Was soll denn das?"

„Echt mal, das klingt furchtbar", sagte John und schob sich das Haar aus der schweißnassen Stirn.

„Was weißt du schon?!", entgegnete Rupert knapp und streckte die Hand nach dem Rekorder aus, um die Musik wieder einzuschalten. „Das macht total Spaß!"

John hielt ihn am Arm fest. „Mann, ich muss mal 'nen Moment Pause machen." Sekundenlang standen die beiden einander gegenüber und taxierten sich. Schließlich riss Rupert sich los, wobei der Gitarrenhals knapp an John vorbeischwang. „Tja, Pech! Wir wollen jetzt aber Mucke machen."

Er legte den Finger auf den Startknopf, doch John zog am Ärmel von Ruperts Kapuzenpullover und hielt ihn so erneut zurück. Rupert drehte sich zu ihm um und schubste John von sich weg. „Verdammt! Es geht nicht immer nur darum, was du willst", schrie Rupert seinen Bruder an.

John stolperte einen Schritt rückwärts. „Spinnst du?", fragte er und seine Stimme überschlug sich.

Simon, der die Szene bisher stumm beobachtet hatte, schaltete sich ein. „Rupert, lass doch!", versuchte er zu besänftigen.

„Rupert, lass doch!", äffte der ihn nach. „Das kotzt mich so an!"

„Was kotzt dich an?", fragte John entrüstet.

Die Wut sprang John entgegen, als Rupert antwortete. „Dass es immer nur darum geht, was du gerade willst oder brauchst. Jetzt bin ich mal dran." Er drückte auf die Play-Taste und der laute Rocksong füllte erneut den Raum. „Na los Simon, weiter geht`s", sagte er und zerrte wieder an den Saiten der Gitarre. Dazu schüttelte er seinen Kopf im Rhythmus der Musik.

Simon stand noch immer regungslos im Zimmer. Sein Blick war traurig. Die Narbe, die von seinem linken Auge schräg über die Wange zum Ohr verlief, zuckte. Ein deutliches Zeichen, dass er aufgewühlt war.

John kickte seine Sporttasche achtlos auf den Boden und warf sich mit dem Gesicht nach unten aufs Bett. Sein Kissen zog er sich über den Kopf. Er spürte die Empörung heiß durch seinen Körper brodeln. Gedämpft klang die Musik an seine Ohren, bis jemand sie ausstellte.

„Hast du sie noch alle, Simon?", sagte Rupert gleich darauf in schneidendem Ton.

„Ich hab' keine Lust mehr", antwortete Simon.

„Jetzt lass dich doch von dem Miesepeter nicht ausbremsen."

„Mache ich gar nicht."

„Wieso schlägst du dich dann auf seine Seite?"

„Ich schlage mich auf keine Seite. Aber ich weiß wie John durch eine Krankheit, was es heißt, keine Kraft zu haben und sich nur noch nach Ruhe zu sehnen."

Es dauerte eine Weile, ehe Rupert antwortete.

„Na toll, da kann ich natürlich nicht mitreden in eurem Club der Gebeutelten." Gleich darauf schlug die Zimmertür mit einem Krachen zu. John hob seinen Kopf unter dem Kissen hervor. Rupert war fort.

Ratlos sah John zu Simon. Der seufzte und verließ dann ebenfalls das Zimmer.

„Könnt ihr euch nicht wieder vertragen?" Es war dunkel, sie lagen in ihren Betten. Simon knipste seine Nachttischlampe an. „Bei so dicker Luft kann ich kaum atmen, geschweige denn einschlafen."

John sah zu ihm, dann zu seinem Bruder. In Ruperts Blick lagen Trotz und Trauer. „Ich wüsste nicht, wofür ich mich entschuldigen sollte", brummelte er.

„Ich auch nicht", konterte John.

„Oh Mann", stöhnte Simon und schwang sich aus dem Bett. „Das ist doch Scheiße!" Er ging auf die Zwillinge zu und setzte sich zwischen ihren Betten im Schneidersitz auf den Boden. John und Rupert schlugen annähernd zeitgleich ihre Decken zurück und setzten sich zu Simon auf den Teppich. In einem Dreieck saßen sie einander gegenüber und hielten Kriegsrat – wie schon unzählige Male zuvor.

Im Großen und Ganzen ging es jedes Mal um dasselbe Thema. Jeder Zwilling fühlte sich vom jeweils anderen ungerecht behandelt und unverstanden. Simon übernahm üblicherweise die Rolle des Schiedsrichters. Meistens gelang es ihm, dass John und Rupert sich versöhnten.

John und Rupert diskutierten heftig miteinander. Vorwürfe flogen hin und her, bis keiner mehr wusste, worum es eigentlich ging. Statt auf seine Worte zu lauschen, begann John seinen Bruder genau zu mustern. Rupert saß im rot-blau-karierten Pyjama auf dem Boden und schimpfte so heftig, dass sein Haar am Stirnwirbel auf und ab wippte. Unwillkürlich musste John schmunzeln.

Rupert brach mitten im Satz ab. „Lachst du etwa über mich?", fragte er verärgert.

John sah zu Simon und erkannte, dass auch der Freund sich kaum noch beherrschen konnte. Schließlich platzte das Lachen aus beiden heraus. „Habt ihr sie noch alle?", fragte Rupert ungläubig, wurde aber schließlich vom Lachen der anderen angesteckt. Sie prusteten und johlten, bis sie auf dem Boden rollten und sich vor Lachen die Bäuche hielten.

Grell aufflammendes Licht stach John plötzlich in die Augen und ließ ihn erstarren. Er blinzelte und blickte sich um. Mr. Baker, ihr Housemaster, stand in der Zimmertür und starrte sie im Licht der großen Lampen, die von der Zimmerdecke leuchteten, böse an. John rappelte sich hoch und stand gleich darauf in einer Reihe mit Simon und Rupert dem finster dreinblickenden Lehrer gegenüber.

„Was ist denn hier los?", dröhnte Mr. Baker und wickelte entschlossen einen dunklen Bademantel um seinen schmächtigen Körper. Mr. Baker war berüchtigt für seine Strenge und harte Strafen bei Störung der Nachtruhe. „Was soll dieser Lärm? Und wieso tollt ihr da auf dem Boden herum? Ich erwarte eine Antwort."

John fand als erster die Sprache wieder. „Gut, dass Sie da sind, Mr. Baker", sagte er und spürte die entsetzten Blicke der anderen beiden auf sich ruhen. „Sie müssen unbedingt die Krankenschwester wecken."

„Und warum genau sollte ich das tun?" Über Mr. Bakers Nase erschien eine Falte.

„Ich hatte gerade Atemaussetzer", sagte John und dachte, dass es ja nicht einmal gelogen war. Er hatte vor Lachen wirklich kaum noch Luft bekommen.

„Wie bitte?" Die Falte über der Nase des Housemasters wurde so tief, dass ein Flusspferd darin tauchen könnte.

Rupert und Simon starrten John ungläubig an.

„Ich weiß auch nicht genau, Mr. Baker. Ich war wohl schon eingeschlafen. Aber dann muss ich aus dem Bett gefallen sein, denn plötzlich lag ich auf der Erde und konnte kaum atmen", sagte John. Endlich kamen ihm die beiden anderen zu Hilfe.

„Sie wissen ja, dass mein Bruder herzkrank ist", sagte Rupert und schaffte es, eine besorgte Miene aufzusetzen. „Wir sind aufgewacht, als John aus dem Bett fiel. Und als er dann so komisch geröchelt hat, da haben wir uns natürlich Sorgen gemacht und sind zu ihm hin."

„Genau", bestätigte Simon, „wir haben geguckt, ob wir Mund-zu-Mund-Beatmung machen müssen."

John konnte sein Lachen kaum unterdrücken und schaute zu Boden.

„Holen Sie jetzt die Krankenschwester, damit sie meinen Bruder untersucht?" Rupert schaffte es tatsächlich, eine Forderung in seine Stimme zu legen.

Mr. Baker trat unschlüssig von einem Fuß auf den anderen und blickte den Jungen der Reihe nach in die Augen. Schließlich schnappte er sich Johns Arm und fühlte seinen Puls. „Kräftig und gleichmäßig", sagte er. „Ich schlage vor, ihr geht zurück in eure Betten. Sollte John heute Nacht noch einmal Atemaussetzer" – er zog das Wort betont in die Länge – „bekommen, dann meldet euch gleich bei mir. Dann werde ich die Krankenschwester wecken. Ich könnte mir aber auch gut vorstellen, dass für diese Nacht nun Ruhe einkehrt!" Der Ton in seiner Stimme ließ keinen Zweifel aufkommen, dass sie ernsthaft in Schwierigkeiten wären, würden sie Mr. Baker noch einmal stören. „Ab in die Betten also!" Mr. Baker schaltete die Deckenlampen aus, blieb aber in der offenen Tür stehen, bis Simon, Rupert und John in ihren Betten lagen. Erst als Simon seine kleine Nachttischlampe ausknipste, sagte er „Gute Nacht" und schloss die Tür hinter sich. Keiner der Jungen wagte ein Wort, aber John hörte, dass Rupert und Simon genau wie er leise in ihre Decken lachten. „Gute Nacht", flüsterte John, als er sich beruhigt hatte. „Gute Nacht", wisperte Rupert zurück und John wusste, dass zwischen ihnen wieder alles in Ordnung war. Jedenfalls bis zum nächsten Mal.

Kapitel 7

9. August 2013 - London, England

Das Taxi war gerade um die nächste Ecke verschwunden, da verließ John der Mut. Er stand mit seiner Reisetasche im Nieselregen vor dem großen Friedhofsportal und wusste nicht einmal sicher, ob Rupert überhaupt aufgebahrt worden war, geschweige denn, ob sich auf dem Friedhof jemand finden ließe, der ihm diese Frage beantworten konnte. Fast hätte er dem Taxi hinterher gebrüllt. Doch dafür war es nun zu spät. Mit einem tiefen Atemzug griff er nach seiner Tasche, richtete seinen Körper auf und betrat den Friedhof. Der Haupteingang war ein imposanter Triumphbogen, der die ruhige Welt der Toten und Trauernden vom hektischen Treiben außerhalb der Friedhofsmauer trennte. John folgte mit seinen Augen dem Weg, der in einem weiten Bogen durch den Friedhof führte. Bäume säumten den Weg. Unschlüssig trat er von einem Fuß auf den anderen. Er wusste zwar durch eine

SMS seiner Schwester, dass Ruperts Leichnam mittlerweile freigegeben und hierhergebracht worden war, doch wo sollte er suchen?

„Kann ich Ihnen helfen?", ertönte eine nasale Stimme in Johns Rücken. Er fuhr zusammen und drehte sich um. Hinter ihm stand ein untersetzter Mann in einem schlecht sitzenden braunen Anzug. Er trug eine abgewetzte Aktentasche unter dem Arm und auf dem Kopf eine Melone, die ihn vor dem Regen schützte. Sie ließ sein Gesicht noch runder erscheinen, als es ohnehin war. Rote Flecken zierten seine blasse Haut, die wässrigen Augen verschwanden hinter verquollenen Lidern. John zog instinktiv die Luft ein. Roch sein Atem nach Alkohol – oder hatte dieser Mann eine Herzkreislauferkrankung? Der Kerl schaute noch immer seifig lächelnd zu John und wiederholte seine Frage. „Mister, kann ich Ihnen helfen?"

Nein, kein Alkoholgeruch im Atem, dachte John, ehe er endlich antwortete: „Ich weiß nicht. Können Sie? Ich suche meinen Bruder."

„Wann wurde er denn bestattet?" Das Näseln bereitete John Gänsehaut.

„Er soll am Dienstag beerdigt werden. Sein Name ist Rupert Woodward."

John sah einen kurzen Riss im Lächeln des Mannes, dann straffte der seine Schultern, neigte den runden Kopf etwas zur Seite und sagte: „Sie sehen ihm tatsächlich ähnlich. Ich hörte bereits, dass es einen Zwilling gibt, der aus der Ferne anreist."

Nun war es an John, erstaunt zu gucken.

„Entschuldigen Sie, ich habe mich gar nicht vorgestellt. Seth Miller, ich bin der Friedhofsverwalter."

John ergriff die ausgestreckte Hand, Mister Miller plapperte weiter: „Sie haben Glück, dass Sie mich noch antreffen. Eigentlich hätte ich schon längst Feierabend, aber Sie glauben ja gar nicht, was es auf einem Friedhof alles zu tun gibt. Also bin ich länger geblieben. Und gerade als ich gehen wollte, sah ich Sie da stehen. Na, und ich habe doch gleich gesehen, dass Sie Hilfe brauchen."

John fühlte sich von den Worten überschwemmt wie von dem noch immer andauernden Regen. Er starrte Seth Miller wortlos an, während dieser, vom Wetter unbeeindruckt, das Geschenk eines lebendigen Zuhörers auskostete.

„Ihr Bruder kam schon am Mittwoch zu uns. Kein schöner Anblick. Aber was will man auch erwarten, nach einer solchen Explosion. Die Zeitungen waren ja voll davon. Da hat unser Thanatopraktiker wirklich ganze Arbeit geleistet, das kann ich Ihnen versichern. Kommen Sie nur mit. Ich bringe Sie zu Ihrem Bruder. Also, diese Ähnlichkeit." Mit einem leichten Kopfschütteln und munter weiter schwatzend ging der Friedhofsverwalter voraus, den Hauptpfad der Gräberanlage entlang.

John folgte dem Mann. Bestürzung hatte sich in ihm breitgemacht. Er konnte nicht sagen, welche Vorstellung ihn mehr verwirrte. Dass Rupert von der Explosion entstellt sein könnte, oder dass er gleich einem Toten begegnen würde, der so aussah wie er selbst.

Beides jagte ihm einen kalten Schauer den Rücken hinunter. Während er vorgab, dem Geplapper Seth Millers zu lauschen, ließ John seinen Blick über den Friedhof schweifen. Entlang der großen und kleinen Wege erstreckten sich Rasenflächen voller Grabstätten. Manche waren hübsch bepflanzt, andere nur durch einen Steinkreis markiert. Einige sichtlich alte Gräber glichen Denkmälern mit ihren reich verzierten Statuen und Monumenten. Dazwischen erhoben sich prächtige Bäume und einige Mauern oder Bronzestelen mit Gedenktafeln. Nur wenige Menschen waren unterwegs, diese aber durchweg unter Schirmen und hinter verschlossenen Mienen verborgen.

John konnte die Schönheit dieses Ortes ahnen, wenn die Sonne ihr wärmendes Licht spendete, Wind die Blätter rascheln ließe, Vögel und Schmetterlinge umherschwirrten und die Menschen sich auf den bereit gestellten Bänken niederließen. Doch dieser Tag war grau und trostlos und drückte seine dunklen Finger schmerzend in Johns Wunde.

„So, da sind wir." Seth Miller hantierte mit einem riesigen Schlüsselbund und öffnete schließlich die Tür zur Kapelle. Das Gebäude mit all seinen Säulen und Kapitellen erinnerte John an griechische Bauten. Auch der kleine Vorraum, in dem er nun stand, war üppig verziert. Der Verwalter schloss die Tür hinter ihnen und sofort verstummten alle Geräusche. John fühlte sich wie in einem Vakuum. „Wenn Sie mir bitte folgen wollen." Seth Miller wandte sich zu einer Tür auf der linken Seite. „Hier geht es in unsere Katakomben, zu den kleinen Räumen für die öffentliche Aufbahrung." John ging hinter ihm eine gefliese Treppe hinab. Kaltes elektrisches Licht beleuchtete den langen Gang unter der Erde, frische Luft wurde aus einer Klimaanlage mit leisem Zischen herein geleitet. Von jeder Seite des Flures gingen sechs Türen ab. Der Verwalter steuerte zielsicher auf die dritte Tür rechterhand zu, steckte einen seiner vielen Schlüssel in das Schloss und hielt mit der Hand auf der Klinke inne.

„So, da wären wir. Ich schließe Ihnen auf und lasse Sie dann allein. In jedem Raum ist ein Notfallknopf neben der Tür. Damit alarmieren Sie einen der Friedhofswärter, falls Sie Hilfe brauchen. Wenn Sie wieder gehen, schließen Sie bitte die Türen hinter sich: diese und die Ausgangstür oben. Brauchen Sie sonst noch etwas?"

Verdutzt schüttelte John den Kopf. Seth Miller zog die Tür auf. John hielt den Atem an. Flackernd begannen Lampen den kleinen Raum in warmes Licht zu tauchen. John sah noch einmal zögernd zum Verwalter und folgte dann dessen auffordernder Geste in das Zimmer. Mit geschlossenen Augen überschritt er die Schwelle und spürte, wie die Tür sich hinter ihm schloss. Mit einem leisen Plumps ließ John seine Tasche auf den Boden fallen. Das Säuseln der Klimaanlage war auch in diesem Raum zu hören. John roch Kerzenwachs und Blumen, und darunter einen leichten Hauch von Formaldehyd. Der Geruch war ihm vertraut. Er hatte in seinem Leben schon viele Leichen gesehen, aber noch nie hatte er sich so sehr davor gefürchtet wie in diesem Moment. Er schlug beide Hände vors Gesicht, atmete mehrmals tief ein und ließ die Hände wieder sinken. Langsam öffnete er die Augen. Direkt ihm gegenüber stand ein kleiner Tisch mit einer Kanne Wasser und einigen Gläsern. Auf den vier Stühlen rechts und links am Tisch lagen jeweils ein Kissen und eine Wolldecke. Er fragte sich, ob manche Trauernde es sich hier tatsächlich für längere Zeit gemütlich machten.

Rechts von ihm befand sich der Sarg. Das Holz schimmerte wie dunkler Honig. Johns Blick fiel auf drei Kerzenleuchter am Kopfende des Sarges. In jedem standen fünf Kerzen. Aber keine von ihnen brannte. In einer Wandnische entdeckte John einen Strauß frischer Schnittblumen, ein kleines Kreuz und eine Schachtel Streichhölzer. Er machte einen Schritt auf die Nische zu und – er sah Rupert. Weil der Sarg nur am Kopfende geöffnet war, hatte John von der Tür aus keinen Blick hineinwerfen können. Nun aber fesselte ihn der Anblick.

Rupert trug ein weißes Hemd zu einem dunklen Anzug. Sein Gesicht war schmal und eingefallen, ganz anders, als John es in Erinnerung hatte. Seine Miene wirkte entspannt, aber fremd. Die Augenlider waren geschlossen. John sehnte sich nach dem vertrauten Blick aus seinen grün-blauen Augen. Ruperts blondes Haar war akkurat frisiert, nicht einmal der Wirbel vorn an seiner Stirn sorgte für Unordnung. Als John schnaufend Luft ausstieß, wurde ihm bewusst, dass er einen Moment lang nicht geatmet hatte. Gierig sog er frische Luft in seine Lungen. Die erste Schrecksekunde war vorüber. Der Tote in dem Sarg schien so wenig sein Zwillingsbruder zu sein wie Seth Miller ein athletischer Kerl.

John griff nach den Streichhölzern, entzündete die Kerzen und stellte sich dann dicht neben den Sarg. Eine ganze Weile musterte er Ruperts Gesicht. Er war dankbar, keine Spuren des tödlichen Unfalls zu sehen, gleichzeitig aber auch enttäuscht von den bis zur Entfremdung geschminkten Zügen. Endlich entdeckte er eine vorwitzige Sommersprosse, die dem Puder und Rouge zum Trotz einen kleinen Teil des wirklichen Ruperts aufblitzen ließ. Ein Lächeln überzog Johns Gesicht. Im

Sommer waren sie immer am besten zu unterscheiden gewesen, eben, weil Rupert diese Sommersprossen bekam, er – John – aber nicht. So waren sie unter den Brüdern ein stetiger Quell für Hänseleien und Neid gleichermaßen, für Lehrer und entfernte Verwandte eine Erleichterung gewesen. John hob zaghaft seine Hand und berührte mit der Fingerspitze die Sommersprosse. Er stupste sie leicht an und zog die Hand sofort wieder zurück, als bestünde die Gefahr, Rupert könne zuschnappen. Als er das nächste Mal die Hand ausstreckte, legte er sie zärtlich auf die Stirn seines Bruders und ließ sie dort ruhen. Die Haut war kalt und stumpf. John schloss die Augen, konzentrierte sich auf das Gefühl der Haut seines Bruders unter seinen Fingern und begann zu sprechen.

„Es tut mir leid, Rupert." Seine Worte hallten in dem kleinen Raum wider. Erschrocken zog John die Hand zurück und sah sich unwillkürlich um. Es kam ihm albern vor, laut mit einem Toten zu sprechen. Nervös knetete er seine Finger. Dann legte er eine Hand auf Ruperts Wange und schloss erneut die Augen. Er suchte lange nach den richtigen Worten, tastete sich vorsichtig vor und versuchte, so ehrlich wie möglich zu sein.

„Es tut mir leid, Rupert. Es tut mir leid, dass ich es nicht eher zu dir nach London geschafft habe. Es tut mir leid, dass wir so weit voneinander entfernt waren. Ich vermisse dich. Lange schon. Ich vermisse deine Witze. Ich würde dir sogar lieber beim Gitarre spielen zuhören, als hier auf die eine Sommersprosse zu starren, die von dir geblieben ist. Und du hast immer echt schlecht Gitarre gespielt."

John entfuhr ein Lachen. Er war ein schlechter Bruder gewesen. Rupert hatte sein Leben gerettet, mehr als einmal. Und er war einfach abgehauen. John spürte, dass ein unsichtbarer Ring seine Brust umspannte und ihm das Atmen schwermachte. Seine Hand lag noch immer auf der Wange seines toten Bruders und er war nicht bereit, sie dort wegzunehmen, ehe er nicht alles gesagt hatte. „Weißt du noch, wie Granddad uns erklärt hat, was Zwillinge sind? Dass wir gleich sind, und doch verschieden. Und dass wir deswegen immer füreinander da sein sollten, weil niemand uns je so nahe wäre, wie wir uns selbst. Damals haben wir einen Pakt geschlossen, weißt du noch? Wie Winnetou und Old Shatterhand haben wir unsere Blutsbrüderschaft besiegelt. Dad war fuchsteufelswild, weil wir dafür eine Säge aus seiner Werkstatt gemopst hatten. Wir haben uns geschworen, für immer zusammen zu bleiben und alles brüderlich zu teilen. Und jetzt? Ich kann mir überhaupt nicht vorstellen, wie es ohne dich sein wird. Selbst wenn wir nur selten Kontakt hatten, wusste ich doch immer, dass du da bist. Irgendwo am anderen Ende der Welt bist du, mein Zwillingsbruder. Mein Blutsbruder. Auch wenn ich dich nicht sehe. Ich dachte immer, wir kriegen das wieder hin. Mit der Zeit. Irgendwann. Und jetzt? Wir haben keine Zeit mehr. Ich sehe immer nur verpasste Gelegenheiten wie schadenfrohe Teufel durch meinen Sinn tanzen. So wie an Mas siebzigsten Geburtstag, als wir alle eine Bootsfahrt auf der Themse gemacht haben und du mich eingeladen hast, eine Woche mit euch nach Devon in ein Cottage zu fahren. Oder unser Telefonat irgendwann an einem Weihnachtsfest, bei dem wir uns über Stunden festgequatscht haben. Ich dachte jedenfalls, wir kriegen das wieder hin. Jetzt wünschte ich, ich hätte eine der vielen Gelegenheiten beim Schopf gepackt und mich dir anvertraut."

John verstummte und öffnete die Augen. Er sah Rupert vor sich, so wie er ihn in Erinnerung hatte: mit einem Wirbel auf der Stirn, einem verschmitzten Lächeln im Gesicht und einem Blick aus warmen grün-blauen Augen, der ihm sagte: „Das wünschte ich auch."

Das Klingeln seines Handys riss John aus seinen Gedanken. Er trat einen Schritt vom Sarg zurück und tastete hektisch in seiner Jackentasche nach dem störenden Teil. Als er es endlich in der Hand hielt, war das Klingeln vorbei. Und der Augenblick auch.

John spürte die Kälte seiner nassen Kleidung seinen Körper entlang kriechen und die bleierne Müdigkeit von der langen Reise. Er ging zum Tisch, goss sich ein Glas Wasser ein und ließ sich auf einem der Stühle nieder. Er vergewisserte sich, von seinem Platz aus das Gesicht Ruperts sehen zu können und lehnte sich erschöpft zurück. Das Wasser rann kalt seine Kehle hinab. Mit leerem Blick starrte er vor sich hin. „Ich habe noch niemanden außer dir gesehen, seit ich hier bin. Ich glaube, ich fürchte mich davor. Was erwarten sie von mir? Was soll ich tun? Es ist nicht fair." John blickte auf und sah in das kalte stumpfe Gesicht seines toten Bruders. „Nein, es ist nicht fair!"

Eine ganze Weile saß John schweigend neben dem Sarg. Das Piepsen seines Handys riss ihn schließlich aus der Lethargie. Wieder fischte er es aus der Jackentasche. Das Display zeigte eine SMS von Mandy. „Wann kommst du?" Mehr hatte sie nicht geschrieben. Doch diese wenigen Worte erinnerten ihn daran, dass er die schweren Besuche noch vor sich hatte. Er fürchtete sich davor, seiner Familie und Ruperts Frau zu begegnen. Ihren Schmerz zu sehen, würde es noch schwerer machen. Rupert war tot, das hatte er hier begriffen. Hatte er, John, eigentlich ein Recht auf

Trauer? Er, der sich mutwillig so weit von seinem Bruder entfernt hatte? Wäre es nicht vielmehr seine Pflicht, jene zu trösten, deren Alltag durch den Verlust unwiderruflich verändert wurde? Und wenn er das nicht schaffte, würden sie erkennen, woran es lag? Er fürchtete sich vor der Begegnung, weil er seine Schuldgefühle all die Jahre durch die Entfernung in Schach gehalten hatte. Was, wenn die gemeinsame Trauer den Abstand überwand und alle erführen, wie es wirklich war?

Kraftlos erhob er sich vom Stuhl und griff nach seiner Tasche. Nach einem letzten Blick auf seinen Bruder trat John zurück in den grell erleuchteten Flur und ließ die Tür hinter sich zufallen. Er stieg die Treppe hinauf und trat aus der Kapelle hinaus ins Freie. Überrascht stellte er fest, dass die Wolken sich langsam verzogen und die Sonne für einen kurzen Moment den Tag beschien. Er spürte den Trost, den ihm der direkte Abschied von Rupert gewährte. Doch mit jedem Schritt, den er sich von ihm entfernte, wuchs seine Beklommenheit.

Bevor er das Friedhofsportal durchschritt und sich dem Treiben außerhalb der Mauern aussetzte, blieb er stehen und zückte sein Handy. „Komme bald", tippte er in eine SMS und schickte sie an Mandy. Dann rief er ein Taxi und fuhr endlich zum Hotel.

Kapitel 8

9. August 2013 - London, England

Es regnete nicht mehr, die Wolken hatten sich vollends verzogen. Warme Sonnenstrahlen ließen die Feuchtigkeit verdunsten, Schwüle legte sich drückend über den anbrechenden Abend. John hatte sich ein paar Stunden Schlaf und eine ausgiebige Dusche gegönnt. Im Hotelzimmer hatte er sich bemüht, zur Ruhe zu kommen und sich für die bevorstehenden Begegnungen zu wappnen. Er musste es endlich hinter sich bringen.

Er war die anderthalb Meilen zu Fuß gegangen und stand nun vor der Haustür seiner Eltern. Das zweigeschossige Stadthaus mit kleinem Erker zur Straße hin wurde von der Abendsonne angestrahlt. Eine junge Frau mit einem Beagle an der Leine ging vorüber und starrte ihn an, bis sie in einem der Eingänge ein Stück die Straße runter verschwunden war. „Wahrscheinlich denkt sie, sie hat gerade eine Leiche gesehen", dachte John und musste grinsen. Er drückte auf den Klingelknopf. Während er darauf wartete, dass ihm jemand öffnete, warf er einen verstohlenen Blick auf die benachbarte Haustür. Er würde auch bei Peggy vorbeischauen müssen. Später.

Die Tür wurde aufgerissen. „Da bist du ja endlich." Mandy schaute ihn vorwurfsvoll an. Gleich darauf aber zog sie John in eine feste Umarmung. „Gut, dass du da bist." Sie hielt ihn auf Armlänge von sich, musterte ihn von oben bis unten und sagte dann: „Jetzt sind wir nur noch zwei."

John wusste nichts zu sagen. Stattdessen betrachtete er seinerseits Mandy. In wenigen Monaten würde sie ihren dreiundfünfzigsten Geburtstag feiern, was man ihr nicht ansah. Mandy kam mehr nach ihrem Vater Jim, hatte dunkel gewelltes Haar, das von nur wenigen grauen Strähnen durchzogen wurde, und braune Augen. Stark hervortretende Wangenknochen verliehen ihrem Gesicht eine Strenge, die durch ihr üblicherweise freundliches Lächeln gemildert wurde. Doch es stimmte, Mandy war eine disziplinierte und willensstarke Frau. Anders als ihre Brüder hatte sie sich nicht für ein Studium eingeschrieben, sondern war nach der Schule nach London gezogen und hatte dort mal diesen Job und mal jenen Job angenommen. Lange fürchteten ihre Eltern, sie würde als Bedienung einer heruntergekommenen Kneipe in Soho enden. Erst mit siebenundzwanzig begann sie schließlich Betriebswirtschaft zu studieren – um die kleine Kneipe in Soho zu übernehmen und zu einem Szenetreff auszubauen. Dort lernte sie auch ihren Mann Luke kennen, der von einem Mandanten in ihre Bar eingeladen wurde. Er brauchte einige Zeit, sie für sich zu gewinnen und zu überzeugen, die Kneipe aufzugeben und zu ihm nach Edinburgh zu ziehen. Doch auch dort mischte sie nun freiberuflich kräftig in der Kulturszene und bei Veranstaltungen mit.

Mit traurigem Blick und fahler Haut stand sie John gegenüber. Die große Schwester, die in seinem Herzen immer erst nach seinem Zwillingsbruder kam. Doch den gab es nun nicht mehr. Mandy hatte recht. Sie waren nur noch zu zweit.

„Hallo Mandy", brachte er endlich heraus.

„Wo warst du denn so lange? Wir warten schon seit einer Ewigkeit." Der vorwurfsvolle Blick war zurück. John wollte gerade zu einer Erklärung ansetzen, als von oben eine brüchige Stimme fragte: „Wer ist es denn?"

Mandy drehte sich der Treppe zu und rief zurück: „Es ist John." Sie wandte sich ihm zu, atmete tief ein und sagte: „Na, komm erst mal rein."

John folgte seiner Schwester die enge Treppe hinauf, durch den dunklen Flur bis ins Wohnzimmer. Die Luft war stickig. Zugezogene Vorhänge sperrten das Sonnenlicht aus. Die Stimmung im Raum erschien John drückender als die Schwüle des sommerlichen Abends.

Schon in der Tür empfing ihn seine Mutter und zog ihn wortlos an sich. Auch John schwieg und hielt sie einfach in seinen Armen. Er war erschrocken, wie gebrechlich sie geworden war. Sie war jetzt mindestens einen Kopf kleiner als er. Ihr graues Haar hatte sie zu einem achtlosen Dutt gebunden, aus dem mehrere Strähnen fielen. Sie hatte abgenommen, der schwarze Rock und ein grauer Strickpullover schlabberten um ihren Körper. John sah die Sehnen auf ihren Händen deutlich hervortreten. Seine Mutter war eine alte Frau geworden. Ob in den zwei Jahren, seit er sie zuletzt besucht hatte, oder seit dem Tod von Rupert, konnte er nicht sagen.

Dann fiel sein Blick auf seinen Vater. Jim Woodward saß zusammengesunken auf der Couch und hielt seine Hände so fest ineinander gepresst, dass die Knöchel weiß hervortraten. In seinem blassen Gesicht und auf dem mittlerweile kahlen Kopf zeichneten sich mehrere braune Altersflecken deutlich ab.

John löste sich aus der Umarmung seiner Mutter und trat zum Sofa. „Dad", sagte er leise und setzte sich neben ihn. Sein Vater schaute ihn aus trüben Augen an, tätschelte dann Johns Hand und sagte: „John. Es tut gut, dich zu sehen!"

Leise und spröde klang die Stimme seines Vaters, die früher allein durch ihre Kraft Schutz oder Grenze signalisiert hatte. Auch er war nur ein Schatten seiner selbst. John blickte hilfesuchend zu Mandy. Die war neben ihre Mutter getreten und schob sie nun sanft in einen Sessel, ehe sie sich selber setzte. „Luke ist mit den Mädchen zur Nachmittagsvorstellung ins Kino gefahren. Mary hat sich sogar bereit erklärt, mit ihrer kleinen Schwester gemeinsam einen Kinderfilm zu sehen. So dringend wollte sie hier wohl raus." Ein trauriges Lächeln lag auf ihren Lippen.

John verinnerlichte die Szenerie. Die Polstermöbelgarnitur hatte ihre besten Jahre längst hinter sich. Auf dem Nussbaumtisch stand ein Blumenstrauß, den vermutlich Mandy mitgebracht hatte. John ärgerte sich, dass er nicht selbst auf die Idee gekommen war. Die große Standuhr, ein Erbstück von Granddad, schickte ihr Ticken in die Stille zu den Menschen, deren Zeitrechnung mit dem Tod des Sohnes neu begonnen hatte. Von gerahmten Bildern an der Wand lächelten glückliche Familiengesichter, die von der Trauer dieser Zeit nichts wussten. Heute schien alle Farbe und Fröhlichkeit aus dem Zimmer verschwunden zu sein. John fand es nicht verwunderlich, dass dieser Ort für Kinder schwer auszuhalten war. Er selber hielt es ja kaum aus.

„Wann seid ihr denn gekommen?", fragte John nun seine Schwester.

„Gestern Abend. Ich dachte, es wäre gut, nicht erst am Wochenende da zu sein, falls noch etwas besorgt werden müsste." Die vorwurfsvollen Untertöne stichelten wie kleine Nadeln. „Außerdem wollte ich nicht, dass Ma und Dad allein sind."

„Das hätten wir schon geschafft", fiel ihre Mutter ihr trotzig ins Wort. Der Starrsinn in ihren Augen erinnerte John an die frühere Kraft seiner Mutter und er musste schmunzeln.

„Wieso alleine?", fragte John. „Peggy ist doch gleich nebenan."

Mandy sah ihn überrascht an. „Hast du noch gar nicht mit ihr gesprochen?"

Hastig fuhr John mit einer Hand durch seine Haare und über die Wangen und hoffte, so von der verräterischen Röte abzulenken, die vom Hals empor gekrochen kam. „Nein, ich wollte nachher zu ihr rüber gehen", antwortete er betont beiläufig.

„Daraus wird nichts", erklärte Mandy, „Peggy ist gestern zu ihren Eltern gefahren."

Erleichterung machte sich in ihm breit.

„Sie musste dringend hier raus. Erst die vielen Journalisten vor der Tür, die außer einem Foto der trauernden Witwe gern auch ein Eingeständnis von Ruperts Schuld gehört hätten. Gott sei Dank hat sich ja dann herausgestellt, dass eine defekte Gasleitung die Explosion verursacht hat. Da hat die Pressemeute ihr Camp hier in der Straße wieder geräumt. Peggy hat noch die Beerdigung vorbereitet und sich dann aber aus dem Staub gemacht. Verständlich, wenn du mich fragst. Sie wird erst zum Begräbnis wieder da sein."

John schalt sich einen Egoisten. Er hatte überhaupt nicht bedacht, dass mit einer tödlichen Explosion mitten in London auch ein großer Medienrummel einherging. Was das für seine Eltern oder seine Schwägerin bedeutete, war ihm überhaupt nicht aufgegangen.

Stattdessen war er nur mit sich und seiner eigenen Trauer beschäftigt gewesen.

„Die arme Peggy", unterbrach seine Mutter seine Betrachtungen. „Sie ist so tapfer. Aber wahrscheinlich wird ihr erst später bewusst, dass sie nun ganz allein ist." Ein kurzes Lächeln huschte über ihr Gesicht, während sie von Mandy zu John sah. „Wir haben ja immer noch euch." Als helfe ihr dieser Gedanke, der Trauer ein Schnippchen zu schlagen, plauderte sie nun los. „John, sag, wie geht es dir? Wie war die Reise? Mein Gott, Norfolk ist so weit weg. Du warst sicher ewig unterwegs. Wohnst du wieder bei Lindsay, solange du hier bist? Wie lange bleibst du denn?"

„Elaine!" Johns Vater seufzte. „Lass den Jungen doch erst einmal ankommen."

Mandy schaltete sich ein. „Der Flieger ist doch schon vor einer Ewigkeit gelandet. Wo warst du eigentlich die ganze Zeit?"

John sah den bösen Blick, den seine Ma Mandy zuwarf. Diese streckte trotzig das Kinn vor. „Ich frag´ ja nur."

Jim Woodward, schon immer der Friedensstifter in der Familie, versuchte zu vermitteln: „John ist uns keine Rechenschaft schuldig."

„Schon gut", erwiderte John beschwichtigend, „Ich war bei Rupert."

Alle drei sahen ihn erstaunt an. Mandy senkte beschämt den Blick.

In der folgenden Stunde erzählte John von seinem Besuch auf dem Friedhof. Stockend berichteten seine Eltern noch einmal vom dem furchtbaren Tag, an dem ihr Sohn starb. Gemeinsam blätterten sie in Fotoalben, schwelgten in Erinnerungen und beschworen alte Tage herauf, in denen ihre Welt noch hoffnungsvoll erschien. Mehrmals durchfuhr John die Erkenntnis, dass viele dieser glücklichen Erinnerungen für ihn schon den giftigen Beigeschmack des schlechten Gewissens trugen.

Gerade als das Gespräch langsam versiegte und eine schwere Stille sich auszubreiten drohte, kehrte Luke mit den Mädchen aus dem

Kino zurück. Beide waren ihrer Mutter wie aus dem Gesicht geschnitten. Doch während die dreizehnjährige Mary die dunklen Haare kurz geschnitten hatte, wippten auf Marges Kopf zwei lustige Zöpfe, die von Spangen mit Giraffengesichtern gehalten wurden. Die Achtjährige versteckte sich schüchtern hinter dem Rücken ihres Vaters, konnte sie sich doch kaum an den Onkel aus Australien erinnern. Mary aber, die schon einmal bei John auf Norfolk gewesen war, stürzte sich erfreut auf ihn.

„Onkel John. Wie geht es dir? Was macht mein Boot?"

Als Mary vor drei Jahren mit ihrer Mutter in Kingston Ferien gemacht hatte, durfte sie Steward beim Bau eines kleinen Bootes helfen, welches er schließlich nach ihr benannt hatte. „Oh prima", antwortete John, „Ich bin erst letzte Woche mit der „Mary I" rausgefahren." Er drückte seine Nichte an sich und erhob sich dann, um seinen Schwager zu begrüßen. Obwohl Luke und Mandy vor einer Ewigkeit geheiratet hatten, waren sich John und sein Schwager nie wirklich nahegekommen. Die Entfernung zwischen Edinburgh und Norfolk war sicher eine Erklärung, die Verschiedenheit der beiden Männer eine andere. Luke war großgewachsen und hager. Eine lange spitze Nase verlieh seinem Gesichtsausdruck einen Hauch von Arroganz, der nur verschwand, wenn er lachte. Allerdings entstammte Luke einer alten Adelsfamilie und pflegte sein aristokratisches Äußeres, statt es zu verstecken. So war er auch im Umgang mit Menschen eher hölzern statt herzlich. Es war schwer zu erkennen, für wen er Sympathie hegte oder nicht. Nur die Liebe für seine Frau und seine Kinder sprang ihm regelrecht aus den Augen, wann immer sein Blick auf sie fiel.

John schüttelte ihm förmlich die Hände, Luke klopfte seinem Schwager unbcholfen auf die Schulter.

Alle setzten sich in die Polstermöbel um den Tisch. Mary erzählte von dem Zeichentrickfilm, den sie im Kino gesehen hatten und ließ keinen Zweifel daran, dass sie für diese kindische Unterhaltung viel zu alt war. Dennoch leuchteten ihre blauen Augen begeistert, als sie schilderte, wie die kleine Filmheldin allen Gegnern ein Schnippchen geschlagen und das Abenteuer ihres Lebens bestanden hatte. Im Laufe der Zeit taute auch Marge auf, die sich zu Beginn neben ihre Mutter in einen Sessel gequetscht hatte. Mittlerweile schaukelte sie ihren schmalen Körper zwischen zwei Sesseln hin und her und fiel Mary immer wieder ins Wort. Wie ihre große Schwester bewunderte sie die Hauptdarstellerin, eine begnadete Reiterin. Marge hatte zwar gerade erst mit dem Reitunterricht begonnen, prahlte aber mit dem bisher Gelernten.

Das wiederum rief Mary auf den Plan, die nun ebenfalls von ihrem Hobby schwärmte. Sie ging regelmäßig zum Stepptanz und erfreute die Anwesenden mit der Vorführung einiger Schrittkombinationen, während Marge wiehernd um sie herum galoppierte. John konnte sich das Lachen nicht verkneifen und sah auch in den Augen seiner Mutter eine unbekümmerte Freude aufblitzen. Ihm entging aber auch nicht der missmutige Blick, mit dem Mandy ihn immer mal wieder streifte.

Durch ein mittlerweile geöffnetes Fenster wehte ein frischer Luftzug herein. Der Regen war zurückgekehrt und hatte etwas Abkühlung gebracht. Und doch spürte John, dass es unter der scheinbaren Harmonie schwelte.

Als Mandy in die Küche ging, um ein Abendessen zuzubereiten, hielt John den Augenblick für gekommen, mit seiner Schwester allein zu reden. „Ich helfe dir", sagte er, erhob sich vom Sofa und wollte ihr folgen. Seine Glieder schmerzten. Er hatte eindeutig zu viel gesessen und sich zu wenig bewegt in den letzten Tagen. Was gäbe er darum, jetzt einfach aus der Tür gehen und einen Spaziergang machen zu können, statt sich einer Auseinandersetzung mit Mandy stellen zu müssen. Luke stand ebenfalls auf. „Lass gut sein. Mandy schafft das schon allein. Wie wäre es mit ein bisschen frischer Luft?"

John blickte von Luke zu Mandy und meinte, einen widerstrebenden Blick aufzufangen, den Mandy ihrem Mann zuwarf. Der zuckte gleichmütig die Schultern, hielt ihrem Blick aber stand.

„Okay", antwortete John zögernd. Obwohl er dankbar war, dem Gespräch mit Mandy zu entkommen, hatte er das ungute Gefühl, dass auch ein Spaziergang mit Luke nicht erholsam werden würde.

Die beiden zogen ihre Jacken an, schnappten sich jeder einen Schirm und gingen nach draußen. „Zum Park?", fragte Luke. John nickte nur. Schweigend gingen sie nebeneinander her. Das Prasseln der Regentropfen auf dem Schirm erschien John von Minute zu Minute ohrenbetäubender. Schließlich hielt er es nicht mehr aus. „Schieß los!", forderte er Luke auf.

Luke sah ihn fragend an.

„Na, du willst doch etwas mit mir besprechen, oder? Also, schieß los!", wiederholte John. Sein Schwager hielt den Blick stur vor sich auf den Boden gerichtet, als müsse er sich mit aller Macht darauf konzentrieren, den Pfützen auszuweichen. Schließlich atmete er tief ein und sagte: „Mandy geht es nicht gut."

John schaute ihn überrascht an. Dass Luke mit ihm über Mandy sprach, war noch nie vorgekommen. John musterte seinen Schwager. Er war wie immer sorgfältig und geschmackvoll gekleidet, ganz so, wie man es von einem erfolgreichen Anwalt erwartete. In seinem Anzug und den polierten Halbschuhen gab er eine vornehme Erscheinung ab. John wusste, dass Lukes Tage sorgsam strukturiert waren, seine Pläne zeitlich getaktet und sein Leben so aufregend wie früher das Testbild nach Sendeschluss. Die grauen Augen über der spitzen Nase ließen keine Gefühlsregung erkennen. Luke wäre eine Bereicherung für jede Pokerrunde, wenn es nicht so abwegig wäre, ihn sich um einen verrauchten Tisch mit verruchten Spielern vorzustellen.

John war sich immer sicher gewesen, dass seine Schwester an Lukes Seite ein behütetes Leben führte, dass nichts ihre Familie erschüttern konnte, weil Luke gewissenhaft Sorge für sie alle trug. Nie hätte John aber erwartet, mit Luke über Mandys Nöte zu sprechen.

„Es geht ihr nicht gut?", fragte er zurück. „Bisher hatte ich nur den Eindruck, sie sei sauer auf mich."

„Sie macht sich Sorgen", beharrte Luke. „Und sie fühlt sich mit den Sorgen allein gelassen."

„Herrgott nochmal, nur, weil ich nicht sofort vom Flughafen hierher geeilt bin?" John erschrak selbst über seine Heftigkeit. Die Anspannung der vergangenen Stunden schlug nun in Wut um und entlud sich über Luke. „Mein Zwillingsbruder ist gestorben. Ich war zweieinhalb Tage nonstop unterwegs. Mir war weiß Gott nicht nach Gesellschaft zumute. Ich war zu müde, um zu denken, geschweige denn zu reden." John verstummte plötzlich, als ihm bewusst wurde, wie laut er geworden war. Leiser fuhr er fort: „Mandy ist nicht die Einzige, der es nicht gut geht."

Luke hatte den Wortschwall reglos über sich ergehen lassen. Als John ihn nun anblickte, las er Erstaunen in seinem Gesicht.

„Tut mir leid." Reflexartig verließen die Worte seinen Mund. Dabei hatte er alles genau so gemeint, wie er es gesagt hatte, wohl wissend, dass sein Angriff auch Verteidigung war. Er hatte seine Ankunft bei der Familie nicht nur aus Erschöpfung hinausgezögert. Aber jenen anderen Grund war er nicht bereit zuzugeben. Auch sich selbst gegenüber tat er das nur ungern. Und vor Luke schon gar nicht.

„Mandy macht sich Sorgen wegen eurer Eltern", fuhr Luke sachte fort, ohne auf Johns Ausbruch einzugehen. „Bisher hat Rupert sich um sie gekümmert. Hat sie zum Arzt gefahren, nach dem Rechten gesehen und ihnen im Haus geholfen, wo es nötig war. Wie soll das zukünftig aussehen? Du kannst nicht erwarten, dass Peggy diese Aufgabe nun alleine übernimmt. Es müssen Regelungen getroffen werden."

John erschrak. Er hatte seine Eltern alt und gebrochen gesehen und diesen Zustand allein auf die Trauer geschoben. Er hatte in den letzten Jahren so wenig an ihrem Alltag teilgehabt, dass ihm ihr Hilfebedürftigkeit nicht aufgefallen war. Dass mit dem Tod Ruperts ihr soziales Netz ein großes Loch bekommen hatte, war ihm nicht in den Sinn gekommen. Beschämt sah er Luke an.

„Daran habe ich überhaupt nicht gedacht", gab er zerknirscht zu.

„Das haben wir gemerkt", antwortete Luke. „Und genau deshalb fühlt Mandy sich allein gelassen. Zu Recht, wenn du mich fragst." Es klang weder vorwurfsvoll noch gekränkt, als Luke fortfuhr. „Mandy würde es nie so offen sagen, aber sie fürchtet sich davor, dass eure Eltern erwägen könnten, zu uns nach Edinburgh zu ziehen. Und so wie du zu weit weg bist, um eine verlässliche Hilfe zu sein, ist es auch Mandy nicht möglich, sich täglich um sie zu kümmern. Ihr habt sicher beide gute Gründe für die Wahl eures Wohnortes gehabt."

John nickte stumm.

„Aber Mandy ist jetzt hier und kümmert sich. Du allerdings hast lange auf dich warten lassen. Naja, da reagiert sie eben etwas ungehalten." Luke zeigte ein schiefes Grinsen und John erkannte, dass sein Schwager ein Verbündeter war – kein Gegner.

„Du hast recht", bekannte John. „Mandy und ich müssen gemeinsam eine Lösung finden."

Schweigen senkte sich über die beiden Männer. Der Regen prasselte noch immer auf ihre Schirme, als sie den Heimweg antraten.

* * *

Eindringliches Klingeln schreckte John aus dem Schlaf. Er rieb sich über das stoppelige Kinn und tastete nach dem Wecker. Seine Hand griff ins Leere, das Klingeln dauerte an. John öffnete die Augen und suchte im Dämmerlicht der Nacht erneut nach seinem Wecker. Sein Blick fiel auf ein gerahmtes Bild an der Wand, wo John seinen Nachtschrank erwartet hatte. Verwirrt wandte er den Kopf zur anderen Seite und wünschte sich Licht, um sich orientieren zu können. Er erkannte eine halb geöffnete Tür, dahinter die Schemen eines Bades. Die Erkenntnis traf ihn mit voller

Wucht. Es war nicht sein Wecker, der da klingelte. Er lag auch nicht in seinem Bett in Kingston.

Die sterile weiße Bettwäsche gehörte zum Park City Hotel, ebenso wie die kalte graue Wand mit Ablageboard hinter ihm und die scheußliche Kohlezeichnung im roten Rahmen rechts an der Wand. Mit roter Farbe in den Vorhängen, Zierkissen und Handtüchern sollte wohl von der vornehmen Tristesse des restlichen Zimmers abgelenkt werden. John empfand die Mischung als deprimierend. Da hatte der Aufbahrungsraum auf dem Friedhof eine wärmere Atmosphäre ausgestrahlt.

Die Geschehnisse der letzten Tage fluteten seinen Kopf, allem voran das Gespräch mit Luke. Immer noch schrillte es in der dämmrigen Kälte seines Hotelzimmers. Der Ton verursachte einen stechenden Schmerz in Johns überlastetem Kopf. Endlich fischte er das Handy von der Ablage am Kopfende des Bettes, drückte eine Taste und hielt es sich ans Ohr. „Ja?", nuschelte er, noch immer von Schlaf und Schreck benommen.

„Hey John, habe ich dich geweckt? Seit wann legst du dich mittags hin?"

John erkannte die Stimme sofort. „Linds", antwortete er. In diesem einen Wort lag Erleichterung ebenso wie Empörung. Lindsay plauderte munter drauf los.

„Ich habe total verrückte Tage hinter mir, das kann ich dir sagen. Ich komme gerade aus New York. Mel hat dort eine Galerie eröffnet. Erinnerst du dich an sie? Ach, egal. Auf jeden Fall haben sie mir bei der Vernissage meine Tasche geklaut, mit allem drin. Du glaubst es nicht. Papiere weg, Smartphone weg, alles weg. Das war vielleicht eine Odyssee, bis die Botschaft mir Ersatzpapiere zur Ausreise besorgt hat. Gott sei Dank bin ich wieder zu Hause. Mitten in der Nacht und todmüde, aber gerade recht, um dich anzurufen. Dieses Rechnen wegen der Zeitverschiebung macht mich noch verrückt. Aber so oft wie du angerufen hast, muss es ja dringend sein. Was gibt´s denn bei dir?"

John unterbrach ihren Redefluss nicht. Er sah sie förmlich vor sich, wie sie mit dem Telefon am Ohr durch die Wohnung wuselte, Dinge hierhin und dorthin räumte und aufgekratzt in den Hörer sprach. Ihm tat es gut, den Fokus für einen kurzen Moment auf etwas Anderes zu richten, als auf die eigenen Probleme. Und Lindsay sprudelte über vor Erlebnissen und dem Drang, sich mitzuteilen. Als sie Luft holte und auf seine Antwort wartete, beschlich ihn Bedauern. Mit seinen nächsten Worten würde er ihrer unbeschwerten Fröhlichkeit einen herben Dämpfer verpassen. Trotzdem sprach er sie aus. „Rupert ist tot."

Wie John es vorausgesehen hatte, verpuffte Lindsays Heiterkeit wie Luft aus einem geplatzten Ballon. Es dauerte einige Sekunden, ehe sie ihre Sprache wiederfand. „Sag das noch mal!", entfuhr es ihr schließlich.

„Er wird am Dienstag beerdigt." John ersparte sich und ihr die Wiederholung. „Deswegen bin ich in London. Ich hatte gehofft, bei dir unterkriechen zu können."

„Du bist in London? Ach du Scheiße, dann ist es bei dir auch mitten in der Nacht. Und ich habe dich geweckt. Tut mir leid. Wo schläfst du denn?"

Typisch Lindsay, dachte John. Sie richtete sofort ihre Aufmerksamkeit ganz auf denjenigen aus, der ihre Hilfe brauchte. So war sie immer schon gewesen.

Während ihrer gemeinsamen WG-Zeit war John meistens als Arzt in Entwicklungsländern unterwegs gewesen. Die Wohnung in Southwark hatte ihm als heimatlicher Stützpunkt gedient. Als alle anderen auszogen waren, behielt Lindsay die Wohnung für sich. Johns altes Zimmer war heute ihr Gästezimmer und ihre Tür stand ihm immer offen.

„John, bist du noch dran?", fragte Lindsay und er konnte hören, wie sie ein Gähnen unterdrückte. Beschämt seufzte er. Lindsay hatte anstrengende Tage in New York hinter sich, einen stundenlangen Rückflug und hatte sich trotzdem – zu Hause angekommen – sofort bei ihm gemeldet. Sich selbst im Schlaf gestört gefühlt, hatte er nicht eine Sekunde an ihr

Schlafbedürfnis gedacht. Toller Freund, dachte er und sagte laut: „Pass auf, Linds, ich bin im Park City Hotel und hier für den Moment gut aufgehoben. Wir gehen jetzt beide ins Bett, schlafen unseren Jetlag aus und morgen packe ich dann meinen Kram zusammen und komme zu dir."

„Okay", antwortete Lindsay und gähnte wieder. „Aber Frühstück gibt´s bei mir."

Sie verabredeten sich für die Mittagszeit, wünschten sich eine gute Nacht und beendeten das Telefonat. John legte sein Handy weg und ließ sich wieder ins Kissen sinken.

Obwohl die Müdigkeit in seinen Augen brannte, fand er keinen Schlaf. Er lauschte den Geräuschen der Großstadt, die ihm so fremd geworden waren. Trotz der geschlossenen Fenster hörte er den nächtlichen Straßenverkehr, die Sirenen der Rettungsfahrzeuge vom nahe gelegenen Krankenhaus und hin und wieder laute Rufe derer, die den Beginn des Wochenendes fröhlich feierten. Was würde er dafür geben, heiter und ausgelassen wie sie durch die Straßen ziehen zu können. Oder aber zurückzukehren in die Stille und Friedlichkeit seines Hauses auf Norfolk. John legte sich auf den Rücken, verschränkte die Hände auf dem Bauch und versuchte, sich auf seinen Atem zu konzentrieren, um seinen aufgewühlten Geist zu beruhigen. Gesichter trieben vor seinem inneren Auge vorbei.

Er sah seine Mutter, ihre liebevollen Augen, die ihn aus einem faltigen Gesicht anlächelten. Was für ein Schreck, sie so alt zu sehen. Es war noch nicht lange her, da hatte sie ihn mit ihrer Fürsorge und Liebe manchmal geradezu erdrückt. Nun reichte ihre Kraft kaum mehr für sich selbst. Johns Gedanken wanderten weiter zu seinem Vater, den eine Aura der Würde umgab, obwohl seine Haut grau und eingefallen war und ihn leblos erscheinen ließ. Es fiel John schwer, sich den imposanten und gerechten Vater von einst in Erinnerung zu rufen, dessen Wort jede noch so hitzige Auseinandersetzung zu schlichten vermocht hatte. Das Bild von Mandy nahm in seinem Geist Gestalt an. Etwas chaotisch als Jugendliche, doch nun als attraktive Frau mit Esprit und Selbstvertrauen. Obwohl sie sich immer ganz gut verstanden hatten, war ihr Verhältnis nie ein inniges gewesen. Bei all dem Blödsinn, den John und Rupert verzapft hatten, stand sie immer außen vor und rollte genervt die Augen, wenn Jim Woodward wieder mal ein Machtwort sprechen musste. Mandy hatte sich mehr und mehr von ihnen allen distanziert. John hatte das nie sonderlich beschäftigt – er hatte ja Rupert an seiner Seite. Rupert sah er nun auch vor sich, mit weißem Hemd und stark geschminktem Gesicht. Dies war aber nicht das Bild seines Bruders, an das John sich erinnern wollte. Er rief sich die freche Sommersprosse in Erinnerung und klammerte sich daran fest, um dem fratzenhaften Gesicht des Toten etwas Lebendiges entgegenzusetzen.

Er liebte seine Familie, hatte sie immer geliebt. Jedes Mitglied auf die ihm eigene Weise. Nur deswegen war er doch gegangen. Es war ihm nicht leichtgefallen. Aber er war überzeugt, dass sie alle besser dran waren ohne ihn. Er wollte doch nur, dass sie glücklich waren. Sie jetzt alle so traurig zu sehen, ließ ihn schaudern.

Mit der diffusen Klarheit des nahenden Schlafes erkannte er, dass der Abstand zu seiner Familie in all den Jahren nicht nur ein räumlicher war.

Kapitel 9

1991 - Southend-on-Sea, England

Der Strand glitzerte, als er Lindsay aus dem Wasser steigen sah. Sie kam auf ihn zu, Wasserperlen auf der gebräunten Haut, lange Beine, leuchtend blaue Augen. Nur die raspelkurzen schwarzen Haare wollten nicht so recht zu seinem Bild einer verführerischen Frau passen. Auch ihre Figur war ein bisschen zu hager für seinen Geschmack. Trotzdem weckte ihre Erscheinung körperliches Verlangen in ihm. Er schalt sich einen Narren, schließlich kannte er sie kaum. Vor einigen Monaten war Lindsay in Johns Abwesenheit bei Steward und ihm in die WG in Southwark gezogen. John war gerade von seinem Einsatz als Arzt in der Mongolei zurückgekommen und hatte Lindsay jetzt erst kennengelernt. Sie war vier Jahre jünger als er selbst, studierte Kunst und Design am Kings College und machte es allen mit ihrer unbeschwerten Art leicht, sie zu mögen.

Weil die Sonne an diesem Morgen unerwartet vom Himmel gestrahlt hatte, waren

John und Lindsay gemeinsam aufgebrochen, um einen Tag am Strand zu verbringen. Während John die Stille genoss und in ein Buch vertieft im Sand liegen geblieben war, hatte es Lindsay in das kalte Wasser gezogen. Sie war eine Weile auf und ab geschwommen und kam nun aus dem Wasser. John saß inzwischen auf seinem Handtuch und beobachtete sie versonnen. Es war spät geworden, die Sonne stand tief, eine sanfte Brise wehte den Geruch des Salzwassers an Land. Lindsay blieb dicht an der Wasserkante stehen und schüttelte ihren Kopf mit dem nassen kurzen Haar, so dass Wassertropfen wie kleine Funken um sie herum aufleuchteten. John spürte ein Kribbeln im Rückenmark. Diese junge Frau faszinierte ihn. Ihre Leichtigkeit und Fröhlichkeit wirkte wie Medizin. Er staunte, wie wohl er sich in ihrer Nähe fühlte. Dass nun auch eine erotische Begierde in ihm wuchs, verblüffte ihn. Seit über einem Jahr war er keiner Frau mehr näher gekommen.

„Ah, das tat gut." Lindsay ließ sich mit einem wohligen Seufzer neben John auf ihrem Handtuch nieder. „Du schwimmst wohl nicht so gern?"

„Nicht mehr", antwortete John wahrheitsgemäß. Nach seiner Herz-Operation hatte er seine Kondition mit regelmäßigem Schwimmen trainiert. Doch seit dem College spielte er lieber Rugby.

Lindsay legte sich auf den Rücken, räkelte sich, bis sie eine gute Liegeposition gefunden hatte, verschränkte die Arme hinter dem Kopf und schloss die Augen. John ließ seinen Blick über ihren Körper gleiten wie einen Scanner. Ihre langen Beine beeindruckten ihn. Ihr Venushügel zeichnete sich deutlich unter dem knappen schwarzen Bikini ab. Ein neuerlicher Stromstoß fuhr durch seinen Körper. Ihr Bauch war flach, der Bauchnabel eine tiefe geheimnisvolle Höhle. Die festen Brüste weckten in ihm ein heftiges Verlangen. Er räusperte sich und zwang sich, seinen Blick abzuwenden.

Möwen flogen kreischend über ihre Köpfe hinweg, die Sonne versank allmählich am Horizont. Schließlich beschlossen sie, die Heimfahrt anzutreten, packten ihre Sachen ein und gingen schweigend zum Auto. Lindsay stieg auf der Fahrerseite ein und sah John fragend an: „Direkt nach Hause oder erst etwas Essen im Pub?"

„Mir ist nicht nach Essen", antwortete John zu seiner eigenen Überraschung und mit einem undefinierbaren Unterton.

Lindsay sah erschrocken zu ihm herüber, wandte sich dann aber wieder der Straße zu. Nach einem kurzen Zögern fragte sie zurück: „Nach was ist dir denn?"

Der rauchige Ton ihrer Stimme ließ sein Herz schneller schlagen. Mutige Frechheit und unbändige Lust loderten in ihm auf. „Ich hätte Lust, mit dir ins Bett zu gehen." Seine Kühnheit verschlug ihm selbst die Sprache. Lindsay schwieg eine Weile, als denke sie über seine Offerte nach. Sie schaute ihn lange unverwandt an, heftete ihren Blick dann wieder auf die Straße und sagte: „Okay."

Als sie die Wohnungstür zu ihrer WG öffneten, schauten sich beide verlegen grinsend an. John meinte, seine eigene Verlegenheit auch in Lindsays Augen zu erkennen. „Hallo! Jemand zu Hause?", rief Lindsay in die Wohnung. Niemand antwortete. Verblüfft bemerkte John den veränderten Ausdruck in Lindsays Gesicht. Wo er eben noch Verlegenheit zu sehen gemeint hatte, funkelten nun Lust und Begierde. Wer einen Mann zu verführen suchte, tat gut daran, einen solchen Ausdruck in den Augen zu tragen, wie Lindsay es tat. Das Kribbeln in seinem Rückenmark war zurück und es beraubte ihn seiner Sprache. Stumm stand er ihr im Flur gegenüber und starrte sie einfach nur an. Lindsay ergriff die Initiative und begann sich auszuziehen. Ein Kleidungsstück nach dem anderen landete auf den Holzdielen des Flures, während sie John Schritt für Schritt bis in ihr Zimmer zog. Als sie schließlich nackt vor ihm stand und eine Hand nach ihm ausstreckte, um nun auch ihm beim Ausziehen zu helfen, da war seine Lust verpufft wie ein flüchtiges Gas. Was war bloß in ihn gefahren? Lindsay war lieb und nett, er würde in Zukunft mit ihr in einer Wohngemeinschaft wohnen müssen.

Wollte er die zarten freundschaftlichen Bande, die sie gerade erst geknüpft hatten, zerstören, indem er seine triebgesteuerte Begierde befriedigte? Außerdem war in seinem Leben kein Platz für eine Beziehung. Schon in wenigen Wochen würde er wieder aufbrechen, nach Nepal dieses Mal. Konnte er da zulassen, dass Lindsay womöglich echte Gefühle investierte? Und ganz tief in seinen Gedanken schwebte wie auf einem leichten fließenden Stück Stoff der Name Peggy durch seinen Kopf. Abrupt griff John nach Lindsays Hand und hielt sie fest. Er sah die Verwunderung und dann den Schmerz des Verstehens und der Zurückweisung in ihren Augen, als er sagte: „Tut mir leid! Ich glaube, das war keine gute Idee." Er machte auf dem Absatz kehrt und verließ Lindsays Zimmer.

Kapitel 10

10. August 2013 - Southwark, London, England

Am frühen Nachmittag erreichte John die Wohnung in Southwark. Er hatte länger geschlafen als gedacht und fühlte sich, wenn schon nicht wie neu geboren, so doch etwas ausgeruht. Die verstörenden Bilder der Nacht hatte er in den hintersten Winkel seines Denkens verbannt. Nach Rasur und Dusche konnte immerhin sein Äußeres sich wieder sehen lassen. Mit einem Strubbeln durch die Haare hatte John seine Musterung im Spiegel beendet, nach seiner Reisetasche gegriffen und das Hotel verlassen.

Nun stand er vor seinem alten Zuhause und klingelte. Schritte waren zu hören, dann riss Lindsay die Tür auf und trat ihm lächelnd gegenüber.

„Da bist du ja. Schön, dich zu sehen", sagte sie, zog John in die Wohnung und umarmte ihn fest. Mit dem ersten Schritt auf den Holzboden des Flures wich das Gefühl von Druck und Trauer aus seinem Innern. Stattdessen fühlte er sich endlich angekommen und gut aufgehoben. Seine Schultern sackten merklich hinab und er fühlte sich von einer schweren Last befreit. Lindsays leuchtende Freude und offensichtliche Freundschaft taten ihr Übriges, ihn zu entspannen. Er stellte sein Gepäck an der Garderobe ab und drehte sich wieder Lindsay zu. Sie trug die Haare kurz und schwarz wie immer. Ein paar Pfunde mehr seit ihrer letzten Begegnung standen ihr gut, machten sie rundlicher und ließen sie weicher wirken. Zum Schottenmuster-Minirock trug sie eine auffallend blaue Bluse und eine ebenso schrille Strumpfhose. Stulpen und Doc Martens machten das Outfit perfekt, und das blaue Nasenpiercing kommentierte frech die Kombination.

„Es ist auch schön, dich zu sehen", sagte John.

Sie drehte sich um und ging ihm voraus in die altvertraute Wohnung. Fünf Türen gingen von einem langen Flur ab. Es gab eine geräumige Wohnküche, früher der Mittelpunkt der Wohngemeinschaft und noch heute Johns

Lieblingsraum. Außerdem drei Zimmer, eine kleine Abstellkammer hinter einem der Räume, der Lindsay heute als Atelier diente und das Bad. John folgte Lindsay in die Küche zu dem opulent gedeckten Tisch. Nach der Auflösung der WG hatte Lindsay sich eine rotglänzende Einbauküche gekauft, die durch ihre alten WG-Stühle und den großen Holztisch aufgelockert wurde. Ein altes WG-Ritual hatte Lindsay beibehalten. Rund um den Fensterrahmen klebten Postkarten, die Freunde und Bekannte von überall aus der Welt geschickt hatten.

Lindsay ging zum Kühlschrank. „Immer noch Milch?", fragte sie John.

„Ja, ich bin immer noch nichts weiter als ein großer Junge, der gern Milch trinkt", antwortete John schmunzelnd. Er hatte lange gedacht, er und Rupert seien die einzigen Erwachsenen, die Milch tranken. Aber Lindsay mochte sie ebenso gern, und gemeinsam hatten sie schon manch lange Nacht mit vielen Gläsern Milch und guten Gesprächen verbracht. Lindsay kannte all seine Vorlieben und

Abneigungen, wenn es ums Essen ging. Entsprechend einladend war das Frühstück auf ihn abgestimmt.

Sie setzten sich, begannen zu essen und ihre jeweiligen Neuigkeiten auszutauschen. John erzählte alles, was er über Ruperts Unfall wusste und wie es ihm seit dem Anruf seiner Eltern ergangen war. Lindsay hörte aufmerksam zu, lachte über die Begegnung mit Grandma Lucy und schwieg bedrückt, als er vom Besuch auf dem Friedhof erzählte. Anschließend fühlte er sich gereinigt. Lindsays Küche war ein Ort, an dem er endlich das Gefühl hatte, ganz er selbst sein zu dürfen.

„Und Peggy?", fragte Lindsay leise, als er mit seinem Bericht endete.

Unwillkürlich hielt John die Luft an. Sein Rücken straffte sich, seine Miene wurde finster. „Sie ist bei ihren Eltern", antwortete er zögernd.

„Du hast sie noch nicht gesehen?", hakte Lindsay nach.

„Nein."

„Hast du wenigstens mit ihr gesprochen? Sie angerufen?" fragte Lindsay eindringlich und runzelte die Stirn.

„Nein."

„Und? Was hast du vor?"

Gereizt fuhr John sie an: „Was soll ich denn vorhaben?"

Lindsay lehnte sich auf ihrem Stuhl zurück, sah John lange an und sagte schließlich: „Hey, ich bin es. Lindsay. Weißt du noch? Du kannst mit mir reden."

John blickte sie überrascht an. Dann sackte sein Körper wieder in sich zusammen. Mit einem Stoß atmete er aus. „Tut mir leid."

„Ist schon okay", erwiderte Lindsay und fragte nach einer kurzen Pause erneut: „Also, was hast du vor?"

John schob sich einen Löffel Obstsalat in den Mund und kaute lustlos darauf herum. Er ließ sich viel Zeit, bis er endlich antwortete: „Ich weiß es nicht. Ich hoffe wohl einfach darauf, es irgendwie durchzustehen und dann zurück nach Hause zu fliegen."

„Du läufst also wieder weg." Lindsays Worte waren reine Feststellung, kein Vorwurf klang heraus.

„Wenn du es so nennen willst."

„Wie würdest du es denn nennen?"

John antwortete mit einer Gegenfrage. „Was soll ich denn sonst tun? Rupert ist tot. Peggy hat ihren Ehemann verloren. Meine Eltern zerbrechen an der Trauer. Alles ist schon schlimm genug. Glaubst du, das wäre der richtige Zeitpunkt, die Wahrheit zu sagen?"

„Aber du kannst doch nicht ewig weglaufen."

„Nein, das kann ich wohl nicht." John atmete schwer. „Doch im Moment haben wirklich alle genug mit sich selbst zu tun. Da kann ich ihnen nicht auch noch meinen Mist aufbürden."

Lindsay holte Luft, überlegte es sich dann anders und schwieg. John war ihr dankbar dafür und sagte: „Jetzt bist du dran. Erzähl von New York. Dir wurde die Tasche geklaut?"

Nach kurzem Zögern ließ Lindsay sich auf den Themenwechsel ein und berichtete von ihren Erlebnissen. Mit wilden Gesten und viel Gelächter beschrieb sie die Vernissage, um derentwillen sie überhaupt in die USA geflogen war. Die schrillen Figuren in der Galerie ihrer Freundin Mel, die entweder Künstler, Kritiker oder Mäzen zu sein vorgaben und bei näherer Betrachtung und eingehender Unterhaltung keinen blassen Schimmer von Kunst hatten. Die mageren Mädchen, die an den Armen älterer Herren durch die Ausstellung flanierten und sich sogar die appetitlichen Häppchen untersagten, von denen Lindsay sich extra einige in ihre Handtasche gepackt hatte, weil sie so köstlich waren.

„In eben jene Tasche, die dir dann schließlich geklaut wurde?", fragte John lachend.

„Ja, mach dich nur lustig." Lindsay boxte ihn schmunzelnd in die Seite. „Das war letztlich mein kleines Trostpflaster. Dass ich mir immer vorgestellt habe, wie der elende Dieb voller Vorfreude mit seiner Hand in die Tasche greift und als erstes mit den Fingern im Schmierkäse steckt."

Nun lachten beide. Es dauerte eine Weile, bis Lindsay ihren Bericht fortsetzen konnte.

„Sonst war es leider gar nicht witzig. Die im Hotel wollten mir ohne Ausweis kein Zimmer geben. Da musste ich erst Mel bitten, mitten in der Nacht und nach der Anstrengung der Vernissage, ins Hotel zu kommen und für mich zu bürgen. Und am nächsten Tag hatte ich ein irrsinniges Gerenne, um an neue Papiere zu kommen. Eigentlich hatte ich mir zwei schöne Tage machen wollen, ein bisschen shoppen, ein paar Museen und Galerien, vielleicht einen kleinen Flirt am Abend. Stattdessen habe ich einen ganzen Tag im Behördendschungel verloren. Von dem Ärger über das geklaute Geld und das verschwundene Handy ganz zu schweigen."

Inzwischen hatten sie ihr spätes Frühstück beendet und gemeinsam die Küche aufgeräumt. Bei einem frischen Kaffee saßen sie weiter in der Küche und unterhielten sich. Der

Tag ging langsam in den Abend über, als John bemerkte, dass Lindsay begann, unruhig auf ihrem Stuhl hin und her zu rutschen.

„Linds, spuck's aus. Du hast doch noch was."

Lindsay errötete leicht und sagte dann: „Ach Mist, ich weiß auch nicht. Ich habe eigentlich eine Verabredung für heute Abend und schiebe es schon die ganze Zeit vor mir her, sie abzusagen."

„Du musst doch nicht absagen. Was für eine Verabredung ist es denn?", fragte John mit einem wissenden Lächeln. Dass Lindsay kurz zuvor von einem Flirt gesprochen hatte, war bei ihm nicht auf taube Ohren gestoßen.

Lindsay konnte sich ein Grinsen nicht verkneifen. „Mitch. Ich habe ihn auf dem Rückflug kennengelernt. Immerhin eine kleine Entschädigung nach der missglückten Reise."

„Du hast ihn letzte Nacht auf dem Flug kennengelernt? Und da habt ihr euch gleich für heute Abend verabredet? Na, das muss ja ein toller Typ sein." John schmunzelte.

„Ja, er hat was", bestätigte Lindsay. „Trotzdem. Ich freue mich, dass du hier bist und fände es total gemein, dich jetzt allein zu lassen. Nur wie sagt man ein erstes Date wegen eines guten Freundes ab, ohne dass es total schräg rüberkommt?"

„Gar nicht", drängte John, „es ist total okay, wenn du gehst. Ich bin ja noch ein paar Tage hier und ich kann auch gut mal allein sein. Ehrlich!"

Lindsay schaute skeptisch, ließ sich aber letztlich überzeugen. „Na gut, überredet. Sehen wir uns dann morgen? Oder fährst du zu deinen Eltern?"

„Nein. Mandy hat sie überreden können, eine Einladung von alten Freunden in Bexhill-on-Sea anzunehmen. Ich glaube, es wird ihnen guttun, aus den eigenen vier Wänden raus zu kommen."

Lindsay überlegte kurz. „Und was macht Mandy?

„Sie und Luke haben den Kindern einen Tag in einem Freizeitpark versprochen." John schnitt eine Grimasse und knurrte dazu. „Geisterbahn und Streichelzoo sind sicher unterhaltsamer, als die trauernde Verwandtschaft." Er lachte freudlos.

Lindsay lächelte ihn aufmunternd an. „Okay, dann machen wir morgen aber auch irgendetwas Schönes. Abgemacht?"

John zögerte nicht lange. „Abgemacht."

Kapitel 11

September 1996 - Southwark, London, England

Mit einem dumpfen Plumpsen landete Johns zerschlissene Reisetasche auf dem Boden unter der Garderobe. „Hallo? Jemand zu Hause?", rief er in die weitläufige Wohnung. Er war erleichtert, als niemand antwortete. Die Holzdielen knarzten unter seinen Sohlen, als er in die Küche ging. Nach einem prüfenden Blick stellte er beruhigt fest, dass sich seit seinem letzten Besuch nichts verändert hatte. Ein großer runder Tisch stand in der Mitte des Raumes, vier Stühle darum herum. Über ihm baumelte eine große Papierlampe. An den Wänden standen neben Herd, Spüle und Kühlschrank einige Schränke und Regale, in denen sich Kochutensilien, Geschirr, Bücher, Konserven, Weinflaschen und wildes Durcheinander zusammendrängten. Es gab keinen freien Platz für Bilder oder andere Dekoration. Einzig der Fensterrahmen war über und über mit Postkarten beklebt. Einige davon stammten von John.

Im Kühlschrank fand er eine Flasche Milch. Er öffnete sie und nahm einen großen Schluck. Lindsay, der die Milch sicher gehörte, würde es ihm verzeihen, davon war er überzeugt. Erschöpft ließ er sich auf einem der Stühle nieder und starrte gedankenverloren vor sich hin. Er hatte niemandem gesagt, dass er heute käme, also erwartete ihn hier auch niemand. Zu seiner Erleichterung, einen Moment Ruhe zu haben, gesellte sich das schale und zugleich vertraute Gefühl der Einsamkeit. Eine Haarsträhne kitzelte ihn am Ohr und er schob sie weg. Der letzte Friseurbesuch lag schon eine Weile zurück. So würde er nicht bei der Feier auftauchen können, das war klar.

Eine innere Unruhe hatte ihn erfasst, als das Taxi ihn vor dem Haus abgesetzt hatte. Seit acht Monaten war er nicht mehr hier gewesen. Trotzdem war sein Zimmer in dieser WG seine einzig wirkliche Heimat. Hier bewahrte er auf, was ihm wichtig, aber bei seinen Aufenthalten im Ausland nutzlos war. Diese Wohnung und seine Bewohner waren seine Schutzburg, sein Rückzugsort. Steward und Lindsay, mit denen er diese Wohnung teilte, waren die einzigen Menschen auf der Welt, die er in seiner Nähe ertragen konnte, wenn es ihm schlecht ging. Gleichzeitig respektierten sie, wenn er mürrisch und in sich gekehrt auch mit ihnen nicht reden wollte. Manchmal konnte er einfach niemanden ertragen, nicht einmal sich selbst.

Ein Schlüssel drehte sich im Schloss, knarrend öffnete sich die Tür, an der Garderobe klackerte ein Kleiderbügel. „John? Bist du zu Hause?"

Schnellen Schrittes und mit einem breiten Lachen im Gesicht kam Lindsay in die Küche. John stand auf und die beiden umarmten sich. Dann löste sich Lindsay von ihm und fragte: „Seit wann bist du denn hier? Und warum hast du nicht Bescheid gesagt, dass du kommst? Ich hätte dich vom Flughafen abgeholt und eingekauft." Ihr Blick fiel auf die geöffnete Milchflasche. „Ah, du bist schon fündig geworden, sehe ich", lachte sie. „Lass dich anschauen. Wie geht´s dir? Wie lange bleibst du?"

„Langsam, langsam, Lindsay. Nicht so viele Fragen auf einmal." Schmunzelnd setzte er sich wieder an den Tisch. Lindsay öffnete einen der Schränke, griff nach einem Glas, schenkte sich etwas Milch ein und setzte sich zu ihm. Groß und schlaksig, wie sie war, wirkte sie für ihre siebenundzwanzig Jahre sehr mädchenhaft. Ihr immer noch raspelkurzes dunkles Haar bildete einen schönen Kontrast zu ihren leuchtend blauen Augen. Ihr Nasenpiercing war heute ein kleiner roter Stern, passend zur roten Jeans, die sie mit einem schwarzen Hemd kombiniert hatte, auf dessen Rücken ein wildes Muster prangte. Rote High Heels komplettierten das auffällige Outfit. Lindsay legte viel Wert auf ihr Äußeres. Ganz anders als John. Er trug meistens schwarze Shirts zu Blue Jeans und Sneakers. Morgens war er sowieso zu müde, über seine Garderobe nachzudenken. Da griff er nur nach dem ersten sauberen Teil, das ihm in die Finger kam. Schon als kleiner Junge war ihm das Aufstehen schwergefallen. Er hatte es jedes Mal so lange wie möglich hinausgezögert und sich dann geärgert, wenn er sich beeilen musste.

„Nun sag schon, wie lange bleibst du?" Lindsays Frage holte John in die Gegenwart zurück. „Ich weiß noch nicht genau. Mindestens diese Woche. Erst am Montag entscheidet sich, ob ich wieder nach Äthiopien fliege oder wohin es dieses Mal geht."

„Und wie kommt es, dass du uns mit deiner Anwesenheit beehrst?"

„Rupert und Peggy heiraten."

Es tat erstaunlicherweise nicht so weh, das zu sagen, wie er befürchtet hatte. Dass seine Stimme leicht gezittert hatte, war Lindsay hoffentlich nicht aufgefallen. Ihr Lächeln war erloschen, sie starrte ihn einfach nur an.

„Oh Gott, John, ich weiß gar nicht, was ich sagen soll." Sie legte eine Hand auf seine. „Wie geht es dir?

Er lachte spröde auf. „Wie soll´s mir schon gehen? Gut. Ich weiß nicht. Beschissen. Eigentlich hätte es mir klar sein müssen. War doch nur eine Frage der Zeit." Mit einem Schulterzucken versuchte er, das Gefühl abzuschütteln. Es gelang ihm nicht. Nun war er doch gleich damit herausgeplatzt. Dabei hatte er sich fest vorgenommen, die unglückselige Feier am kommenden Wochenende nicht sofort zu erwähnen. Er wollte möglichst unbeschwerte Tage mit seinen Mitbewohnern verbringen und nicht ihre mitleidigen Blicke und tröstenden Gesten ertragen müssen. „Lass uns nicht weiter drüber reden, ja?!", schob er also gleich hinterher. „Und? Was gibt es hier Neues? Ist Steward da oder jettet er gerade durch die Welt?"

John hatte das kleinste Zimmer mit Fenster zum Hinterhof. Er war ja auch am seltensten da. Steward hatte das nächstgrößere Zimmer bekommen. Er arbeitete als Pilot und war ebenfalls viel unterwegs. Als puristischer Mensch war ihm darüber hinaus seine Einrichtung nicht so wichtig. Lindsay hingegen hatte ihr Zimmer durchdacht, gestylt und strukturiert. Das Chaos in der Küche konnte sie nur mit einem ordentlichen Gegenpol ertragen. Den hatte sie sich in ihrem Zimmer geschaffen.

Lindsay grinste. „Steward ist heute Morgen

gerade nach L.A. geflogen. Der kommt erst in vier Tagen zurück. Du musst also mit mir Vorlieb nehmen."

„Okay, lass mich nur kurz duschen und dann gehen wir in den Pub, okay? Ich habe Hunger und Lust auf eine Partie Backgammon. Bist du dabei? Ich lad' dich ein." Er wusste, dass Lindsay als Studentin jeden Cent umdrehen musste. Sein gutes Ärztegehalt dagegen konnte er in den ärmsten Ländern der Welt, in denen er arbeitete, sowieso nie ausgeben. Er lud Lindsay also gern ein und hoffte, im Trubel des Pubs auf andere Gedanken zu kommen und nicht Lindsays bohrenden Fragen ausgesetzt zu sein. So zierlich ihre Gestalt auch war, sie hatte den Willen einer englischen Bulldogge. Hatte sie sich in den Kopf gesetzt, mit John über Peggy zu reden, so würde es schwer sein, sie davon abzubringen. Im Pub würde das zweifellos besser gelingen als in ihrer Küche.

John schnappte seine Reisetasche und ging zu seinem Zimmer. Vor der Tür hielt er kurz inne. Als er vor einigen Monaten zuletzt hier war, hatte er auf einer Party ein Mädchen kennengelernt und sie mit zu sich nach Hause genommen. Es war eine stürmische Nacht, doch schon am nächsten Morgen war ihnen beiden klar gewesen, dass sie sich nicht wiedersehen würden. So sehr er sich jetzt anstrengte, ihr Name wollte ihm nicht mehr einfallen. Ob es noch Spuren von ihr in seinem Zimmer gab? Er drückte die Klinke herunter, öffnete die Tür und trat ein. Erst als er die Tür hinter sich wieder geschlossen hatte, schaltete er das Licht an. Er atmete tief ein. Die Luft roch nach Staub und Mottenkugeln. Im Licht der Lampe tanzten Staubflusen. Er blickte sich um. Sein Bett stand direkt unter dem Fenster und verschwand unter einer grauen Tagesdecke. Auf einem Sessel in der Ecke rechts vom Bett lag zwar einiger Plunder, aber scheinbar nur sein eigener. An der linken Wand stand ein Kleiderschrank. John öffnete die Türen, um frische Sachen zu suchen. Der Geruch nach Mottenkugeln verstärkte sich und er öffnete das Fenster. Wollte er nicht wie ein Kammerjäger riechend in den Pub gehen, mussten also die Klamotten, die er am Leib trug, für heute noch reichen. Morgen wäre dann wohl ein Waschtag angebracht.

Er ließ sich in den Sessel sinken. Das schwarze Leder begann sich an den Nähten aufzulösen. Dieser Sessel war ihm heilig. In ihm hatte sein Granddad immer gesessen. Wann immer der John Geschichten vorgelesen oder eine Partie Backgammon mit ihm gespielt hatte, war dies sein Sessel gewesen. Während seine Eltern bei der Arbeit und Rupert in der Schule waren, hatte sein Granddad sich um ihn gekümmert. Er war gestorben, als John und Rupert noch auf das College gingen. Es war so plötzlich geschehen, dass keine Gelegenheit für einen Abschied geblieben war. Der Sessel war der einzige Gegenstand, der John als Erinnerung geblieben war – und in ihm fühlte er sich geborgen.

Neben dem Sessel lag ein Buch auf dem Boden. „Befremdliche Völker, seltsame Sitten" hatte er zu seiner Einstimmung auf Addis Abeba gelesen. Im Regal neben dem Sessel gab es auch Bildbände über Äthiopien und afrikanische Musik-CDs. Wann immer er ein neues Land bereiste, wollte er vorbereitet sein. Kultur, Religion und Traditionen konnten seine Arbeit sowohl behindern, als auch erleichtern. Er wollte sie gern für sich nutzbar machen und gab sich Mühe, die Menschen der Länder zu verstehen. Viele Andenken seiner Aufenthalte schmückten sein kleines Zimmer: Ein Jadestein aus der Mongolei, sowie eine kleine Statue des Dsanabadsar, eines religiösen Oberhauptes, die er von einem Patienten in Ulan Bator geschenkt bekommen hatte; die Schuhe, mit denen er einige Himalaya-Wanderungen bestritten hatte, standen wie Kostbarkeiten eines Museums ausgestellt auf einem Bord, ein großes Bild des Himalaya hing dahinter an der Wand und erinnerte an seine Zeit in Nepal; aus Äthiopien hatte er eine Krar – eine Leier – mitgebracht, auf der er aber nicht spielen konnte. Das Mancala-Spielbrett aus Ebenholz hingegen hatte er schon oft benutzt. Und dann waren da noch die vier großen Kisten voller Fotos. So oft hatte er sich vorgenommen, sie zu sortieren und zu Alben zusammen zu stellen. Mittlerweile gefiel ihm aber das lose Durcheinander viel besser. Griff man in die Kisten, wusste man nie, welche Fotos zum Vorschein kämen. So war die Überraschung sicher. Er stöberte gern in den Bildern und hängte mal dieses, mal jenes für eine Weile an die Wand. Digitale Kameras waren für ihn nie in Frage gekommen. Nicht nur, dass er lieber ein echtes Bild in Händen hielt, statt eine Datei irgendwo zu speichern. Für ihn war das Fotografieren eine Art Meditation, in der es darum ging, das richtige Objektiv zu wählen und Blende und Verschlusszeit bewusst einzusetzen. Digitales Fotografieren kam ihm vor wie ein Besuch im Fastfood-Restaurant. Ja, man wurde satt, aber es schmeckte eben nicht so gut. Also wurden seine Fotos noch immer auf Papier sichtbar und in Kisten gesammelt.

Ein Klopfen schreckte ihn auf. „John?" Lindsay streckte vorsichtig den Kopf zur Tür herein. „Ich wollte nur sehen, ob du eingeschlafen bist. Ich hab' so lange keinen Mucks von dir gehört. Willst du doch lieber hierbleiben?"

John schüttelte den Kopf, auch um die Erinnerungsbilder zu vertreiben und wieder im Hier und Jetzt anzukommen. „Nein. Ich habe wohl einfach nur vor mich hingeträumt. Gib mir ein paar Minuten, dann können wir los."

Er stemmte sich aus dem Sessel und folgte Lindsay aus dem Zimmer. Im Bad stieg er aus seiner Kleidung und unter die Dusche. Ein kräftiger Wasserstrahl floss auf seine Schultern. Seine innere Unruhe war zwar einem heimeligen Wohlgefühl gewichen, das Lindsay und sein kleines Reich erzeugt hatten, die körperliche Anspannung aber war geblieben. Trotzdem genoss er den Luxus des heißen Schauers. Anschließend trocknete er sich ab, schlüpfte wieder in seine Sachen und verließ das Bad. Er verbannte alle Gedanken an Peggy, seine Familie, seine Arbeit und seine Zukunft aus seinem Kopf. Heute wollte er nur einen unbeschwerten Abend im Pub verbringen. Das sollte doch wohl zu schaffen sein.

Kapitel 12

11. August 2013 - Brighton, England

Lindsay steuerte ihren Mini sicher durch den dichten Verkehr. John saß schweigend neben ihr. Ihm war nicht nach Reden, und mit Lindsay ließ es sich gut schweigen. Sie ließen London hinter sich und die Landschaft wurde grüner. Lindsay schaute hin und wieder zu ihm herüber, sagte aber nichts. John war dankbar dafür. Er sah aus dem Fenster und erkannte Orte und Straßen wieder. Je näher sie Brighton kamen, desto vertrauter war ihm die Umgebung. Er hatte diesen Ort immer gemocht. Hier hatte er sieben Jahre seines Lebens verbracht, war im Internat der erdrückenden Liebe seiner Mutter entkommen und hatte sportliche Vorlieben und Begabungen austesten können.

Lindsay bog schnittig in einen Parkplatz am Madeira Drive ein und ignorierte das laute Hupen eines älteren Herrn. „So, da wären wir. Jetzt brauche ich aber wirklich dringend Frühstück."

„An der Marina Bay gab es früher das beste Frühstück von ganz Brighton. Sollen wir es da versuchen?"

Lindsay griff nach einer roten Handtasche, die zu ihrem Outfit in Rot- und Rosatönen passte. „Dann mal los", sagte sie und stieg aus dem Auto.

Sie schlenderten an den Schienen der alten Straßenbahn entlang, das Meer immer im Blick. Tief sog John den vertrauten Geruch von Salz und Tang ein. Die Sonne blitzte immer mal wieder durch die Wolken. John spürte ein Lächeln in seinem Gesicht.

Im Hafen fanden sie ein kleines Café. Nicht mehr das aus Jugendtagen, doch appetitliche Bilder in der Auslage versprachen gutes Frühstück.

Erst als sie auf der Terrasse vor Milch, Brot, Ei und Schinken saßen, begannen sie zu plaudern.

Lindsay streckte mit einem wohligen Seufzen ihre langen Beine aus. „Ich war ewig nicht mehr am Wasser."

„Kein Wunder. Wer in der Welt von Galerie zu Galerie jettet, hat natürlich keine Zeit für einen entspannten Tag am Meer." Johns Grinsen nahm der Ironie die Spitze.

„Dafür findest du Naturbursche aus der Einöde dich vermutlich gar nicht mehr in einer Großstadt wie London zurecht. So haben wir alle unser Päckchen zu tragen", konterte Lindsay.

„Du hast recht. Ohne dich würde ich mich vermutlich sogar in Brighton schon verlaufen." Sie lachten. Unbeschwerte Plänkeleien waren seit jeher Lindsays Spezialität gewesen. Sie taten ihre übliche Wirkung. John verspürte eine Zufriedenheit, die er nicht für möglich gehalten hatte, solange er hier war. In seinem Kopf herrschte Ruhe, das ewige Kreisen seiner Gedanken um Vergangenheit und Verantwortung für die Zukunft hatte angehalten.

„Wie war es eigentlich gestern mit Mitch?"

Lindsays Lächeln erstarb. Sie zog die Augenbrauen und Schultern hoch. „Wenn ich das nur wüsste." John wartete geduldig, bis sie weitersprach.

„Wir hatten einen wirklich netten Abend. Er hat mich zum Inder ausgeführt, wir haben viel gelacht, uns super unterhalten und sind danach sogar noch auf einen Absacker in eine kleine Bar gegangen. Dann hat er mich nach Hause gebracht, mir brav die Hand gegeben und ist gefahren."

„Das war alles?"

„Das war alles!"

„Was ist aus Lindsay, der ungekrönten Königin des Flirtens geworden?"

„Glaub mir, ich hab's versucht. Ich habe ihn angestrahlt, ich habe mich angeschmiegt, ich habe Esprit versprüht wie schon lang nicht mehr und das alles ist mir nicht mal schwergefallen. Der Typ sieht umwerfend aus, ist intelligent und wirklich witzig. Eigentlich war ich ja mittlerweile überzeugt, solche Männer gäbe es gar nicht", sie zwinkerte ihm zu, „oder nur auf Norfolk vielleicht."

John ging nicht darauf ein. „Und das alles hat ihn kalt gelassen?", fragte er stattdessen.

„Tatsächlich hatte ich den Eindruck, er würde auch mit mir flirten. Aber am Ende ist er doch einfach so gegangen."

„Vielleicht ist er ja schwul. Oder ein Kavalier alter Schule, der einem Codex folgt, demzufolge Küssen beim ersten Date strikt verboten ist."

„Scheiß Codex, wenn sogar Küssen schon verboten ist. Ich hätte den auch mit nach Hause genommen. So aber habe ich mich die ganze Nacht schlaflos hin und her gewälzt und mich gefragt, was ich davon halten soll."

„Habt ihr euch denn neu verabredet?"

„Nicht konkret." Lindsay zuckte mit den Schultern. „Wir haben Nummern ausgetauscht. Was meinst du: soll ich ihn anrufen?"

John lachte auf. „Das fragst du mich? Du weißt doch am besten, dass ich in Liebesdingen kein guter Ratgeber bin."

„Vielleicht nicht in Liebesdingen. Aber du wirst dich doch irgendwann mal mit einer Frau getroffen haben, oder? Sag mir nicht, du hattest überhaupt keinen Sex im letzten Jahr!"

Lindsays entsetzter Blick ließ John schmunzeln.

„Das wüsstest du wohl gern."

Herzhaft biss er in seine Brioche und machte durch ausgiebiges Kauen deutlich, dass er nicht weiter darüber reden würde. Lindsay rollte mit den Augen und lehnte sich seufzend zurück.

„Na, jedenfalls weiß ich nicht, was ich davon halten soll. Im Moment tendiere ich dazu, beleidigt zu sein, dass er meinem Charme widerstehen und einfach so gehen konnte", sagte sie.

John schwieg. Was sollte er auch sagen? Er wünschte Lindsay sehr, dass sie endlich glücklich würde. Doch ob eine dauerhafte Partnerschaft ihr dieses Glück bescheren würde? Manchmal hegte er den Verdacht, dass Lindsay eine ewig Suchende bleiben würde, weil eben die Suche ihr Antrieb war, das Sehnen der Motor ihres Lebens und kreativen Schaffens.

Durch die Eröffnung ihrer kleinen Galerie war sie sesshaft geworden, ohne sich eingesperrt zu fühlen. Eine Beziehung würde sie jedoch daran hindern, frei zu sein – und war doch gleichzeitig das Ziel ihrer Träume. Es war schon verrückt, dass Menschen sich eben das am meisten wünschten, was ihrem Charakter am wenigsten entsprach, dachte John und verschluckte sich an seinem Kaffee, als ihm auffiel, wie sehr das auch für ihn galt.

„Warum sind wir eigentlich hier?", fragte Lindsay.

„Was meinst du?"

„Wir hätten uns ja auch in London einen schönen Tag machen können", antwortete Lindsay, „aber du wolltest gern hier herausfahren. Ich dachte, es gäbe einen Grund dafür?"

„Ich wollte einfach mal raus", sagte John und seufzte.

„Raus aus was?", fragte Lindsay und fügte hinzu: „Du bist doch gerade erst angekommen."

John schwieg und dachte über ihre Worte nach. Es stimmte, er war noch keine drei Tage in der Stadt und hatte seine Familie nur ein einziges Mal gesehen. Dennoch drängte es ihn, so viel Abstand wie möglich herzustellen.

„Vielleicht habe ich gehofft, hier etwas von dem Glück meiner Kindheit spüren zu können", sagte er schließlich. „Die Zeit hier in Brighton war wohl meine unbeschwerteste."

„Kunststück. Du warst ein Kind. Alle Kinder sind glücklich." Lindsay lächelte verschmitzt und John fragte sich, welche Kindheitserinnerung sie wohl gerade sah.

„Ich bin auch schon vielen unglücklichen und leidenden Kindern begegnet", sagte John und dachte an seinen Beruf. In der Mongolei hatte er viele Kinder gesehen, die bettelnd und mühsam nur das Nötigste zum Leben zusammen klauben konnten. In Äthiopien galten Kinder oft nur als Arbeitskraft. Mädchen und Kranke hatten vom Leben nicht viel zu erwarten gehabt. Wenn er an sein privilegiertes Leben dachte, schämte er sich. Während andernorts Menschen ums nackte Überleben kämpften, bemitleidete er sich wegen alberner Luxusprobleme.

„Na schön, die meisten mitteleuropäischen Kinder sind glücklich", holte Lindsay ihn aus seinen Gedanken. Er sah sie mit den Augen rollen. „Ich meinte nur, dass die meisten Leute, die ich kenne, ihre Kindheit als glücklich empfanden und sich danach zurücksehnen, wann immer in ihrem Erwachsenenleben etwas nicht so läuft, wie sie es gern hätten. Du bist da keine Ausnahme."

„Du meinst, ich soll mich nicht so anstellen, nur, weil es gerade nicht so läuft?"

„Himmel, nein!" Betretenes Schweigen machte sich breit. John schaute hinaus aufs Wasser. Eine kleine blaue Segeljolle verließ gerade den Hafen. An Bord bereiteten ein Mann und eine Frau sich darauf vor, Segel zu hissen und in See zu stechen. John wünschte sich, er könnte mit ihnen segeln.

„John!" Lindsay hatte eine Hand auf seinen Arm gelegt. „Du weißt, dass ich das so nicht gemeint habe."

John lächelte sie an. „Ich weiß. Und du hast ja recht. Was habe ich schon auszustehen?" Er zuckte die Achseln und unterstrich damit den ironischen Ton. „Außer, dass mein Bruder gestorben ist und ich nicht aufhören kann, an seine Frau zu denken."

„Warum hast du sie eigentlich nicht angerufen?"

„Ganz ehrlich? Ich habe keine Ahnung, was ich ihr sagen sollte."

„Naja, wenn du ihr dann bald begegnest, musst du vielleicht gar nichts sagen. Vielleicht reicht eine Umarmung."

„Damit sie seufzend in meine Arme fällt und ihre Trauer vergisst?"

„John!" Entrüstet boxte Lindsay ihn auf den Arm.

„Siehst du, das meine ich. Mein Bruder ist tot. Ihr Ehemann. Und ich kann nicht aufhören, daran zu denken, dass ich sie liebe." Er sah zu Boden. „Ich schäme mich dafür, ehrlich, aber ich denke einfach immer an sie. An sie als Frau. Nicht als trauernde Witwe."

„Wann hast du sie denn zuletzt gesehen?", fragte Lindsay spöttisch. „Vielleicht ist sie mittlerweile eine alte Matrone geworden, mit hängendem Bauch und tiefliegenden Falten. Womöglich entspricht dein Sehnsuchtsbild überhaupt nicht mehr der Wahrheit." Sie lachte glucksend und John konnte nicht umhin, in ihr Lachen einzustimmen. Dann sagte er: „Ich kann dich beruhigen. Rupert hat mir ein Foto gezeigt, als er im Juni bei mir war. Sie hat sich kaum verändert." Nach kurzem Zögern fügte er hinzu: „Aber darum geht es überhaupt nicht."

„Ich verstehe schon", sagte Lindsay, „du findest, du solltest eher der trauernde Bruder, Sohn und Schwager sein als der verliebte Nebenbuhler, für den plötzlich der Weg frei geworden ist."

Lindsay sprach Johns Gedanken laut aus. Er spürte, wie die Röte in sein Gesicht schoss. „Schuldig im Sinne der Anklage", sagte er.

„Ach, was heißt hier schon schuldig?", fragte Lindsay. „Du weißt doch: Im Krieg und in der Liebe ist alles erlaubt."

„Seit wann zitierst du Kalenderweisheiten?"

Beide lachten, doch konnte John die Hilflosigkeit hinter dem Lachen spüren.

„Vor allem dachte ich, nach all den Jahren wäre ich fertig damit", sagte John.

„Nur, weil du deine Gefühle jahrelang vergraben hast, heißt das nicht, dass sie auch gestorben sind", erwiderte Lindsay.

„Schöne Metapher. Vor allem in Hinblick auf die bevorstehende Beerdigung." John zog die Augenbrauen hoch. „Im übertragenen Sinne heißt das dann wohl, dass Rupert auch immer noch zwischen Peggy und mir stehen wird, selbst wenn er unter der Erde liegt. Vielen Dank für diese tiefenpsychologische Antwort auf mein Dilemma." Dieses Mal sah John die Röte in Lindsays Gesicht aufsteigen. Doch sie fand schnell zu ihrer Fassung zurück. „Gern geschehen. Die Rechnung kommt in den nächsten Tagen." Wieder lachten sie und verfielen danach in Schweigen, bis Lindsay das Gespräch wieder aufnahm.

„Ich glaube, es ist normal, dass du beides empfindest. Liebe und Trauer. Zumindest macht es deutlich, dass du beide Empfindungen ernst meinst."

John seufzte. „Tja, nur komme ich so keinen Schritt weiter."

„Was meinst du?"

„Ich würde gern herausfinden, was das Richtige ist."

„Für wen?"

John stutzte. „Für alle."

„Ich fürchte, das gibt es nicht. Du kannst niemals alle zufrieden stellen. Egal, was du tust, irgendjemand wird dabei auf der Strecke bleiben."

John atmete seufzend aus. „Es bleibt mir also nur die Wahl zwischen Teufel und Beelzebub."

Lindsay streckte ihre Hand aus und legte sie für einen Moment sanft auf seine Wange. Sie schaute ihm tief in die Augen. „Tut mir leid."

John genoss einen Moment die zarte Berührung. Dann straffte er die Schultern und sagte: „Nun denn. Heute entscheide ich mich für einen Rundum-Sorglos-Tag mit meiner alten Freundin Lindsay.

„Stets zu Diensten, Sir!", witzelte Lindsay. „Na los, dann lass uns mal zu den Stätten deiner Jugend laufen, damit du die Glücksgefühle deiner unbeschwerten Kindheit reaktivieren kannst." Lindsay trank mit großen Schlucken ihren Kaffee aus und griff nach ihrer Handtasche.

John hob beschwichtigend die Hand. „Ich lade dich ein."

„Kommt überhaupt nicht in Frage", sagte Lindsay. „Einladen lasse ich mich nur bei einem Date. Sonst bin ich eine durchweg emanzipierte Frau und zahle selbst. – Oder ist das hier ein Date?" Sie zwinkerte ihm zu.

„Ach Linds", seufzte John, „vielleicht machst du eine Ausnahme, weil dein ältester Freund aus der Fremde heimgekehrt ist? Ich bin wirklich froh, dich um mich zu haben und bei dir wohnen zu können. Da ist es ja wohl das Mindeste, dass ich dich zum Frühstück einlade." John winkte der Bedienung und orderte die Rechnung.

Bald darauf schlenderten sie durch die Stadt, vorbei an der Schwimmhalle, in der John so manche Bahn geschwommen war und einige Pokale gewonnen hatte. Dann statteten sie dem Collegegelände einen Besuch ab. Hinter hohen Zäunen liefen Jugendliche in eben jener Schuluniform von Gebäude zu Gebäude, die auch John und Rupert damals getragen hatten. Wehmut und Trauer füllten Johns Herz genauso wie Stolz und Dankbarkeit. Zum Abschluss fuhren sie mit der Southernrailway hinaus zum Stadion, in dem John sein erstes Rugby-Spiel gesehen und gemeinsam mit Rupert später Konzerte besucht hatte. Was John weder auf dem Friedhof noch mit seiner Familie gelungen war, wurde endlich möglich. Lebhafte Erinnerungen an Rupert erfüllten ihn. Die Stadt wurde für John zur Leinwand, auf der sein ganz eigener Film lief. Lindsay hatte sich bei ihm untergehakt und folgte gebannt seinen Geschichten, als könne auch sie die Bilder sehen, die Johns Erinnerung produzierte.

Erst auf dem Rückweg zu Lindsays Auto bemerkte John, wie viele Stunden vergangen waren, ohne dass er an Peggy hatte denken müssen. Stattdessen fühlte er sich seltsam vereint mit seinem Bruder. Er horchte auf das regelmäßige Pochen seines Herzens und meinte, eine neue Stärke in sich zu spüren, dem Unausweichlichen zu begegnen.

„Danke für den Tag, Linds", sagte er. „Du glaubst gar nicht, wie gut er mir getan hat."

Ihre blauen Augen strahlten ihn an. „Ich danke dir! Auch ich habe den Tag sehr genossen." Nach kurzem Zögern fügte sie hinzu: „So stelle ich mir den Alltag von glücklichen Paaren vor. Zufrieden miteinander den Tag zu verbringen und die Gegenwart des anderen zu genießen. Das gelingt mir mit dir immer am besten. Vielleicht sind doch wir das wahre Traumpaar."

John musterte Lindsay argwöhnisch. Wieder hatte sie die kleine Andeutung mit einem unverbindlichen Schmunzeln garniert, doch manchmal war John unsicher, wie viel wahre Sehnsucht in ihren Bemerkungen lag. Er war stehen geblieben.

„Was?", fragte Lindsay mit trotzigem Unterton. „Warum starrst du mich so an?"

„Es ist nichts", log John und ging weiter neben Lindsay her.

Die Fahrt zurück nach London verbrachten sie schweigend. John starrte aus dem Fenster und dachte nach. Er mochte Lindsay sehr. Ihm fiel wieder der Abend ein, als sie einmal fast miteinander ins Bett gegangen waren, er aber froh war, noch rechtzeitig die Notbremse gezogen zu haben. Aber was, wenn sie recht hatte? Wenn die Zufriedenheit, die sie miteinander empfanden, nicht nur einer tiefen Freundschaft entsprang, sondern ihren Grund in einer Anziehung fand, die er bisher nie zugelassen hatte? Was, wenn er all die Jahre, in denen er sich nach Peggy gesehnt hatte, sein mögliches Glück mit Lindsay übersehen hatte? Verstohlen sah er zu ihr hinüber. Lindsay lenkte den Mini konzentriert durch den

Londoner Verkehr und nestelte dabei gedankenverloren an der Nagelhaut ihres rechten Zeigefingers. John wollte sie gerade daran hindern, ihren Finger blutig zu reißen, als Lindsay die Hand vom Steuer nahm und eine CD in den Player schob. Laut hallten die verzerrten Gitarrenklänge von The Cure durch das Auto. Statt weiter ihre Nagelhaut zu malträtieren, klopfte Lindsay nun den Takt der Musik auf dem Lenkrad mit. Drei Straßen weiter sangen beide lauthals und vergaßen das eben noch quälende Schweigen.

Kapitel 13

12. August 2013 - London, England

„Komm herein. Vielleicht kannst du deine Mutter zur Vernunft bringen." Mit diesen Worten zog Jim ihn ins Haus und schloss die Tür. Er deutete die Treppe hinauf und sagte seufzend: „Sie putzt Fenster."

John folgte seinem Vater nach oben und verstand augenblicklich, was der meinte.

Elaine stand in eine geblümte Schürze gekleidet auf einem Tritthocker und wischte mit einem nassen Lappen schwungvoll über die Sprossen der Wohnzimmerfenster. Dabei tropfte Wasser auf das Fensterbrett und den Eimer, in dem Elaine den Lappen zwischendurch ausspülte. Das Tuch zum Nachtrocknen war heruntergefallen und lag unter dem Hocker auf dem Boden.

John fielen sofort etliche seiner Patienten ein, die ungefähr in dem Alter seiner Mutter waren und nach Stürzen im Haushalt mit komplizierten Brüchen ins Krankenhaus eingeliefert werden mussten. Andererseits war er froh zu sehen, dass seine Ma ihren Haushalt scheinbar gut bewältigen konnte. Beim inneren Wettstreit mit der Ermahnung gewann darum die Bestärkung die Überhand.

John hob das Trockentuch vom Boden auf und hielt es seiner Mutter entgegen, als die sich suchend danach umschaute.

„Ah, da ist es ja", sagte sie und nahm es ihm ab. „Du kannst mir helfen, John. Ich brauche frisches Wasser. Füllst du den Eimer bitte neu? Dein Vater weigert sich."

John schaute zu seinem Vater, der in einem Sessel saß und mit den Augen rollte. „Dein Vater weigert sich", echote er. „Natürlich weigere ich mich bei diesem Blödsinn mitzumachen."

„Was heißt denn hier Blödsinn?", schnappte Elaine. „Die Fenster haben es bitter nötig und so bewölkt, wie es heute ist, entstehen wenigstens keine Streifen beim Putzen." Sie deutete auf den Eimer. „John, wärst du so gut?"

„Ma, muss das denn wirklich ausgerechnet

heute sein?"

Ein Schatten zog über Elaines Gesicht. „Ja, gerade heute", antwortete sie und polierte mit großen kreisenden Bewegungen eine der Scheiben.

John wollte gerade nach dem Eimer greifen, um ihr den Gefallen zu tun, als Jim sagte: „So ein Unsinn. Am Freitag kommt doch Jasmine."

„Jasmine?", fragte John verständnislos.

„Eine junge Frau aus der Nachbarschaft, die bei uns regelmäßig zum Saubermachen kommt. Am Freitag wird sie das nächste Mal da sein. Soll sie doch dann die Fenster putzen."

Johns Blick pendelte zwischen seinen Eltern hin und her.

„Am Freitag ist es aber zu spät", murmelte Elaine. Das Kreisen wurde kleiner.

„Wie bitte?", fragte ihr Mann und hielt sich eine Hand hinter die Ohrmuschel.

„Wofür zu spät?", fragte John.

Elaine hielt einen Moment inne. Dann warf sie das Putztuch auf die Fensterbank, stieg vom Hocker herunter und setzte sich schließlich darauf. Ihre Augen färbten sich rot, ihr Kinn zuckte. Als sie zu weinen begann, verbarg sie das Gesicht in den Händen.

Jim stand auf, strich ihr flüchtig über das graue Haar und trug dann Lappen und Eimer aus dem Zimmer.

John hockte sich vor seine Mutter und legte seine Hände auf ihre dünnen Beine. „Ma", begann er hilflos und wusste dann nicht weiter.

Elaine umklammerte seine Hände und sah ihn mit verweinten Augen an. „Was soll ich denn machen?", fragte sie. „Ich werde noch verrückt."

Das Ticken der Standuhr klang wie Donner in dem mit Stille gefüllten Raum.

„Ich kann doch nicht einfach dasitzen und darauf warten, meinen Sohn zu Grabe zu tragen. Aber ich kann doch genauso wenig einfach so tun, als sei ein ganz normaler Tag. Was soll ich also machen?" Tränen tropften in

Elaines Schoß und auf Johns Hände. Jim kam zurück, griff nach den Händen seiner Frau, zog sie vom Hocker hoch und schloss sie in die Arme. Beruhigend strich er mit den Händen über ihren Rücken. „Sssch", machte er immer wieder, während stumme Tränen auch an seinen Wangen herabliefen.

Ein Kribbeln hatte sich in Johns Händen festgesetzt. Er wollte gern etwas tun, es seinen Eltern leichter machen, ihnen die Trauer abnehmen. Aber er hatte keine Ahnung, wie er das anstellen sollte. Er konnte nichts ausrichten, weder mit seinen Händen, noch sonst irgendwie. Ohnmächtig stand er daneben und hatte ihrer Verzweiflung nichts entgegenzusetzen.

Als Elaine sich schließlich beruhigte, entließ Jim sie aus seiner Umarmung und fragte: „Tee?"

Als hätte er eine entsprechende Taste gedrückt, kehrte plötzlich das Leben in Elaine zurück. „Eine gute Idee", sagte sie und wischte mit dem Handrücken die letzten Tränen fort. „John, was für einen Tee möchtest du gern?"

Vom plötzlichen Stimmungsumschwung überrumpelt, wusste er nicht, was er sagen sollte. „Ich mache einfach zwei Sorten", sagte Elaine und verschwand in Richtung Küche.

John blieb sprachlos zurück. „Lass sie", sagte Jim. „Sie braucht etwas zu tun."

John dämmerte, dass er gerade Zeuge eines alltäglichen Schauspiels geworden war. Er bewunderte seine Eltern für die Vertrautheit, mit der sie die Schwächen des jeweils anderen akzeptierten und auffingen. Und doch erkannte John, dass früher oder später die Kraft seiner Eltern nicht mehr reichen würde und sie auch mit ihrem vertrauten Miteinander nicht alle Klippen würden umschiffen können.

„Und du?", fragte John und setzte sich zu seinem Vater an den Nussbaumtisch. „Was brauchst du?"

Jim zuckte mit den Achseln und fuhr sich verlegen mit der Hand über den kahlen Schädel. „Ich weiß es nicht. Ich weiß nur, dass wir irgendwie weitermachen müssen. Und ich hoffe, dass es leichter wird. Irgendwann." Er war immer leiser geworden.

John sah seinem Vater in die Augen. „Kann ich etwas für euch tun?"

Jim tätschelte seine Wange. „Erinnerst du dich noch, als Granddad gestorben ist? Du warst furchtbar traurig, dass ihr nicht zur Beerdigung kommen konntet. Ich hingegen war erleichtert. Ich hatte keine Ahnung, wie ich dich hätte trösten sollen. Dein Unglück mitanzusehen, ohne etwas dagegen tun zu können, davor hatte ich schreckliche Angst."

John schluckte. Sein Vater hatte gerade die perfekte Beschreibung seiner eigenen Gefühle geliefert.

„Die Angst habe ich jetzt wieder. Aber trotzdem bin ich froh, dass du da bist."

John umarmte seinen Vater. Dicht an seinem Ohr sagte er: „Willst du etwas Verrücktes hören? Mir geht es genauso." Sie hielten sich einen Moment aneinander fest, bis Elaine mit klapperndem Geschirr das Zimmer betrat.

Während sie den Tee tranken, erzählten Jim

und Elaine von ihrem Tag bei alten Freunden in Bexhill-on-Sea. Wehmütig berichteten sie, wie sehr die alte Heimat sich verändert hatte. Auch von den früheren Nachbarn und Freunden lebten nur noch wenige dort. Trotzdem hatten sie den Tag am Meer und in Gesellschaft genossen.

„Erinnerst du dich noch an Mandys Freundin Kathy? Sie war auch da. Sie ist mit einem Schotten verheiratet und hat zwei entzückende rothaarige Kinder." Elaine geriet ins Schwärmen. „Ein Junge und ein Mädchen. Kathys Mutter ist ganz aus dem Häuschen, endlich Großmutter zu sein."

John hörte nur mit halbem Ohr zu. Wo war Mandy eigentlich, dachte er. Doch er sah sich mit Elaines Lieblingsthema konfrontiert, ehe er Gelegenheit hatte, danach zu fragen. „Hast du denn mal jemand Nettes kennengelernt?"

„Elaine", versuchte ihr Mann sie zu bremsen. Doch das war aussichtslos. „Was denn? Eine Mutter wird doch wohl noch fragen dürfen, ob ihr Sohn verliebt ist", konterte sie. „Und? Bist du?", schob sie an John gewandt hinterher.

„Tut mir leid, Ma. Ich muss dich enttäuschen."

„Was ist denn aus Carol geworden, die du zu Jims achtzigstem Geburtstag mitgebracht hattest? Sie war eine ganz reizende Person."

John war überrascht, dass seine Mutter sich noch an ihren Namen erinnerte. Carol Wright war Onkologin, die John während einer Fortbildung in Sydney kennengelernt hatte. Carol war ehrlich, sehr direkt und wunderbar humorvoll. Manch trockenen Vortrag im Laufe der Fortbildung hatte John nur dank der geflüsterten bissigen Kommentare von Carol überstanden, ohne schnarchend auf seinem Stuhl zusammen zu sinken. Die Ärztin war schlank, hat wallendes braunes Haar und dunkle Augen. Die obligatorischen hochhackigen Schuhe kaschierten ihre geringe Körpergröße. John und Carol trafen sich bei verschiedensten Anlässen wieder und es entwickelte sich eine kollegiale Freundschaft.

Carols Herz gehörte ihrem Mann Brandon, obwohl der schon vor einigen Jahren an Krebs gestorben war. Carols große Liebe zu dem unerreichbaren Brandon hatte John manchmal an seine Liebe zu Peggy erinnert. Vielleicht verstanden sie sich deshalb so gut. Sie liebten und litten beide auf die gleiche Weise. Aus Kollegialität wurde Sympathie, aus Sympathie körperliche Anziehung und schließlich landeten sie im Bett. Niemand sprach von Liebe, doch ihre Verbindung überstand die Distanz von Norfolk nach Sydney und hielt eine ganze Weile. Und so hatte Carol John begleitet, als er vor zwei Jahren zuletzt nach London gereist war, um den runden Geburtstag seines Vaters mitzufeiern.

„Ich hatte gehofft, es sei etwas Ernstes zwischen euch", sagte Elaine. „Ihr habt so gut zusammengepasst."

„Tja, und doch hat es irgendwie nicht funktioniert", versuchte John eine Antwort. Elaine gab sich nicht zufrieden. „Aber als ihr hier wart, hat es doch funktioniert."

„Elaine, lass gut sein", kam Jim seinem Sohn zu Hilfe. „Wir haben keine Ahnung, was es heißt, eine Fernbeziehung zu führen. Noch dazu, wenn beide als Ärzte in einer Praxis eingespannt sind."

John war seinem Vater dankbar für den Versuch einer Erklärung. Ihm wäre eine so harmlose Antwort sicher nicht eingefallen. Und die Wahrheit wollte er lieber nicht erzählen.

John hatte schon im Vorfeld Bedenken gehabt, Carol seiner Familie vorzustellen und damit ein falsches Bild zu vermitteln. John war klar, ebenso wie Carol, dass ihre Beziehung keine Zukunft haben würde. Sie waren einander eher so etwas wie der rettende Strohhalm, an den sie sich klammerten, um im Kummer der unerfüllten Liebe nicht zu ertrinken. John hatte Carol letztlich nur mitgenommen, weil Brandons Todestag sich jährte und Carol in eine veritable Depression zu rutschen drohte. Er hatte gehofft, sie mit der Reise, wenn schon nicht aufmuntern, so wenigstens etwas ablenken zu können.

Der Plan war nur mäßig aufgegangen, vielmehr hatte Carol versucht, ihren Schmerz mit

Weißwein zu betäuben. John war also während der Tage in London nicht nur gezwungen gewesen, eine glückliche Beziehung zu spielen, sondern außerdem noch Carols Zustand zu kaschieren. Er hatte nur noch wenig Erinnerungen an die Feier, die er seinem Dad gemeinsam mit Mandy und Rupert auf einem *London Party Boat* geschenkt hatte. Stattdessen erinnerte er sich an die unschöne Auseinandersetzung, die der gemeinsamen Reise gefolgt war und zum Bruch zwischen ihm und Carol geführt hatte. Dass seine Sehnsucht nach Peggy durch die persönliche Begegnung neu entfach worden war, gestand er nur ungern ein. Manchmal aber, wenn er sich selbst gegenüber ehrlich war, fragte er sich, ob Carols Weinkonsum nicht auch etwas mit seinem kühlen Verhalten ihr gegenüber zu tun haben könnte, in das er verfallen war, sobald Peggys Duft in seine Nase gestiegen war. So hatte zumindest Carols Vorwurf gelautet, den John heftig dementiert und als Hirngespinst abgetan hatte. Wann immer John sich an Carols erschrockenen und gekränkten Blick erinnerte, schoss ihm heiße Scham durch den

Körper. So auch jetzt. Er spürte, wie die Hitze seine Wangen aufglühen ließ.

„Schon gut, John." Elaine tätschelte seine gerötete Wange. „Das muss dir nicht peinlich sein. Du findest auch noch die Richtige. Da bin ich ganz sicher." Nach der Kanne greifend fragte sie: „Möchtest du noch einen Tee?"

Als später Mandy und Luke vom Einkauf zurückkamen, mit dem Elaine sie beauftragt hatte, verabschiedete John sich. Er begründete seinen Aufbruch mit der Notwendigkeit, sich in seiner Praxis melden und darüber hinaus einige Telefonate führen zu müssen. In Wahrheit befürchtete er, dass Peggy nun jeden Moment nach Hause zurückkehren und sich sicher bei ihren Schwiegereltern melden würde. Bei dem Gedanken, ihr leibhaftig gegenüberzustehen, begann Johns Herz zu rasen und seine Hände wurden feucht. Also tat er, worin er die meiste Übung hatte: Er stahl sich davon.

Kapitel 14

13. August 2013 - Kensal Green Cemetary, London

John saß zusammengesunken auf dem Stuhl. Mit der linken Hand hielt er die Finger seiner Mutter umklammert. Sie saß neben ihm und jammerte still vor sich hin. Er fand nicht die Kraft, ihr mehr Hilfe zu bieten als seine tröstende Hand. Sein Blick war starr geradeaus auf die vielen Blumen und Kränze vor ihm gerichtet. Die Worte auf den Schleifen ergaben keinen Sinn. Es schien, als hätte er jene Buchstaben noch nie zuvor gesehen.

Sein Bauch war wie von einem engen Band fest umschlungen, das ihm Übelkeit verursachte. Er versuchte mit tiefen Atemzügen dagegen anzukämpfen. Dabei entwich ein Keuchen seiner Kehle. Der Kloß in seinem Hals erschwerte das Atmen zusätzlich. Der wuchs und drohte Johns mühsam errichtete Beherrschung fortzuspülen. John schloss die Augen und wünschte sich weit weg. Allerdings nahm er dadurch viel deutlicher die Geräusche wahr. Sein eigenes keuchendes Atmen wurde ihm bewusst, ebenso das Jammern seiner Mutter. Was seinem Herzen aber den heftigsten Stich versetzte, war ein leises Stöhnen, das an sein Ohr drang. Es kam von seinem Vater. Nie zuvor hatte John ihn, den Helden seiner Kindertage, so klein und ausgeliefert erlebt. John öffnete die Augen wieder, um der Konzentration auf die Geräusche zu entfliehen. Stattdessen fiel sein Blick wieder auf die Schleife direkt vor ihm. In schwarzen Buchstaben stand darauf geschrieben: „Ich werde dich nie vergessen, dein Zwillingsbruder John".

Rechts neben ihm saß Peggy. John nahm ihren wie üblich betörenden Duft wahr, allerdings zeigte der an diesem Tag keine Wirkung auf ihn. John hatte noch nie so entspannt und selbstverständlich neben Peggy gesessen, so körperlich und innerlich nah, wie an diesem Tag. Als ihm die einzige Ausnahme bewusst wurde, brach ein heiseres Lachen aus ihm heraus. Ihre einzige Nacht war in seiner Erinnerung der Inbegriff von Nähe und Vertrautheit. Seitdem sehnte er sich danach, einen solchen

Frieden erneut zu finden. Und ausgerechnet jetzt, während er seinen Zwillingsbruder zu Grabe trug und mit denen trauerte, die Rupert ebenso geliebt hatten wie er, ausgerechnet jetzt spürte er diese vollkommene Intimität mit der Frau, die er liebte. Mit der Witwe seines Bruders.

Noch einmal lachte er heiser auf. Hätte man es beim ersten Mal noch für ein unterdrücktes Husten halten können, war dieses zweite Lachen für alle deutlich hörbar. Stühle ächzten, als Trauergäste sich verstohlen einander zuwandten. Geflüster erfüllte den Raum. Seine Ma sah ihn erschrocken an und vergaß für einen Moment zu klagen. Sogar sein Vater verstummte kurz. Unausgesprochene Vorwürfe der einen und die Erwartung der anderen Anwesenden, Zeugen eines aufsehenerregenden Zusammenbruchs zu werden, ließen die Atmosphäre knistern. John hielt die Luft an und versuchte das Lachen zu unterdrücken. Er schlug beide Hände vor den Mund, kämpfte gegen Lachen und Heulen zugleich an. Den Blick richtete er zur Decke der Kapelle, als könne von dort Hilfe kommen. Plötzlich spürte er einen sanften Druck auf seinem Oberschenkel. Peggys Hand lag warm auf seinem Bein und verschaffte ihm die ersehnte Ruhe, wie das Pendel einer Hypnose. Einen Moment lang starrte er auf den Ehering an ihrem Finger, dann sah er zu ihr hinüber und ihre Blicke trafen sich. In Peggys Augen sah John Verständnis und Kummer. Er schämte sich. Er trauerte um seinen Bruder und verlor dabei fast den Verstand, dabei waren sie sich in den letzten Jahren nicht einmal besonders nahe gewesen. Um wie viel schlimmer musste Peggys Verlust wiegen? Oder der seiner Eltern?

Er atmete tief ein, drückte kurz Peggys Hand und wandte sich wieder nach vorn. Warm fühlte sich die Stelle auf seinem Oberschenkel an, wo eben noch Peggys Hand gelegen hatte. John konzentrierte sich auf das Geschehen vor ihm. Der Pfarrer stand neben dem Sarg und rang mit den Worten. Selbst er schien im Angesicht dieser Ungerechtigkeit hilflos zu sein. Wie sollte man das auch verstehen?

Auf dem Weg zum Friedhof hatte er gehört, wie seine achtjährige Nichte Marge ihrer Mutter Löcher in den Bauch gefragt hatte. „Warum ist Onkel Rupert gestorben? Wenn der Sarg in der Erde liegt, was passiert dann mit Onkel Rupert? Wird ihm da nicht langweilig? Oder kommt er jetzt in den Himmel?" Mandy hatte mit einer Engelsgeduld versucht, auf alle Fragen eine Antwort zu finden. Mary steckte mit ihren dreizehn Jahre gerade in einer pubertären Trotzphase. Sie war eine Weile schweigend neben der kleinen Schwester und der Mutter hergegangen. Schließlich war es aus ihr herausgeplatzt: „Oh Mann, Onkel Rupert ist tot. Der merkt nicht mehr, ob ihm langweilig ist. Den fressen jetzt die Würmer." Marge hatte Mary entsetzt angestarrt und war dann in Tränen ausgebrochen. Während Mandy ihre Tochter zu beruhigen versucht hatte, war Mary von ihrem Vater zur Seite genommen worden. John konnte beide Kinder verstehen. All diese Fragen und hoffnungslosen Gedanken wirbelten seit Ruperts Tod auch durch seinen Kopf. Ob der Pfarrer Antworten gab oder Trost spendete, konnte John nicht sagen. Seine

Worte verhallten in der Kapelle, ehe John sie aufgenommen hatte. Seine Sinne schweiften durch den Raum, blieben mal hier, mal dort haften und setzten ihren Weg dann fort, wie ein Schmetterling, der von Blüte zu Blüte fliegt.

Als sich der Zug der Trauernden hinter Ruperts Sarg in Richtung Grab in Bewegung setzte, begann es zu regnen. John schlug seinen Mantelkragen hoch. Wie in einem Versteck wollte er sich gern verkriechen. Die Kälte und Nässe des Tages drang trotzdem zu ihm durch. Während der Pfarrer am Grab noch einmal Worte und Gebete sprach, beobachtete John verstohlen die versammelten Menschen. Peggy stand aufrecht und mit trotzig vorgerecktem Kinn direkt neben dem Pfarrer, als wollte sie sagen: „Ich lasse mich nicht klein kriegen!" Mit beiden Händen hielt sie den Griff ihres Regenschirmes fest umklammert.

Neben Peggy standen seine Eltern, Jim und Elaine. Sie hatten sich gegenseitig untergehakt und blickten mit starren Mienen auf das

Loch in der Erde, das gleich einen ihrer Söhne aufnehmen sollte. Direkt hinter ihnen stand Luke und hielt schützend einen Schirm über sie. Dass er selbst dabei nass wurde, schien ihm gleichgültig zu sein. John war dankbar, dass Luke sich so rührend um seine Ma und seinen Dad kümmerte. Er selbst fühlte sich dazu momentan nicht imstande.

Mandy stand mit den Kindern zwischen John und den Eltern. Sie hielt die kleine Marge an der linken Hand, die rechte Hand lag auf dem Rücken von Mary. Der Teenager lehnte sich dankbar gegen diesen Halt. Mittlerweile war alle Coolness von ihr gewichen und sie trauerte um ihren Onkel Rupert, der so viele tolle Sachen mit ihr gemacht hatte, als sie noch klein war.

Zu Johns linker Seite stand niemand. Die anderen Trauergäste hielten Abstand zur Familie, als fürchteten sie, ein Todesfall in der Familie sei eine ansteckende Krankheit, die auch sie ereilen könnte, wenn sie zu nahe herankämen. So klaffte eine Lücke zwischen

John und den restlichen Beerdigungsbesuchern. Er sah Verwandte und Bekannte, an deren Namen er sich kaum erinnern konnte, weil er ihnen so lange nicht begegnet war. Da waren Kollegen von Rupert, die er auf einer Party schon einmal kennengelernt und gleich wieder vergessen hatte. Freunde von Rupert und Peggy, mit denen sie zum Bowling gingen und ihre Urlaube verbrachten, wie er aus Erzählungen seiner Ma wusste. So viele Menschen standen dort im Regen, mit Schirm oder ohne, mit rotgeweinten Augen oder leerem Blick, mit Blumen in der Hand und hängenden Schultern, die für John Fremde waren. Dann aber entdeckte er ein vertrautes Gesicht. Eingezwängt in der Menge stand Simon Benett, ein warmes Lächeln im Gesicht, das neben seiner Trauer von der Freundschaft zeugte, die ihn mit Rupert und John verband. Zu dritt hatten sie im College ein Zimmer bewohnt. Simon hatte oft als Mittler zwischen dem damals behäbigen Rupert und seinem draufgängerischen Zwilling John gestanden.

Nun stand Simon hier am Grab von Rupert. „Zu spät für uns dieses Mal", dachte John. So eng Rupert und er als Kinder vor Johns Krankheit, später im College und während der Studienzeiten miteinander verknüpft waren, so fremd waren sie sich als Erwachsene geworden. Das wurde John nicht zuletzt auch an den vielen Menschen deutlich, die von Rupert Abschied nahmen und für ihn Fremde waren. Er kannte sich nicht aus im Leben seines Zwillingsbruders. Er hatte darin keine Rolle mehr gespielt. Trauer, Wut und Scham lieferten sich in seinem Innern einen erbitterten Kampf. Fast unbeteiligt fragte John sich, welches Gefühl wohl am Ende siegen würde und was das dann für ihn bedeutete. Er wusste es nicht. Und im Moment war es ihm auch egal.

Der Sarg wurde hinabgelassen und einer nach dem anderen trat an das Erdloch, um endgültig Abschied zu nehmen. Als die Reihe an John war, griff er nach der kleinen Schaufel, die in einem Sandhaufen am Rande des Grabes bereitstand. Er fuhr tief hinein in den Sand, füllte die Schaufel so voll es ging und ließ den schweren nassen Sand auf den Sarg seines Bruders plumpsen. Für den Moment hatte die Trauer gewonnen.

Kapitel 15

1976 - Brighton College, Brighton, England

Füße liefen, trappelten, schlurften und stolperten über den Holzboden der Kapelle des Colleges. Weil Elaine Woodward wie üblich die ganze Familie gnadenlos angetrieben hatte, fand John sich zwischen Rupert und ihrer Mutter in der zweiten Reihe wieder. In der Reihe davor saßen nur die Lehrer und Housemaster.

John sah sich um. Der Mann direkt vor ihm hatte dunkles, nach hinten gekämmtes Haar. Es war fettig und glänzte. Sein weißes Hemd, dessen Kragen unter dem braunen Jackett herausguckte, hatte einen Schmutzstreifen. John hoffte, nicht einen seiner Lehrer vor sich zu haben. Neben dem Mann war auf beiden Seiten eine große Lücke. Auch die anderen Lehrer mochten ihm wohl nicht zu nahe kommen. Rechts von ihm saß eine Frau, die zu ihrem roten Haar ein lilafarbenes Kleid und eine Jacke in leuchtendem Orange trug. John stieß seinem Bruder den Ellenbogen in die Seite und flüsterte: „Ob die wohl für den Zeichenunterricht verantwortlich ist?" Beide prusteten los und ernteten einen mahnenden Blick ihrer Ma.

Die Bänke füllten sich. Das Braun der Schuluniform war die vorherrschende Farbe. Dazwischen leuchteten die gelb-schwarz gestreiften Krawatten auf. Selbst die Eltern waren eher dezent gekleidet.

Ein Junge zog Johns Blick auf sich. Er trug über dem Pullover seiner Schuluniform eine knallrote Strickjacke und war damit, gleich nach der vermeintlichen Kunstlehrerin, der auffälligste Farbtupfer in der Kapelle. Sonst entdeckte John nichts Außergewöhnliches an ihm. Der Junge war stämmig, hatte braune Locken und war sicher so alt wie John und Rupert. Allerdings schien er alleine zu sein. Kein Erwachsener begleitete ihn auf der Suche nach einem freien Platz in der Kapelle. Dabei wirkte er nicht traurig oder schüchtern. In seiner roten Jacke pflügte er sich freundlich lächelnd durch die Menge und fand schließlich einen Platz einige Reihen hinter den

Woodwards. John wusste nicht, ob er lachen oder den Jungen bewundern sollte.

Die Begrüßungszeremonie zog sich endlos. Die Gemeinschaft der Schüler wurde beschworen, zahlreiche Regeln und gute Ratschläge sollten die Schüler sich merken, Tugenden wurden ihnen ans Herz gelegt und Benimmregeln eingefordert. John hörte nur selten wirklich zu. Er wusste von Mandy, dass das Collegeleben zwar streng, aber lustig war und nichts so langweilig wie die alljährliche Zeremonie in der Kapelle zum Schuljahresbeginn. Als aber alle Schüler der höheren Jahrgänge die Schulhymne schmetterten, lauschte er ehrfürchtig. Der Gesang versprühte das Gefühl von Kraft und Zusammenhalt. Da wollte John gern dazu gehören.

Endlich wurden die Lehrer vorgestellt und schließlich die Housemaster. Die vielen Namen der Lehrer konnte John sich nicht merken, zumal er nicht einmal wusste, bei wem er Unterricht haben würde. Bei den Housemastern war er aufmerksamer. Voller Spannung wartete er auf den Housemaster des Abraham House, einen Mr. Baker. Aus einem Schreiben hatten sie bereits erfahren, dass sie diesem Haus zugeordnet waren.

Neben ihm rutschte auch Rupert unruhig auf der Bank hin und her. Beide konnten ein Stöhnen nicht unterdrücken, als Ken Baker aufgerufen wurde und sich der Mann mit dem fettigen Haar aus der Reihe vor ihnen erhob. Er nickte den Schülern mit einem angestrengten Grinsen zu und ließ sich wieder auf die Bank sinken. In diesem Moment wollte John am liebsten wieder nach Hause fahren. Bestürzung las er auch in Ruperts Miene. Der Schreck saß ihnen noch in den Gliedern, als plötzlich alle aufstanden und aus der Kapelle strömten. Die Schüler gingen zu ihren Häusern, bekamen ihre Zimmer zugewiesen und trafen sich anschließend im Gemeinschaftsraum. Erst später würden sie wieder ihre Eltern treffen, die zwischenzeitlich im Haupthaus zu Kaffee und Kuchen eingeladen waren oder das Gelände erkunden konnten.

John und Rupert blieben dicht beieinander und stolperten hinter den anderen Jungen her, die Mr. Baker zum Abraham House folgten. Der Housemaster öffnete die zweiflügelige Tür des Hauses und drehte sich zu den fünfzehn Jungen hinter ihm um: „Herzlich willkommen im Abraham House." Seine Stimme war tief und schnarrend. „Eure Zimmer sind alle im zweiten Stock. Neben den Türen stehen jeweils die Namen der zukünftigen Bewohner. Geht erst einmal hinauf und bringt euer Gepäck auf die Zimmer."

John schloss die Augen und seufzte. Er ahnte, dass die Abneigung, die er schon jetzt gegen Mr. Baker hegte, sicher bald für Ärger sorgen würde.

„Falls es Fragen gibt, findet ihr mich hier unten gleich rechts neben der Tür in unserem Gemeinschaftsraum. Hier treffen wir uns auch in fünfundvierzig Minuten alle wieder. Los geht´s."

Die Jungen griffen nach ihren Koffern und stürmten los. Zwar waren die Zimmer zugeordnet, die Wahl der Betten entschied sich aber nach dem Siegerprinzip. Wer zuerst kam, wählte zuerst. John zerrte seinen Koffer die steilen Treppen in den zweiten Stock hinauf. Hinter sich hörte er Rupert schnaufen, der sich mit seinem Gepäck mühte. Der Flur im zweiten Stock war hellblau gestrichen. Knarrender Holzfußboden führte zu drei weißen Türen auf jeder Seite. Alle Türen standen offen, in den vorderen Zimmern waren bereits Jungen angekommen. John suchte auf den Schildern nach seinem Namen. An der letzten Tür auf der linken Seite wurde er fündig. Unter dem Namen Simon Benett stand dort auch John und Rupert Woodward zu lesen. Erleichterung durchströmte John. Ihm war nicht bewusst gewesen, dass die Möglichkeit, von Rupert getrennt zu werden, ihm Angst gemacht hatte. Jetzt aber war er dankbar, mit seinem Bruder zusammen bleiben zu können. Er betrat das Zimmer und blieb wie angewurzelt stehen. An einem Fenster stand, den Eintretenden seinen Rücken zukehrend, der Junge mit der roten Strickjacke.

Rupert, der nicht mit dem abrupten Stopp seines Bruders gerechnet hatte, lief geradewegs in John hinein. Mit lautem Poltern fielen beide Koffer zu Boden, während John und Rupert versuchten, ihr Gleichgewicht zurück zu finden. Der Junge am Fenster hatte sich mittlerweile zu ihnen umgedreht. Ein breites Grinsen stand in seinem Gesicht. „Aha, dann seid ihr wohl John und Rupert. Wow, ich wusste ja, dass ihr Zwillinge seid, aber dass ihr euch so ähnlich seht ..." Er trat auf sie zu und streckte ihnen seine Hand entgegen. „Hi, ich bin Simon." Erst John und anschließend Rupert schüttelten Simons Hand und stellten sich vor. Simon drehte sich wieder dem Raum zu und fragte: „Na, wer kriegt welches Bett?"

John und Rupert sahen sich um. Das Zimmer war hell und freundlich und folgte der Form eines „L". Rechts und links von der Tür stand je ein großer Kleiderschrank aus hellem Holz. An der gegenüberliegenden Wand fiel durch zwei Sprossenfenster sonniges Licht auf zwei Schreibtische, die ausreichend Arbeitsfläche boten. Jeweils links von den Schreibtischen ragte ein Bett in den Raum. An der in freundlichem Gelb gestrichenen Wand über den Betten waren Regale angebracht. Rechts neben Tür und Kleiderschrank machte der Raum einen Knick. An der rechten Außenwand befand sich ein weiteres Fenster, darunter ein Schreibtisch. Daneben stand das dritte Bett.

Sie einigten sich darauf, dass John und Rupert die beiden Betten rechts der Tür bezogen, Simon wollte auf der linken Seite bleiben. Die Jungs begannen, ihre Koffer auszupacken und ihre Sachen in den Regalen, auf Fensterbänken oder den Tischen zu verteilen. John beobachtete Simon verstohlen. Unter seinen braunen Locken schauten grüne Augen selbstsicher in die Welt. Unter dem linken Auge verlief eine dünne Narbe schräg über die Wange in Richtung Ohr. John fragte sich, woher sie stammte. Seine eigene Narbe verlief senkrecht auf seinem Brustkorb und war noch immer deutlich zu sehen. Knapp zwanzig Zentimeter lang teilte sie seine Brust in eine rechte und eine linke Hälfte.

„John, willst du die Noten wegpacken, oder soll ich sie irgendwo verstauen?" Ruperts Frage riss ihn aus seinen Gedanken. „Ist mir egal. Sag mir nur, wo du sie hingelegt hast, damit ich sie finden kann, wenn ich spielen will", antwortete er. Simon drehte sich zu den Zwillingen um. „Was spielt ihr denn?", fragte er neugierig.

„Gitarre", antworteten beide gleichzeitig.

Simon grinste wieder breit. „Sagt ihr immer alles gleichzeitig? Ist das so 'n Zwillingsding?"

„Quatsch", erwiderte John schnell und bemerkte erst danach, dass Rupert zeitgleich dieselbe Antwort gegeben hatte. Alle brachen in Gelächter aus. Dann fragte John: „Spielst du auch ein Instrument?".

„Nö." Das Lachen wich aus Simons Augen und er wandte sich wieder seinen Sachen zu. John traute sich nicht, weiter zu fragen. Er sah zu Rupert. Der zuckte nur mit den Achseln und packte ebenfalls weiter aus.

John legte Hosen, Hemden und Socken in seinen Schrank und versuchte weiter, Simon aus dem Augenwinkel zu beobachten. Dabei fiel ihm auf, dass Simon seine linke Hand merkwürdig bewegte. Es schien, als könne er die Finger nicht richtig beugen und damit zugreifen. Zumindest der Mittel- und der Zeigefinger standen immer ab, egal wonach Simon griff. Möglichst unauffällig stupste John seinen Bruder an und wies auf Simons Hand. Rupert folgte seinem Blick und Erschrecken legte sich auf sein Gesicht. Als Simon sich plötzlich den Zwillingen zuwandte, schafften sie es nicht rechtzeitig, die Münder zu schließen und den Blick von seiner Hand zu nehmen. Simon holte tief Luft, hielt dann seine linke Hand in die Höhe und sagte: „Okay, ihr werdet es sowieso erfahren. Also: Ich hatte einen Unfall. Als ich drei Jahre alt war, sind wir mit dem Auto verunglückt. Mein Vater starb, meine Mutter und ich wurden schwer verletzt. Die Ärzte konnten meine Hand retten, aber die zwei Finger sind seitdem steif. Ihr seht, ich könnte also gar nicht Gitarre spielen, selbst wenn ich wollte." Trotz lag in seiner Stimme und er schaute Rupert und John erwartungsvoll an. John fand als erster seine Sprache wieder: „Stammt daher auch die Narbe unter deinem Auge?"

„Die hast du schon gesehen? Guter Blick. Ja, die stammt auch von dem Unfall."

„Tut mir leid, dass dein Vater gestorben ist", sagte Rupert.

Simon zuckte mit den Schultern. „Ich kann mich kaum noch an ihn erinnern. Dafür habe ich 'ne echt tolle Mum."

„Ist sie heute mit hier?", fragte John, der sich erinnerte, dass er Simon allein in der Kapelle gesehen hatte.

„Nein, sie sitzt seit dem Unfall im Rollstuhl. Die vielen Treppen hier sind nichts für sie." Wieder standen John und Rupert die Münder offen. Simon wirkte für einen flüchtigen Moment klein und verletzlich, als legte sich Einsamkeit wie ein Schatten auf sein sonst so fröhliches Gemüt. Doch schon der nächste Atemzug schien diesen Schatten fort zu pusten. Simon wuchs wieder zu seinem sicheren Selbst und griff nach der roten Strickjacke, die er über seinen Stuhl gehängt hatte. „Dafür hat sie mir ihre Lieblingsjacke mitgegeben. So hätte ich sie immer bei mir, hat sie gesagt." Er vergrub kurz sein Gesicht in der Wolle und sagte: „Ich kann sie sogar noch riechen."

John war sich jetzt sicher: Er würde nicht über Simon lachen. Er bewunderte ihn für seinen Mut und seine Stärke. Diesen Jungen würde er gern als Freund haben. Rupert sprach aus, was auch John dachte: „Schön, dass wir drei zusammen in einem Zimmer sind."

Kapitel 16

13. August 2013 - London, England

Der Leichenschmaus fand im Haus von Peggy und Rupert statt.

Das alte Londoner Stadthaus aus roten Ziegeln wirkte an diesem Tag schon von weitem trostlos und düster, als wären schwarze Wolken über dem Giebel festgenagelt.

Das Wohnzimmer war liebevoll und etwas chaotisch mit einem bunten Sammelsurium eingerichtet: Kunstgegenstände, Erinnerungsstücke, Fotos, farbige Kissen, bunte Teppiche auf dem edlen Parkett und blühende Blumen in den Fensterbänken belebten das Haus und zeigten, dass hier wirklich gelebt worden war. Doch an diesem Tag schienen sogar diese Farben grau. Draußen vor den Fenstern strömte der Regen unaufhörlich der Erde entgegen. Der Dunst legte sich schwer auch auf das Innere des Hauses. Die vielen schwarz gekleideten Menschen in der ersten Etage flüsterten oder husteten leise, sie sprachen mit gesenkten Stimmen und füllten das Haus mit Trauer.

Der offene Kamin blieb kalt an diesem Tag. Obwohl es draußen wie drinnen kühl war, dachte wohl niemand an ein knisterndes Feuer. So wirkte das Kaminloch leblos und dunkel wie ein aufgerissenes Maul, das man zu füttern vergessen hatte.

John sah seine Eltern auf dem roten Chesterfield-Sofa sitzen. Sie erschienen ihm winzig und verloren zwischen den wuchtigen Seitenlehnen. Vor ihnen auf dem Tisch stand ein Teller mit einer Auswahl des Fingerfoods, das freundliche Nachbarinnen unablässig anboten. Die beiden rührten nichts an. Aus den für sie bereit gestellten Tassen kräuselte der Dampf des Kaffees und löste sich langsam auf, ohne dass sie ihn eines Blickes würdigten. Stattdessen starrten sie auf die gegenüberliegende Wand. Dort hing neben einem gerahmten Hochzeitsfoto von Peggy und Rupert auch Ruperts Master-Urkunde. Jemand hatte eine schwarze Schleife am Rahmen befestigt.

Der Geruch kalten Fleisches und getrockneter Tomaten stieg in Johns Nase, wurde aber sofort vom alles überlagernden Mief nasser

Schuhe, gedrängter Menschen und dem Geruch kalter Asche vertrieben. An diesem Tag hielt die Verzweiflung das ganze Haus im festen Klammergriff, der einem die Luft aus dem Leib presste.

Mandy und Luke versorgten die Gäste mit Getränken. Sie waren eben geübte Gastgeber, dachte John. Die Kinder hatten sich mit einer DVD in ein Schlafzimmer verdrückt. Peggy hielt sich großartig und redete mal mit diesem, mal mit jenem. Die Unterhaltungen fanden im Flüsterton statt. Niemand wagte nach dem genauen Unfallhergang zu fragen, doch John meinte, manche tuscheln zu hören. Am liebsten wäre er geflohen. Das aber konnte er seinen Eltern nicht antun. Seit knapp fünfzehn Jahren wohnten sie im Haus nebenan. Sie mussten die meisten der Gäste kennen, doch sie blieben allein.

Er wollte sich gerade zu ihnen setzen, als sich eine Hand auf seine Schulter legte und eine tiefe Stimme sagte: „Es tut mir so leid, John." John drehte sich um und blickte in Simons grüne Augen. Die beiden umarmten einander und John war dankbar für diesen Mann, den er seit Jahren nicht gesehen hatte und der ihm doch vertraut erschien.

„Simon, wir haben uns ja ewig nicht gesehen. Wie geht es dir?", fragte John.

„Wie geht´s dir?", erwiderte Simon. „Mein Gott, ich kann´s noch gar nicht glauben. Vor ein paar Tagen habe ich mit ihm noch ein Bier getrunken. Es ist unvorstellbar, dass er jetzt einfach nicht mehr da ist. Wann hast du ihn denn zuletzt gesehen?"

„Er war bei mir." Johns Blick ging in weite Ferne. „Vor ein paar Wochen erst war er für ein Wochenende bei mir auf Norfolk."

„Australien. Was hat dich bloß dorthin verschlagen? Die große Liebe?"

John verschluckte sich an seinem Kaffee. „Mein bester Freund lebt dort. Seine Frau stammt von der Insel. Nach einem Besuch bei den beiden bin ich dort hängen geblieben."

„Dein bester Freund? Es gab mal eine Zeit, da war Rupert dein bester Freund." John blickte Simon an. Er hatte recht. Trotz aller Streitereien auf dem College und ihrer unterschiedlichen Vorlieben waren sie trotzdem ein gutes Team gewesen. Dass sich das später änderte, hatte niemand so sehr bedauert wie John selbst. Außer vielleicht Simon, der sie beide so gut kannte und miteinander erlebt hatte. John fröstelte unter seinem bekümmerten Blick.

„Ja, die Zeit gab es mal", antwortete er seufzend. „Aber das ist lange her."

„So ähnlich hat Rupert das auch gesagt."

John horchte auf. „Tatsächlich?"

„Rupert hat viel von dir gesprochen. Er hat dich vermisst."

John musterte Simon. Schwang ein Vorwurf in seinen Worten?

„Simon, ich bin wirklich froh, dich zu sehen. Aber mir ist jetzt nicht nach einem Gespräch über das Verhältnis zwischen mir und Rupert." Nach einer kurzen Pause fuhr er freundlicher fort: „Erzähl von dir. Was machst du so?"

Simon erwies sich noch immer als guter Freund und erzählte aus seinem Leben als Lehrer, seiner Faszination für Menschenaffen und seiner Ehe mit Tess, die vor knapp einem Jahr geschieden worden war. Die Zeit verging, während die beiden miteinander plauderten. John vergaß fast, wo er war. Er blendete die Menschen um sich herum aus, hörte nicht mehr das Getuschel und entschwand für eine Weile der Sorge um seine Eltern. Simon bot eine willkommene Ablenkung von der bedrückten Stimmung. Als er sich schließlich verabschiedete, versprach John, ihn zu besuchen, ehe er nach Norfolk zurückflog.

Als John die Tür hinter Simon schloss und sich wieder der Realität zuwandte, stockte ihm der Atem. Er hielt sich am Türrahmen fest. Seine Hand rutschte ab. Im Fallen zogen Gesichter und Lichter an seinem Blick vorbei, als säße er in einem Karussell. Der Aufprall am Boden ließ ihn erschrocken Luft einsaugen und dann gelangte wieder Sauerstoff in sein Gehirn und klärte seine Wahrnehmung. Luke hockte neben ihm, die Augen weit aufgerissen. Sein Mund bewegte sich unablässig. Es dauerte eine Weile, bis seine Worte zu John durchdrangen.

„John, alles in Ordnung? Kannst du aufstehen? John?"

Um ihn herum stand eine Menschentraube. Er blickte in das fahle Gesicht seiner Mutter. Er hielt sich an Luke fest, rappelte sich auf und versuchte ein Lächeln. „Alles okay. Alles okay, wirklich. Mir fehlt nichts."

„Peggy, ruf Dr. Langley an." Seine Mutter war zwar alt geworden, ihre Anweisung aber klang klar und deutlich durch den Raum.

„Nein! Nein Ma, ich brauche Dr. Langley nicht. Ich bin selber Arzt, schon vergessen?"

Luke stand noch immer neben ihm und hielt ihn fest. Leise sagte er: „John, du siehst wirklich nicht gut aus. Bist du sicher, dass wir keinen Arzt rufen sollen?"

„Ja, ich brauche nur einen Moment", murmelte John zurück. Nun stand seine Mutter neben ihm. „John, du bist weiß wie ein Laken und klitschnass geschwitzt. Ist etwas mit deinem Herzen?" Brüsk wandte sich John ab. „Ach, Quatsch. Mein Herz ist seit Jahren unauffällig. Das ist sicher noch immer der Jetlag." Aber er war dennoch dankbar, dass Luke ihn weiterhin stützte.

„Dann leg dich wenigstens eine Weile hin. Wenn es dir danach wieder besser geht, na schön. Wenn nicht, rufen wir eben doch Dr. Langley an", bestimmte seine Ma. Widerstand war zwecklos. Die Aussicht auf eine kleine Auszeit von der Beerdigungsgesellschaft erschien John verlockend. Er ließ sich von Luke ins Gästezimmer begleiten und legte sich gehorsam hin. Erst in der Stille nahm John seinen Herzschlag wahr. Rasend schnell pochte das Herz in seiner Brust, als wollte es sein Blut in doppelter Geschwindigkeit durch den Körper pumpen. John maß seinen Puls und spürte einige Extrasystolen. Er schloss die Augen und versuchte, seinen Körper durch tiefe Atemzüge zu beruhigen.

Ein leises Klopfen ließ ihn aufschrecken. Peggy steckte vorsichtig den Kopf herein und trat ans Bett. „Ich bringe dir etwas Wasser", sagte sie und stellte ein Glas auf den kleinen Nachtschrank am Bett. „Brauchst du sonst noch etwas?"

Tja, was brauchte er? Eine komplette Kardio-Diagnose? Ein EKG oder doch nur etwas Ruhe? Ein Lachen entwich ihm als er erkannte, dass er am dringendsten eine Fluchtmöglichkeit brauchte. Er wollte raus aus der Trauergesellschaft, am besten fort von allen und zurück nach Norfolk. Aber würde das reichen? Vermutlich nicht. Denn auch dort wäre er noch immer gefangen in seinen Schuldgefühlen, seiner Vergangenheit und seinem Körper. Was er also brauchte, war ein neues Leben. Ganz von vorn anzufangen.

„John?" Peggys vorsichtige Frage holte ihn in die Gegenwart zurück.

„Nein, danke, ich brauche nichts." Die Lüge kam ihm wie immer leicht über die Lippen. Jahrelange Übung, dachte er.

„Okay, dann ruh dich ein bisschen aus", sagte Peggy und verließ das Zimmer.

John nahm einen Schluck Wasser und ließ sich wieder auf das Bett sinken. Es war warm und weich. Die Tagesdecke roch ein kleines bisschen nach dem holzigen Duft, der zu Peggy gehörte. Oder strömte der gar nicht aus der Wäsche? Hatte sie ihn gerade hier zurückgelassen?

John atmete tief ein und bemerkte erstaunt, dass sein Herzschlag sich beruhigt hatte. Zwar konnte er das Klopfen noch immer deutlich spüren, aber das Stolpern und die Angstgefühle waren verschwunden. Er schloss die Augen, versuchte zur Ruhe zu kommen und den kurzen Moment, der ihm allein geschenkt war, auszukosten.

Kapitel 17

25. April 1990 - London, England

„Das ist Peggy!" Stolz schwang in der Stimme von Rupert. John konnte ihn gut verstehen. Groß und aufrecht stand sie John gegenüber und reichte ihm ihre Hand, während auf ihrem Gesicht das süßeste Lächeln lag, das John je gesehen hatte. Ein Grübchen in der linken Wange zog seinen Blick auf sich.

„Hallo", sagte sie, „wie schön, dich endlich kennen zu lernen." Grüne Augen strahlten ihn an.

„Gleichfalls", erwiderte er und ärgerte sich gleich darauf über diese knappe Antwort.

„Sollen wir dann mal los?", fragte Rupert.

„Los?" John hatte das Gefühl, sich aus einer Lähmung heraus kämpfen zu müssen, die verhinderte, dass er den Blick von Peggy lösen konnte.

„Na, in den Hyde Park. Wir haben den Picknickkorb schon im Auto und nur noch auf dich gewartet."

„Ach klar! Los!", sagte John und verließ mit Rupert und Peggy die Wohnung.

John hatte gerade sein Medizinstudium in Liverpool beendet und war nach London gekommen, um Rupert zu besuchen. Der hatte sein Physikstudium in London schon ein Semester eher abgeschlossen und galt als vielversprechendes Talent eines jungen Teams am Institut für angewandte Physik. John konnte bei Rupert auf dem Sofa schlafen, bis klar wäre, wohin es ihn als Arzt im Praktikum verschlagen würde. Das hatte Rupert mehrfach versichert. Sonst hatte er seit Johns Ankunft eigentlich immer nur von seiner neuen Freundin geschwärmt. Jetzt endlich war die Gelegenheit gekommen, dass auch John Peggy kennenlernen konnte.

Im Park, auf der Suche nach einem idealen Picknickplätzchen, musterte John unauffällig die Freundin seines Bruders. Sie war fast so groß wie Rupert und er, schlank, und sie bewegte sich mit einer Anmut, wie sie John noch nie gesehen hatte. Der Wind spielte mit ihrem braunen Haar und wehte ihren Duft zu ihm herüber, einen süßen holzigen Geruch. John sog ihn ein und hielt für einen Moment den Atem an.

„Da drüben bei der Bank?", schlug Rupert vor.

„Nein." - „Lieber auf der Wiese", antworteten John und Peggy gleichzeitig.

„Ihr seid euch ja einig", sagte Rupert und grinste. „Na schön, dann eben auf der Wiese." Er steuerte auf eine große Linde zu und breitete die mitgebrachte Decke darunter aus. Sie setzten sich. Der frisch gemähte Rasen leuchtete in sattem Grün, an den Zweigen der Linde entrollten sich vorsichtig die ersten Blätter. Vogelgezwitscher erfüllte den Frühlingstag, den auch viele andere für einen ersten Ausflug in die noch schwachen Sonnenstrahlen nutzten. John war die Frische egal. Er empfand Peggy wie eine strahlende Sonne direkt neben sich. Sie öffnete den Korb und holte Teller, Besteck und Becher hervor. „Erst mal etwas zu trinken?", fragte sie und hielt John grinsend eine Tüte Milch unter die Nase. Das Grübchen war wieder aufgetaucht. Dieses Mal aber kräuselte sich außerdem Peggys Nase beim Lachen.

„Ich sehe, du bist schon vertraut mit den Eigenheiten der Woodward-Männer", beeilte sich John zu sagen und hoffte, sie bemerkte nicht, dass er sie anstarrte.

Rupert lachte, zog Peggy zu sich heran und gab ihr einen Kuss. „Ja, wir haben uns schon ganz gut kennengelernt."

Peggy entwand sich der Umarmung. „Aber zur Feier des Tages habe ich auch etwas Anderes zu trinken mitgebracht", sagte sie und holte eine Flasche Sekt aus dem Korb. „Man sitzt ja schließlich nicht jeden Tag mit zwei so aufregenden Kerlen im Park. Wer macht die auf?"

John und Rupert griffen gleichzeitig nach der Flasche, doch John war schneller. Mit lautem Knall ließ er den Korken in die Luft fliegen und füllte lachend die Gläser, die Peggy ihm hinhielt.

„Auf die Liebe", prostete Rupert und strahlte dabei Peggy an.

„Auf das Kennenlernen", erwiderte die und schaute zu John.

„Auf das Wiedersehen", sagte John und blickte erst zu seinem Bruder, dann Peggy lange in die Augen. Als er sich eine Haarsträhne aus den Augen pustete, wandte sie sich ab. „Hunger?", fragte sie und begann den Korb auszupacken.

„Jetzt erzähl mal", Rupert boxte John auf den Oberarm, „wie soll es denn mit deiner Karriere weitergehen, Herr Doktor? Oder bist du noch gar kein Doktor?

„Nichts da", funkte Peggy dazwischen, „du hast versprochen, ihr erzählt mir Zwillingsgeschichten, wenn wir uns treffen."

Und so schwelgten John und Rupert in Erinnerungen und John ließ Peggy dabei nicht aus den Augen. Sie hörte gebannt zu, als Rupert das Elternhaus in Bexhill-on-Sea beschrieb und mit welchen Streichen sie als Kinder ihre Mutter zur Verzweiflung gebracht hatten. Peggys umwerfendes Lachen begleitete jede Verwechslungsgeschichte aus Collegetagen und sie musterte John und Rupert genau, um die kleinsten Abweichung in ihren Gesichtern zu entdecken. John beobachtete sie im Gegenzug mindestens genauso eindringlich und ertappte sich bei dem Gedanken, seinen Bruder um die Freundin zu beneiden. Gleich darauf schalt er sich selbst einen egoistischen Idioten. Er sollte sich lieber für und mit Rupert freuen, statt auf die spitzen Eifersuchtsnadeln in seinem Bauch zu hören. An der Art, wie Rupert Peggy ansah und berührte, konnte John erkennen, wie verliebt sein Bruder war. Sanft, fast ehrfürchtig legte er manchmal seinen Arm um Peggy und seine Stimme klang wärmer, wann immer er sich ihr zuwandte. Wäre Peggy seine Freundin, John würde sie mit der gleichen Ehrfurcht behandeln, das war sicher. Er war nur überrascht, wie jäh und heftig seine Gefühle einer Fremden gegenüber waren. Denn das war sie doch eigentlich für ihn. Eine Fremde. Und die Freundin seines Zwillingsbruders. Tabu!

* * *

28. April 1990 - London, England

John drückte auf den Klingelknopf. Nichts tat sich. Er klopfte an die Wohnungstür. Zaghaft erst, dann heftiger. Peggy öffnete ihm. Ihre grünen Augen blickten schreckgeweitet, hektische rote Flecken hatten sich in ihrem hübschen Gesicht ausgebreitet. Da war es wieder, dieses Gefühl von Staunen und Ehrfurcht, das John schon bei seiner ersten Begegnung mit Peggy wie eine Windböe erfasst hatte.

„Danke, dass du gekommen bist." Peggy sprach schnell und zog John am Ärmel in ihre Wohnung. „Hier, in der Küche war es."

Die Tür fiel hinter John ins Schloss und er folgte Peggy in den Flur. Augenblicklich war er umhüllt von diesem Geruch, so süß und holzig, wie er ihn sofort an Peggy wahrgenommen hatte. Er trat zu ihr in die winzige Küche. Hier war es dunkel, nur vom erleuchteten Flur fiel etwas Licht herein. John blieb einen Moment stehen, damit seine Augen sich an das Dämmerlicht gewöhnen konnten. Peggy stand dicht neben ihm. Er konnte ihren schnellen

Atem hören und wurde von ihrer Nervosität angesteckt.

„Ich bin nach Hause gekommen, habe die Lampe angeknipst, das Radio angestellt und wollte mir ein Sandwich machen. Da ist es passiert", sagte Peggy.

Vor einer Viertelstunde hatte sie angerufen. Bei Rupert. Weil der aber plötzlich in sein Institut zitiert worden war, hatte Peggy nur John erreichen können. Sie hatte aufgeregt und völlig durcheinander von einem Stromschlag und Feuer in ihrer Küche erzählt und John angefleht, vorbeizukommen.

„Da, siehst du? Die Flamme hat sich die ganze Leitung entlang gefressen."

Mittlerweile hatte John sich an das Halbdunkel gewöhnt. Sein Blick folgte Peggys Zeigefinger und er sah die Brandspuren, auf die sie deutete. Von der Steckdose, in der der Toaster steckte, zog eine verkohlte Furche senkrecht nach oben auf einen Hängeschrank zu, dessen Türen über und über mit Zetteln beklebt waren. Knapp unterhalb des Schrankes nahm die Furche eine Kurve nach links und führte über die nächste Zimmerecke hinweg, hinter dem Kühlschrank entlang bis zu einer Steckdose neben der Tür. „Und hier kamen die Funken raus. Oh Gott, ich dachte mich trifft der Schlag." Peggy sprach schnell und abgehackt.

John konnte ein Lachen nicht unterdrücken. „Tut mir leid.", sagte er schnell, doch da hatte Peggy ihn schon auf den Arm geboxt. „Das ist nicht witzig!"

„Du dachtest, dich trifft der Schlag?" John grinste. Erst jetzt bemerkte Peggy die Doppeldeutigkeit ihrer Worte und lächelte. Allmählich wich der Ausdruck des Schreckens aus ihrem Gesicht und ihre Nase kräuselte sich zu dem Lächeln, das John einen Schauer über den Rücken jagte. Er sah sie an, räusperte sich und fragte dann: „Hast du die Sicherungen gecheckt?"

„Natürlich." Sie drohte ihm mit dem Zeigefinger. „Für wie blöd hältst du mich denn?" Ihre Augen verrieten, dass sie John nicht ernsthaft böse war. „Da waren eine ganze Menge Sicherungen rausgeflogen. Ich stand

hier ja komplett im Dunkeln. Die meisten hab'
ich wieder reingedrückt. Aber die für dic Küche lässt sich nicht wieder aktivieren."

John zog die Augenbrauen hoch. „Du weißt aber schon, dass ich Arzt bin und kein Elektriker, oder?" Beide lächelten sich an. Obwohl John die Freundin seines Bruders erst vor einigen Tagen kennengelernt hatte, fühlte es sich an, als würde er sie schon ewig kennen. Und er wusste, dass Rupert seiner Freundin eben so viel von seinem Zwilling erzählt hatte wie ihm von Peggy. Die Post-its auf dem Küchenschrank hatte Rupert oft als Beispiel für ihren Notizzettel-Tick genannt, weshalb sie John vertraut erschienen. Ebenso wie das Geplänkel, das sie gerade führten. Trotzdem fühlte John sich kribbelig und unsicher.

„Ach, du kennst dich mit Elektrik gar nicht aus?" Peggys Angströte hatte sich in ein zartes Rosa verwandelt. John schaute auf die im Halbschatten stehende Gestalt. Sie machte ihn kribbelig. Er fragte sich, ob er je so etwas Verführerisches gesehen hatte wie diese Frau. Sie erschien ihm wie ein mystisches Wesen, er hätte sich nicht gewundert, wenn Feenstaub um sie herum glitzern würde.

„Sowas Blödes, dann kannst du mir also gar nicht helfen?", sagte Peggy, grinste grübchenverziert und fügte nach einer kurzen Pause hinzu: „Ich bin trotzdem froh, dass du da bist. Ich hab' mich echt erschreckt. Wäre ich jetzt alleine hier, würde ich vermutlich die ganze Zeit auf der Lauer liegen, aus welcher Steckdose das Feuer als nächstes sprüht." Sie blickte zu Boden, als sei sie von ihrer eigenen Furcht peinlich berührt. John beeilte sich zu sagen: „Ist schon okay, Ich wäre nach so einem Schreck vermutlich auch nicht gern allein."

Für einen Moment schwiegen beide und sahen sich wieder an. John spürte, wie sein Herz schneller zu schlagen begann. Es ist die Freundin deines Bruders, rief er sich ins Gedächtnis und straffte seinen Körper mit einem Ruck. „Ich denke, du musst morgen dem Vermieter Bescheid geben. Der schickt dann sicher einen Elektriker, der sich das ansieht."

„Okay", seufzte Peggy, „tut mir leid, dann habe ich dich ganz umsonst aufgescheucht."

„Ach, macht nichts. Da kann ich mir wenigstens mal angucken, wie die Freundin meines Bruders so wohnt."

Peggy stutzte kurz, ehe sie verschmitzt grinste. „Soso, ein Kontrollbesuch also. Na schön, dann bitte hier entlang zur Wohnungsführung." Peggy trat aus der Küche in den Flur, wandte sich noch einmal zu John und sagte: „Tja, leider kann ich dir nichts zu essen anbieten. Meine Küche ist zurzeit ein Totalausfall. Aber es gibt noch Wein." Dann ging sie voran in einen Raum auf der anderen Flurseite. John folgte ihr und sah sich in dem kleinen Zimmer um, das ihr offensichtlich als Wohn-, Schlaf- und Arbeitszimmer diente. Ein riesiges Bett stand unter dem Fenster. Unzählige Kissen und Decken verschiedenster Farben und Muster lagen auf der Tagesdecke. An der gegenüberliegenden Wand stand ein alter Schreibtisch, dessen Holz ziemlich zerkratzt war. Der Boden und die Regale quollen über von Büchern, Ordnern und Papieren, die in unterschiedlich hohen Stapeln eine zweifelhafte Ordnung ausstrahlten. John dachte neidvoll an seine eigene Studentenbude, in der meistens das Chaos Regie geführt hatte.

Neben der Tür standen der Kleiderschrank und ein weiteres Regal mit Fotoalben und Schallplatten. Zwei kleine Stehlampen tauchten den Raum in diffuses Licht.

Peggy kniete neben dem Bett und fischte Gläser und eine Weinflasche aus einem kleinen Schränkchen. „Ich hoffe, du magst Rotwein?"

„Du hast Rotwein in deinem Nachtschrank?" John zog erneut die Augenbrauen hoch und lächelte spöttisch.

„Na klar", erwiderte Peggy ebenso ironisch. „Man weiß ja nie." Lachend setzte sie sich auf die Bettkante. „Rotwein?", fragte sie noch einmal.

„Ja gern", antwortete John und wandte sich den Schallplatten zu. „Darf ich?" Ohne eine Antwort abzuwarten griff er nach einem Beatles-Album.

„Oh, warte." Plötzlich stand Peggy neben ihm und nahm ihm die Platte aus der Hand. Als ihre Fingerspitzen sich berührten, zuckte ein Stromstoß durch Johns Körper. Peggy hatte es gespürt, er konnte es in ihrem Blick erkennen.

„Na toll, jetzt hast du den Schlag an mich weitergegeben.", beeilte er sich zu sagen und hoffte, mit dem Scherz von seiner Erregung abzulenken. Peggy blickte ihn lange an und er fürchtete schon, in ihren grünen Augen zu versinken wie in einem Waldsee. Dann endlich griff Peggy in das Regal, reichte ihm eine andere Schallplatte und sagte mit belegter Stimme: „Ich mag die alten Beatles-Scheiben alle sehr, aber die hier ist die beste."

John legte die Platte auf. Vertraute Klänge der Fab Four füllten das Schweigen. Als er sich vom Regal abwandte, stand Peggy ihm direkt gegenüber. Er wagte kaum zu atmen. Ihr Duft, ihre Augen, seine Begierde – all das jagte ihm Angst ein. Er konnte keinen klaren Gedanken mehr fassen, nichts überlegen oder hinterfragen. Ihre betörende Nähe ließ einzig seinen Instinkt handeln.

John beugte sich zu Peggy und küsste sie sanft. Behutsam berührten seine Lippen die ihren. Weich waren sie. Als er spürte, dass Peggy seinen Kuss erwiderte, legte er seine Hand in ihren Nacken, zog sie dichter zu sich heran und küsste sie fordernder. Seine Zunge begann, ihren Mund zu erkunden. Ein leises Stöhnen entfuhr ihm. Erschrocken zuckten beide zurück. In Peggys Augen konnte John dieselben Fragen und Einwände lesen, die auch durch seinen Kopf spukten. Peggy holte tief Luft und schloss die Augen. Johns Erregung siegte über seine Vernunft. Mit dem Finger fuhr er vorsichtig die Konturen ihres Gesichtes nach. Peggy öffnete die Augen, blickte tief in ihn hinein und küsste ihn schließlich. John umarmte sie, strich mit seinen Händen über ihren Rücken, die Hüften hinab und ließ sie für eine Weile auf ihrem Po ruhen. Peggys Hände liebkosten sein Gesicht. Jede ihrer Berührungen löste eine Explosion in seinem Innern aus. Sein Herz raste, sein Blut kochte, seine Lust trieb ihn voran. Er zog ihr den Pullover über den Kopf und ließ ihn einfach fallen. Küsse und tiefe Blicke wechselten sich ab, während Peggy auch ihn entkleidete. Als ihre Finger seinen nackten Bauch berührten, stockte ihm für einen kurzen Moment der Atem. Peggy hielt inne und sah ihn besorgt an. „Alles okay?", fragte sie zögerlich.

Statt zu antworten, küsste er sie heftig und fordernd. Das Zaudern fiel von Peggy ab und sie gab sich seinem Drängen hin. Endlich standen sie nackt voreinander. Peggys grüne Augen ruhten auf seinem Gesicht, während sie streichelnd seinen Körper erkundete. John stöhnte auf und hielt sie zurück. Die Erregung brachte ihn fast um, und doch wollte er sie nicht hergeben. Er wollte sie auskosten, solange es nur ging. Sich von ihr quälen lassen, sie schmerzhaft aushalten und sich schließlich in der Explosion verlieren. Er hielt Peggys Hände fest und ließ seinen Blick über ihren Körper gleiten. Er schien makellos zu sein. Staunend schüttelte John den Kopf. „Du bist wunderschön", hauchte er. Sie ließen sich auf das Bett sinken, gruben sich durch Kissen und

Decken, warfen auch das Bettzeug zur Seite. Sie brauchten keinen Schutz. Sie hielten sich gegenseitig, erkundeten ihre Körper. Peggy strich mit einem Finger die Narbe auf Johns Brustkorb entlang und küsste dann jeden Zentimeter davon. John streichelte Peggy, bis sie sich vor Begierde bog. Dann endlich, als beide es kaum mehr aushielten, glitt er in sie und gemeinsam schwammen sie auf der Welle des Höhepunktes davon.

Verschwitzt und zufrieden lagen sie danach nebeneinander auf dem zerwühlten Laken. John weigerte sich, den an die Oberfläche drängenden Gedanken nachzugehen und konzentrierte sich stattdessen auf seine Gefühle. Neben Peggy im Bett liegend, das Aroma von Sex noch in der Nase und auf den Lippen, fühlte er sich vollständig und richtig, wie ein Puzzleteil, das an die passende Stelle gelegt worden war. Für den Augenblick gab es nichts Besseres und Wichtigeres, als genau hier zu liegen, Peggys Atem zu lauschen und ihren Schlaf zu bewachen.

* * *

29. April 1990 - London, England

Unruhig tigerte John in der Wohnung seines Bruders auf und ab. Zum tausendsten Mal warf er einen Blick auf seine Uhr. Viertel nach fünf am Nachmittag. Wie viel Zeit blieb noch, bis Rupert nach Hause kam?

John hatte einen furchtbaren Tag hinter sich. In seinem Kopf war alles durcheinandergeflogen, wie Scherben eines zersplitterten Glases. Er hatte gegrübelt, hin und her überlegt, Pläne geschmiedet und wieder verworfen. Auch jetzt noch, im schwindenden Licht der Dämmerung, wusste er nicht, was er tun sollte.

Als er am Morgen erwacht war, hatte er allein in dem Bett gelegen, das ihm in der Erinnerung wie eine Insel der Glückseligkeit erschien. Doch nun war er an den kantigen Felsen seines Gewissens gestrandet. Er hatte mit der Freundin seines Bruders geschlafen. Was hatte er sich dabei gedacht? Hatte er überhaupt gedacht?

Ihr Duft hatte noch in der Luft gelegen, aber Peggy war nicht mehr da gewesen. Einer ihrer Notizzettel hatte für ihn bereitgelegen. „Musste zur Arbeit. Tut mir leid."

Was genau tat ihr leid? Dass sie wegmusste, ehe sie sich in die Augen sehen konnten? Dass sie gegangen war, ohne mit ihm zu reden? Oder bedauerte sie die gemeinsame Nacht? Ihm war übel und Panik zog durch seinen Körper.

Er hatte sich angezogen und war gegangen. Wie ein Dieb, der sich davonstiehlt. Aber er hatte es keinen Moment länger allein in ihren Räumen ausgehalten.

Auch Ruperts Wohnung hatte er leer vorgefunden. Sein Bruder war ebenfalls schon zur Arbeit aufgebrochen.

John hatte keinen klaren Gedanken fassen können. Schließlich war er auf Ruperts Fahrrad gestiegen und an der Themse entlang gesprintet, als sei er auf der Flucht und die gesamte britische Polizei hinter ihm her. Dann war er durch den Hydepark gekurvt und hatte unter der Linde Stopp gemacht, wo er sich in Peggy verliebt hatte. Von dort war er in den Pub gefahren, in dem er mit Rupert dessen Masterabschluss gefeiert hatte. Eine Lösung für sein Dilemma hatte er nirgends gefunden.

Und welche Lösung konnte es schon geben? Wie er es drehte und wendete, er konnte nur verlieren. Würde er Rupert die Wahrheit sagen, bräche für den eine Welt zusammen. Verraten und betrogen von der Freundin und dem Zwillingsbruder. Das würde er ihm nie verzeihen. Wenn er schwieg, würde er Peggy verlieren. Aber konnte er sie überhaupt verlieren? Hatte er sie für sich gewonnen? Was würde er darum geben, zu erfahren, was Peggy über die vergangene Nacht dachte. Wichtiger noch: was sie fühlte.

Jedes Telefonklingeln in Ruperts Wohnung zerschnitt sein Innerstes. Was, wenn es Peggy wäre? Er wollte so dringend mit ihr sprechen, wünschte sich, sie würde sich melden. Und doch wagte er nicht, den Hörer abzunehmen. Was sollte er sagen, wenn es Rupert selber wäre, der vom anderen Ende der Leitung fragte, wo John die letzte Nacht verbracht hatte? Womöglich hatte er sich Sorgen gemacht, während John sich mit seiner Freundin im Bett gewälzt hatte.

Der Tag war eine einzige Abfolge grauenhafter Gedanken und Fragen gewesen. Nun tigerte John in der Wohnung auf und ab und wartete auf die Rückkehr seines Bruders, ohne eine Ahnung zu haben, wie es dann weitergehen sollte.

Doch in dem Moment, als er den Schlüssel in der Tür hörte, in jener Sekunde, in der Rupert die Wohnung betrat und nach ihm rief, legte sich Stille über ihn und er war sich seiner nächsten Worte sicher.

Er würde später mit Peggy reden müssen. Doch ganz egal, wie sie sich verhielt, hatte sein Bruder die Wahrheit verdient. John liebte Rupert und wollte ihn weder verletzen noch verlieren, aber er könnte ihm nie wieder in die Augen sehen, wenn er jetzt nicht ehrlich wäre.

Rupert betrat die Küche, in der John am Tisch saß, ein Glas Milch vor sich, das er seit

Stunden nur anstarrte, aber nicht trank. John sah seinen Bruder scharf, wie auf einem gut entwickelten Foto. Rupert stand im Türrahmen, den Schlüssel noch in der Hand, die Krawatte schon etwas gelockert. John meinte sogar, die Poren seiner Haut erkennen zu können und den leichten Schweißfilm zu riechen, der sich an Ruperts Hemdkragen abzeichnete. Er bemerkte, dass Rupert die Lampe anschaltete, die über dem kleinen Küchentisch hing und er nahm wahr, dass Ruperts Lippen sich bewegten, als er auf ihn zukam. Dann aber glitt das Bild seitwärts aus seinem Kopf und ein glühender Riss zerteilte seine Brust.

Als nächstes stach grelles Licht in seine Augen. Etwas schloss sich eng um seinen Arm. John versuchte ihn wegzuziehen, schaffte es aber nicht.

„Immer mit der Ruhe, junger Mann", tönte es in sein Ohr.

John sah ein Gesicht über sich. Langsam wurden die Konturen scharf und das Drumherum erkennbar. „Da sind Sie ja wieder.

Schön liegen bleiben, ja?! Wir schreiben jetzt noch ein EKG und dann laden wir Sie ein."

Ein Rettungsarzt kniete neben John, der auf dem Fußboden von Ruperts Küche lag. Dann tauchte auch Ruperts Gesicht über ihm auf. Es war knallrot und schweißnass, Rupert atmete stoßweise. „Mann Scheiße, du hast mir vielleicht einen Schrecken eingejagt."

John versuchte eine Antwort, doch seine Zunge lag wie ein pelziges totes Tier in seinem Mund. Er hustete schmerzhaft.

Der Arzt wies auf Rupert: „Sie können von Glück sagen, dass Ihr Bruder gerade nach Hause kam. Hätte der nicht so lange die Herzdruckmassage gemacht, bis wir da waren… Naja, ist ja nochmal gut gegangen."

John keuchte und schloss die Augen. „Nicht doch, alles gut." Der Arzt tätschelte Johns Arm. „Ihr Bruder hat Ihnen das Leben gerettet und wir nehmen Sie jetzt mit und sorgen dafür, dass Ihnen sowas nicht nochmal passiert."

Rupert drückte Johns Hand und lächelte ihm zu. In Johns Kopf dröhnte ein Echo. „Bruder hat das Leben gerettet … dafür sorgen, dass sowas nicht nochmal passiert …" John ließ die Augen geschlossen, damit niemand die Tränen sah, von denen er hoffte, sie würden auch die vergangene Nacht fortspülen.

Kapitel 18

13. August 2013 - London, England

John blieb so lange im Gästezimmer, bis das Gemurmel über ihm leiser wurde und die meisten der Trauerfeiergäste gegangen sein mussten. Bevor er bereit war, sein Versteck, wie es ihm vorkam, zu verlassen, horchte er noch einmal in sich hinein. Der bleischwere Kloß in seinem Magen war noch da, aber immerhin schlug sein Herz kräftig und regelmäßig in seiner Brust. Mit einem Ruck erhob er sich, schüttelte das Bettzeug auf, deckte die Tagesdecke wieder darüber und trat aus dem Zimmer.

Er fand Peggy allein in der Küche. Sie räumte Geschirr in den Spüler und hatte ihm den Rücken zugekehrt.

„Kann ich dir helfen?", fragte John und reichte ihr Gläser vom Tisch.

Peggy zuckte zusammen, sog laut die Luft ein und drehte sich mit weit offenen Augen zu ihm um. „Mein Gott, hast du mich erschreckt", japste sie.

„Tut mir leid, das wollte ich nicht", antwortete John. Mit Blick auf das Geschirr fuhr er fort: „Ich kann das gern machen. Dann kannst du schon wieder zu den anderen gehen."

„Es gibt keine anderen mehr", erwiderte Peggy und stellte Teller in die Maschine.

„Wie bitte?"

„Die sind alle gegangen."

„Oh." Sie waren allein. John beobachtete, wie Peggy weiter Geschirr in die Maschine räumte. Es kam ihm vor, als würde er sie zum ersten Mal ansehen. Sie trug ein schwarzes Kleid, darüber eine graue Strickjacke. Ihre braunen Haare waren von nur wenig grau durchzogen. Sie trug sie hochgesteckt, doch einige Strähnen hatten sich aus der Umklammerung der Spangen befreit und lagen nun in Peggys Nacken. Johns Blick wanderte ihren langen Hals hinab zu den schmalen Schultern. Sie wirkte zerbrechlich. Müde Bewegungen verdeckten ihre Anmut.

„Geht es dir besser?", riss sie ihn aus seiner Erstarrung.

„Was? Oh ja, danke", stotterte er.

„Du sollst dich bei Elaine melden, wenn du wach bist. Damit sie aufhören kann, sich Sorgen zu machen." Peggys Stimme hatte einen gereizten Unterton.

„Alles klar. Dann gehe ich kurz rüber, melde mich zurück und fahre zu Lindsay. Soll ich dir vorher noch helfen?"

Peggy klappte den Geschirrspüler zu und stellte ihn an. „Nein, danke, schon fertig. Aber du könntest mir einen anderen Gefallen tun." Sie hatte sich ihm zugewandt und blickte ihm in die Augen.

„Gern. Was denn?"

„Könntest du heute Nacht hierbleiben?"

John starrte sie an.

„Es ist die erste Nacht, die ich allein hier verbringe, seit …" Sie brach ab, zuckte mit den Schultern und sagte: „Ich schaffe das nicht. Noch nicht."

John schluckte. Ein Kampf tobte in seiner Brust. Angst gegen Pflichtgefühl. „Natürlich", hörte er sich sagen, „wenn du möchtest, bleibe ich."

John ging ins Nachbarhaus zu seinen Eltern. Seine Ma war auf dem Sofa eingeschlafen. Mandy brachte gerade Marge ins Bett. Luke, Mary und Johns Vater Jim saßen in der kleinen Küche und spielten Scrabble. Alle waren froh zu hören, dass es John besser ging und versicherten ihm, sie kämen klar. John verabschiedete sich für die Nacht und wunderte sich, dass niemand ihn aufhielt, abhielt von dem Wahnsinn, der doch in seinem Gesicht zu lesen sein musste. Seine Schwägerin hatte ihn gebeten, die Nacht bei ihr zu verbringen, damit sie nicht allein im Haus sein musste. Vermutlich gingen alle davon aus, er würde in seinem alten WG-Zimmer schlafen. Er korrigierte sie nicht.

„Du hast dich mit Simon unterhalten." Es war eher eine Feststellung als eine Frage. Peggy saß John im Wohnzimmer gegenüber und hatte sich eine Wolldecke über die Beine gelegt. Auf dem Tisch vor ihnen stand eine Flasche Wein, die gefüllten Gläser hatten sie bisher nicht angerührt.

„Ich habe mich sehr gefreut, ihn wieder zu sehen. Das letzte Mal ist ewig her."

„Zu ihm hattest du auch keinen Kontakt mehr?" John meinte, einen Vorwurf in Peggys Frage zu hören. Er ignorierte ihn, so gut es ging.

„Nein, wir haben uns aus den Augen verloren. Aber ich habe versprochen, ihn zu besuchen, bevor ich zurückfliege", antwortete er.

„Wann fliegst du denn?"

John hatte das Gefühl, er stünde mitten auf einem zugefrorenen See, nicht sicher, ob die dünne Eisdecke ihn tragen würde. Jede Frage und jede Antwort waren ein Wagnis und ein Schritt in die womöglich falsche Richtung.

„Ich weiß es noch nicht." Er hatte keine konkreten Pläne gemacht, weil er nicht wusste, was in London auf ihm zukäme. Nun, da er hier war, war ihm nicht klar, was er sich erhofft hatte. Worauf wartete er, ehe er nach

Norfolk zurückkehrte? „Mandy und ich müssen überlegen, wie es mit Ma und Dad weitergehen soll."

Peggy richtete sich auf. „Wieso? Was meinst du?"

Fast meinte er, das Knirschen unter seinen Füßen zu hören, das ein Riss in der dünnen Eisschicht mit sich brachte.

„Naja, sie werden nicht jünger. Jemand wird sich um sie kümmern müssen."

„Und ich bin plötzlich nicht mehr gut genug?" Wütende Blitze zuckten aus ihren grünen Augen. „Oder meinst du, nur, weil Rupert tot ist, gehöre ich mit einem Mal nicht mehr zur Familie? Ich will dir mal was sagen: Ich war Elaine und Jim in den letzten Jahren eine bessere Tochter als du ihnen ein Sohn!"

Schweigen pulsierte zwischen ihnen. John spürte Röte in seinem Gesicht aufflammen und senkte den Blick.

Peggy griff nach ihrem Glas und trank heftig schluckend. „Tut mir leid, das hätte ich nicht sagen sollen", murmelte sie und stelle ihr

Glas zurück auf den Tisch.

„Ist schon okay. Ich sollte die Wahrheit ertragen können."

„Aber es ist nicht die Wahrheit. Zumindest nicht aus der Perspektive deiner Eltern. Sie mögen mich, ja, und natürlich bleiben sie meine Schwiegereltern. Aber Jim und Elaine wünschen sich nichts sehnlicher, als dich endlich wieder bei sich zu haben."

Erschrocken blickte John wieder auf. „Sie glauben, ich würde nach England zurückkommen?"

„Glauben? Nein. Aber sie hoffen es." Nach einigem Zögern fügte sie hinzu: „So wie Rupert."

John hielt die Luft an. Das rettende Ufer war weiter weg als je zuvor und John konzentrierte sich darauf, auf dem spiegelglatten Eis nicht ins Schliddern zu geraten.

„Er hatte sich so darauf gefreut, dich zu besuchen, als er zu diesem Kongress nach Melbourne musste", fuhr Peggy fort. „Und als er zurück war, konnte er gar nicht aufhören zu erzählen. Er hat bis über beide Ohren gestrahlt und mir alles genau beschrieben. Dein Haus, die Veranda, wie gut ihr euch verstanden habt." Sie lachte: „Er hat auch eine sehr passable Imitation deiner Arzthelferin abgeliefert." Nach einer kurzen Pause fuhr sie leiser fort: „Er hat es nie gesagt, aber er hat dich sehr vermisst!" John schaute sie an, ihre Augen waren wie ein Spiegel. Er sah in ihnen seinen eigenen Schmerz. „Ich habe ihn auch vermisst", flüsterte er.

Eine Weile sprach keiner von beiden ein Wort. Schließlich sagte John: „Erzähl mir von ihm!"

Verwundert blickte Peggy ihn an. „Was meinst du?"

„Wie ging es ihm? Was hat ihn beschäftigt? Was hat er so gemacht? Wie es scheint, hat er nach wie vor hervorragend Leute parodiert, aber hat er zum Beispiel auch immer noch Gitarre gespielt?"

Ein Grinsen wischte die traurigen Falten aus Peggys Gesicht. „Nein, zum Glück nicht mehr." Ihr Grübchen wurde sichtbar, in Johns

Magen flatterte etwas auf. „Es klang grauenhaft, weißt du nicht mehr? Ich war heilfroh, als diese alte blaue Gitarre endlich auf dem Dachboden verschwand." John musste unwillkürlich lächeln. Er erinnerte sich gut an Ruperts enthusiastische, aber erfolglose Versuche, ein zweiter Ritchie Blackmore zu werden.

„Und ja, seine Parodien waren lustig", Peggys Nase kräuselte sich, „aber mit seinen ewigen Witzen konnte er einem auch ganz schön auf die Nerven gehen." Sie lachte, hielt sich aber verlegen die Hand vor den Mund, als sei es pietätlos, am Tag der Beerdigung auch Kritik an ihrem Mann zu üben.

John erinnerte sich an ihren letzten Tag im College. Bei der Abschlussfeier war Rupert als Redner ihres Jahrgangs auserkoren. Er hatte wochenlang an seiner Rede gearbeitet und sie war wirklich gut geworden. Alle – Eltern, Lehrer und Schüler – hingen gebannt an seinen Lippen und bewunderten den Burschen da oben auf der Bühne für seine Wortgewandtheit und die Beobachtungsgabe, mit der er die vergangenen Schuljahre vor ihnen sezierte. John hatte die Rede mehr als einmal anhören müssen, während Rupert sie einstudierte und war überrascht gewesen, dass sie ihn an diesem Tag trotzdem ergriff. Er war so stolz gewesen. Und dann, als Rupert seine Rede beendet hatte und der Applaus verebbte, hatte er die Gelegenheit des offenen Mikrofons genutzt und einen seiner Witze erzählt. Auf einmal war es totenstill in der Kapelle, niemand lachte. Stattdessen fragten sich alle – John eingeschlossen – warum jemand, der so eloquent sein konnte, gleichzeitig so überflüssig schwatzhaft war.

„Er hat gern gekocht", sagte Peggy und riss ihn aus seinen Gedanken.

„Das passt zu ihm", entfuhr es John spontan. „Und ich bin sicher, es schmeckte."

„Super lecker!" Peggy legte ihre Hand auf den Bauch, als könnte sie mit der Berührung den Geschmack der letzten Mahlzeit, die Rupert für sie zubereitet hatte, wieder heraufbeschwören. „Er war ein Meister der Gewürze. Selbst unscheinbarem Gemüse entlockte er zauberhaften Genuss. Das Beste aber waren seine Currys."

Peggy schwelgte in der Erinnerung und berichtete so lebhaft und hingerissen, dass John den Geruch von Kurkuma in der Nase hatte. Sein Magen gluckste.

„Hast du Hunger?", fragte Peggy gleich darauf. „Es ist noch jede Menge zu essen da. Hast du überhaupt etwas gegessen, ehe du …" Sie brach ab.

„Ich könnte tatsächlich eine Kleinigkeit vertragen", sagte John.

„Ehrlich gesagt: ich auch! Ich habe keinen Bissen heruntergekommen, solange das Haus voll war. Aber jetzt …" Peggy erhob sich und John folgte ihr in die Küche.

Sie holten die Resteplatten aus dem Kühlschrank und jeder füllte sich einen Teller mit kleinen belegten Schnitten, kalten Pastetchen und Gemüsesticks. Mit dem Essen kehrten sie zurück ins Wohnzimmer, aßen, tranken Wein und unterhielten sich. Unbeschwerter nun. Peggy erzählte weiter von Rupert, seinen

Kochkünsten und wie gern Freunde zum Essen gekommen waren. John lauschte ihren Worten und ließ sie dabei nicht einen Moment aus den Augen. Mal leuchteten ihre Augen auf, als sehe sie die schönen Bilder der Vergangenheit direkt vor sich, dann wieder bebte sie vor Lachen, wenn sie sich Ruperts Missgeschicke in Erinnerung rief, nur um gleich darauf die Schultern zu straffen und von seinem beruflichen Erfolg und seiner Beliebtheit unter den Kollegen zu berichten. Weich wurde ihr Gesichtsausdruck wieder, als sie von Urlauben in gemütlichen Cottages an der Küste Cornwalls sprach und von dem ewigen Traum, einmal in die Karibik zu fliegen. John ließ ihr Zeit, sich in Erinnerungen und Bildern zu verlieren. Schließlich fragte er: „Was hat euch abgehalten, den Trip in die Karibik wahr zu machen?" Das Funkeln, das sie eben noch wie eine Aura umgeben hatte, erlosch augenblicklich und John bereute seine Frage.

Peggy zuckte mit den Schultern. „Was hat uns abgehalten? Der Alltag, vermute ich. Rupert war in seinem Job immer tausendprozentig, und länger als zwei Wochen konnte er es ohne sein Labor sowieso nicht aushalten. Tja, und dann hatten wir ja auch noch andere Verpflichtungen." Ihr Blick huschte zur Zimmerwand, hinter der sich das angrenzende Haus von Jim und Elaine befand.

„Mir war nicht klar, dass sie mittlerweile so viel Unterstützung brauchen", sagte John.

„Brauchen sie eigentlich auch nicht", erwiderte Peggy, „aber Rupert hat sich eben immer Sorgen gemacht. Ihm war nicht wohl bei dem Gedanken, sie lange allein zu lassen. Mandy wollte er nicht fragen. Sie hat mit den Kindern und ihren Kulturveranstaltungen genug zu tun." Sie schaute ihn an, redete aber nicht weiter.

„Und ich war zu weit weg", sprach John aus, was er in ihren Augen zu lesen meinte.

Sie zögerte, nickte dann. „Und du warst zu weit weg", stimmte sie schließlich zu.

„Es tut mir leid, dass ich euch allein gelassen habe", sagte John. Er befürchtete, Peggy könnte nachfragen, was und wen er genau meine. Er wäre die Antwort schuldig geblieben. „War es denn die richtige Entscheidung?", fragte sie stattdessen.

„Wie bitte?" John war verblüfft.

„Geht es dir gut auf Norfolk?" Peggys Blick bohrte sich aus grünen Augen tief in ihn hinein. Sie schien in seinem Inneren lesen zu wollen, wie ein Röntgenapparat.

„Klar, mir geht's gut." Die immer gleichen Wörter und der immer gleiche Ton ließen ihn selbst fast glauben, was er seit Jahren wie ein Mantra wiederholte. „Rupert hat dir doch erzählt, wie schön es bei mir ist."

„Die Insel muss toll sein", bestätigte Peggy und fuhr dann fort: „Aber Rupert sagte, es gäbe niemanden in deinem Leben?"

Wie ein geübter Spion hatte sie sich leise angeschlichen und schließlich seinen wunden Punkt aufgedeckt. Er hörte das Blut durch seine Adern rauschen.

„Ich habe Stewart und Sally. Und dann noch meine Pokerrunde. Und meine Praxis. Naja, auf einer so kleinen Insel ist man ja praktisch nie für sich, selbst wenn man allein lebt."

„Ja, aber bist du zufrieden mit deinem Leben?"

Fröstelnd wurde er sich des dünnen Eises unter seinen Füßen wieder bewusst. Was sollte er sagen? Was konnte er sagen?

Das Klingeln seines Handys ersparte ihm die Antwort. Während er es aus seiner Hosentasche befreite, trank Peggy einen Schluck Wein und lehnte sich dann in ihrem Sessel zurück. Ihr Gesicht verschwand im Schatten außerhalb des kleinen Lichtkegels.

John sah auf das Display seines Smartphones. Lindsays Bild lächelte ihm entgegen. Er nahm das Gespräch an.

„Linds."

„Hey John, alles klar?" Sorge lag in ihrer Stimme. „Wo steckst du?"

„Ich bin noch bei Rupert."

„Oh." John stellte sich vor, wie sie an der Nagelhaut eines ihrer Finger zerrte und mit zusammen gekniffenen Augen überlegte, was sie fragen oder sagen könnte.

„Ich bleibe heute Nacht hier", sagte er.

„Oh. Okay." Schweigen in der Leitung. Dann fragte sie: „Ist alles okay, John?"

„Ja, alles klar, Linds. Ich melde mich morgen."

„Okay", antwortete sie zögernd. „Ich bin hier, falls du mich brauchst."

„Danke, Lindsay. Gute Nacht."

„Gute Nacht."

John legte auf. „Das war Lindsay. Sie wundert sich, wo ich bleibe."

Peggy beugte sich vor, trank noch einen Schluck Wein und musterte John eindringlich. Ihre letzte Frage dröhnte in seinen Ohren. „Bist du zufrieden mit deinem Leben?" Er schaute sich fahrig im Zimmer um, als könne er dort eine Antwort finden, oder besser noch, einen Ausweg. Als sein Blick auf die leuchtenden Zahlen der Uhr am Fernseher fiel, hatte er ihn gefunden.

„Es ist spät geworden. Und es war ein harter Tag. Ich denke, wir sollten versuchen, zu schlafen."

John lag wach und starrte an die dunkle Decke des Gästezimmers. Er dachte noch immer über Peggys Frage nach. War er zufrieden? Er war dankbar, das konnte er mit Sicherheit sagen. Er war dankbar für sein Leben, für seine Freunde, für seinen Beruf. Er war dankbar für viele kleine Freuden des Alltags und dass es ihm gelungen war, sich eine Heimat auf Norfolk aufzubauen. Aber zufrieden? Er dachte an seine Eltern. Was hatten sie alles gemeinsam erlebt, ertragen und bewältigt? Und dabei hatten sie sich immer aufeinander verlassen können, waren sich eine gegenseitige Stütze. Sein Gespräch mit Luke fiel ihm wieder ein und er sah Mandy und die Mädchen vor sich. Die vier waren eine tolle Familie. Und schließlich Rupert und Peggy. Mehr als zwanzig Jahre waren die beiden ein Paar und ein Team gewesen. Er fühlte sich wie ein Fremder. Fast schon ein

Eindringling, der in das funktionierende System seiner Familie geplatzt war und mit seiner eigenen Last für Durcheinander sorgte. Und doch schlummerte noch immer eine leise Hoffnung in seinem Inneren.

John erschrak, als die Tür sich vorsichtig öffnete.

„John? Bist du noch wach?" Peggys Kopf tauchte im Türspalt auf. John setzte sich auf. „Peggy? Was ist denn los?"

Sie trat ein. Mit hängenden Schultern und im Nachthemd stand sie da. „Ich kann in unserem Bett nicht schlafen" sagte sie und begann zu schluchzen.

Ohne nachzudenken schlug John seine Decke auf, rutschte ein Stück zur Seite und klopfte auf die Stelle neben sich. Wortlos schlüpfte Peggy zu ihm ins Bett und rollte sich zitternd in seinem Arm zusammen.

Kapitel 19

September 1996 - Bexhill-on-Sea, Sussex, England

John hörte ein stetiges Brummen, laut und Nerven zermürbend. Dazu gesellte sich ein regelmäßiges Pochen. Poch. Poch. Poch. Immer und immer wieder. Woher kamen diese quälenden Geräusche, die in seinem Kopf vielfach verstärkt widerhallten? Er mühte sich, die Augen zu öffnen, doch seine Lider ließen sich nicht bewegen, als ob sie mit Klebstoff verschlossen wären.

Er fuhr sich mit der Zunge über die Zähne und anschließend über die ausgetrockneten Lippen. Seine Zunge fühlte sich pelzig an, der Geschmack in seinem Mund ließ in seinem Kopf das Bild eines ungesäuberten Abflusses entstehen. Endlich ließ sich das rechte Augenlid etwas nach oben bewegen. Grelles Licht verursachte ein Stechen in seinem Kopf. Schnell schloss er das mühsam geöffnete Auge wieder.

„Okay, langsam und immer der Reihe

nach", dachte John und versuchte sich zu erinnern, wo er war und warum er sich so furchtbar fühlte – wie durch den Wolf gedreht. Das Brummen und Pochen, das war ihm mittlerweile klargeworden, entstand in seinem Kopf und war Ausdruck eines Kopfschmerzes, wie er ihn lange nicht erlebt hatte. Ein Stöhnen entfuhr ihm, als die Erinnerung langsam über ihn hinweg rollte, wie eine Welle über die Steine unten am Meer. Dort hatte er gestern Abend – oder doch wohl eher heute Morgen - zuletzt gesessen, allein mit seiner Wut, seiner Trauer, seinem verfluchten Stolz und zwei Flaschen Whisky.

John stöhnte noch einmal, fuhr sich mit der Hand über das Gesicht und fühlte die kratzigen Bartstoppeln. Die Augen weiterhin mit den Fingern bedeckt, versuchte er erneut, sie zu öffnen. Das ging schon besser und vorsichtig blinzelte er der Sonne entgegen. „Was für ein Hohn", dachte er, „ein Scheißtag mitten im September, und die Sonne scheint."

Von unten konnte er Geschirrklappern hören. Seine Ma stand bestimmt in der Küche und bereitete ein spätes Frühstück. Oder sogar schon Mittagessen? Er drehte den Kopf und warf einen Blick auf den Digitalwecker, der auf dem Nachtschrank neben dem Bett stand. Große rote Zahlen leuchteten ihm entgegen und verursachten ein neues Stechen in seinem Kopf. Elf Uhr siebenunddreißig. Also wohl doch eher Mittagessen. Er konnte sich nicht vorstellen, heute überhaupt irgendetwas zu essen. Allein bei dem Gedanken daran begann sein Magen zu rebellieren. Doch wie er seine Ma kannte, würde sie darauf bestehen, dass er wenigstens eine Kleinigkeit aß. Vermutlich würde sie dazu noch gut gelaunt den gestrigen Tag Revue passieren lassen und voller Stolz alle Details noch einmal benennen. „Peggys Kleid war wirklich wunderschön, oder, findest du nicht, John? Der Chor in der Kirche hat so ergreifend gesungen. Jim, und deine Rede – da war es um meine Beherrschung geschehen."

Gestern hatte Rupert geheiratet. Er und Peggy waren seit sechs Jahren ein Paar und hatten sich nun offiziell das Ja-Wort gegeben. John hatte sich dem nur schlecht entziehen können. Ihm als Ruperts Zwillingsbruder war die Rolle des „Best man" anvertraut worden. Er hätte nur zu gern abgelehnt, ihm war aber keine gute Ausrede eingefallen. Und die Wahrheit zu sagen, war unvorstellbar.

Also hatte er seine Rolle gespielt: Der liebe Bruder, der dem glücklichen Paar nur das Beste wünschte. „Heuchler!", schimpfte er sich selbst. Aber hatte er eine Wahl gehabt?

John schloss noch einmal die Augen, atmete tief ein, wie um sich für die bevorstehende Anstrengung zu wappnen und richtete sich dann im Bett auf. Erst als das Drehen im Kopf nachließ, öffnete er seine Augen wieder. Sein Blick fiel auf den Stuhl, der am Fußende des Bettes stand. Kreuz und quer darauf lag seine Kleidung des gestrigen Tages: sein schwarzer Anzug achtlos hingeworfen, darüber verstreut Hemd, T-Shirt, Socken, Slip und Schlips. Er hatte es also noch geschafft, sich auszuziehen.

Auf seinem weißen Hemd waren mehrere Flecken zu sehen. John reckte sich zum Stuhl, angelte nach dem Hemd und hielt es sich unter die Nase. Sein Verdacht bestätigte sich. Er hatte den Whisky nicht nur getrunken, sondern auch verschüttet. Die Flecken rochen nach Alkohol und Rauch, so, wie ein guter Whisky eben roch. Die beiden Flaschen hatte er aus dem Vorrat seines Vaters genommen. Wie es sich für den Trauzeugen gehört, war John bis zum bitteren Ende der Feier geblieben. Er hatte Rupert und Peggy eine gute Nacht gewünscht, als die sich in ihre Hochzeitssuite zurückzogen, und war mit seinen Eltern im Taxi nach Hause gefahren.

Er hatte zum ersten Mal seit langer Zeit wieder in seinem alten Jugendzimmer übernachtet. An der gegenüberliegenden Wand vom Bett war die Zimmertür, die auf den Flur und am Ende des Flures die Treppe hinunterführte. Rechts vom Bett stand sein alter Schreibtisch vor einem Fenster, das hinaus aufs Meer wies. Wie oft hatte er hier gesessen und seinen Blick den Booten und Möwen folgen lassen, statt sich auf seine Aufgaben zu konzentrieren. Auf beiden Seiten des Fensters waren Regale an den Wänden angebracht, die noch heute seine Bücher aus Kindheitstagen trugen. In der akuten Zeit seiner Herzerkrankung hatte er außer lesen kaum etwas tun können. So waren Huckleberry Finn und Tom Sawyer ebenso zu seinen Begleitern geworden wie Jim Hawkins und das „Admiral Benbow". Gleich neben den Büchern lagen mehrere Backgammon-Bretter, eines davon hatte sein Granddad für ihn eigenhändig gebaut. Aus seinen College-Jahren gab es aber auch Pokale und Trophäen von gewonnenen Rugby-Spielen und Schwimmwettkämpfen. Wehmut überkam ihn, wenn er an diese sportlich aktive Zeit dachte. Der Blick auf die dem Fenster gegenüberliegende Wand erinnerte ihn daran, wie lange er auf seinen Dad einreden musste. Nach etlichen Diskussionen gab der ihm schließlich die Erlaubnis, diese Wand mit einem Riesenfoto des „Wickenham Stadiums" in London, das Heimatstadion des Rugbys zu tapezieren. In die untere linke Ecke hatte John sogar die rote Rose, das Logo der Rugby-Nationalmannschaft, gemalt. Er war so unglaublich stolz, als er in seinem zweiten Collegejahr endlich den Mut fand, im Rugbyclub mitzumachen und sich als passabler Spieler erwies.

Als das englische Team ein Jahr später Weltmeister wurde, kannte Johns Rugby-Leidenschaft keine Grenzen mehr. Gleich in den folgenden Weihnachtsferien musste die neue Tapete her. Seinen Kleiderschrank hatte er abgebaut, um die ganze Wandfläche nutzen zu können. „Meine Klamotten sind doch sowieso die meiste Zeit im College im Schrank", hatte er seiner Ma erklärt und war erstaunt, dass sie sich so schnell auf diese Idee einließ. Heute wusste er, dass nur die Erleichterung über seine komplikationslose Sportphase den Ausschlag dafür gegeben hatte.

Obwohl er dieses Zimmer nur noch in den Collegeferien bewohnt hatte, war es ihm als Jugendlichem von großer Bedeutung gewesen. Doch das war lange her. Nur selten war er seither in Bexhill zu Besuch gewesen und heute schien das Zimmer seiner Kindheit zu einem anderen Leben zu gehören.

Vielleicht hatte er auch deswegen nicht gleich zu Bett gehen können, als sie nachts nach der Hochzeitsfeier in seinem Elternhaus ankamen. Er war also in den Keller gestolpert und hatte aus dem scheinbar unerschöpflichen Whiskyvorrat seines Vaters zwei Flaschen gegriffen.

„Na, hat dir die Party noch nicht gereicht?", hatte sein Dad gefragt, als er ihn mit den Flaschen unter dem Arm das Haus verlassen sah. John hatte wortlos mit den Schultern gezuckt. „Na, geh schon, ehe deine Ma dich damit erwischt."

Er war den ausgetretenen Trampelpfad zum Wasser trotz der Dunkelheit und seiner langen Abwesenheit so sicher entlang geschritten, als ob er ihn zuletzt gestern gegangen wäre. Dieser Weg seiner Kindheit zum Wasser und zur Werkstatt seines Vaters war vermutlich auf ewig in sein Gehirn eingebrannt.

Am Strand hatte er sich in den groben Kies fallen lassen, die erste Flasche geöffnet und einen großen Schluck genommen. Hier, an einem vertrauten Ort seiner Kindheit, allein und sich sicher fühlend, waren endlich die Tränen gekommen, die ihm schon den ganzen Tag den Hals zugeschnürt hatten. Sein Körper war vom Schluchzen geschüttelt worden, bald war ihm der Rotz aus der Nase gelaufen und in langen klebrigen Fäden auf seine schwarze Anzughose getropft.

Wenn er die Augen schloss, konnte er sofort Peggy vor sich sehen: groß und schlank, ihre braunen Haare kunstvoll aufgesteckt, so dass ihr langer Hals besonders gut zur Geltung kam. Ihr langes weißes Kleid war ärmellos gewesen, im großzügigen Dekolleté hatte sie ein Collier getragen, für das Rupert ohne Frage eine ganze Menge Geld bezahlt hatte. John hatte ihre Anmut bewundert. Es schien, als könne sie schweben, so geschmeidig bewegte sie sich durch die Welt. Vor allem aber sah er ihr Lachen. Ihr Grübchen und die gekräuselte Nase, das war es, worin er sich zuerst verliebt hatte.

Für all das dachte John, gewappnet zu sein – und war es auch. Aber als er sie flüchtig umarmt hatte – als Trauzeuge konnte er ihr ja schlecht nur die Hand reichen, um ihr zu gratulieren – da war er von ihrem Duft betört worden. Er hatte vergessen, wie gut sie roch. Sie verströmte diesen süß-holzigen Duft. Diesen Geruch in der Nase und Peggy im Arm hatte er kurz vergessen, wo er war und den dringenden Impuls verspürt, mit seiner Nase ihren Hals entlang zu gleiten, um möglichst viel dieses Duftes in sich aufzunehmen.

„Genug geherzt, jetzt bin ich dran." Der rüde Stoß von Mandy, die als Nächste gratulieren wollte, hatte ihn in die Realität zurückgeholt. Nach einem letzten Blick in Peggys grüne und fragend blickende Augen hatte er die Flucht zum nächstbesten Champagnerglas ergriffen.

Mit einem weiteren großen Schluck aus der Whiskyflasche versuchte John, diese Bilder aus seinem Kopf zu verbannen. Seine letzte Begegnung mit Peggy lag Jahre zurück und er hatte gehofft, ihre Wirkung auf ihn habe nachgelassen.

Warum John sofort von Peggy bezaubert war, hatte er nie in Worte fassen können. Wenn sie den Raum betrat, versank er in ehrfürchtiges Schweigen und konnte sich nicht satt sehen. Wenn sie Geschichten erzählte, hing er an ihren Lippen wie ein Ertrinkender an der rettenden Quelle. Ihr Lachen erhellte den dunkelsten Tag. Und dieser Duft.

Die einzige Nacht, die John mit Peggy erlebt hatte, war ihm nie aus dem Kopf gegangen. Keine vermeintlich feste Freundin, kein One-Night-Stand, keine abenteuerliche Affäre hatte diesem Erlebnis je das Wasser reichen können. Niemals wieder hatte John sich so bedingungslos und Hals über Kopf verliebt wie damals in Peggy.

Unruhig erhob er sich aus dem Kies und begann am Wasser auf und ab zu gehen. „Ich habe doch verzichtet. Was soll ich denn noch machen?", schrie er auf das offene Meer hinaus und warf wütend ein paar Steine hinterher.

Es war keine schwere Entscheidung gewesen. Das zumindest versuchte er sich immer einzureden. Er kannte Peggy ja gar nicht wirklich. Und er konnte doch seinem Bruder – noch dazu seinem Zwillingsbruder – nicht die Freundin ausspannen. Trotzdem hatte er am nächsten Tag ernsthaft in Betracht gezogen, Peggy zu fragen, ob sie mit ihm gehen wolle. Und er war ja auch entschlossen gewesen, seinem Bruder, mit dem er immer über alles hatte reden können, zu gestehen, dass er sich unerwartet und unsterblich in eben genau die Frau verliebt hatte, die Rupert gerade erst zu seiner Herz-Dame auserkoren hatte.

Doch dann hatte seine Krankheit ihn ausgebremst. Seine Herzattacke war so heftig gewesen, dass John ohne die Reanimation Ruperts sicher schwere Schäden davongetragen hätte, wenn er denn überhaupt mit dem Leben davongekommen wäre. So hatten es die Ärzte später formuliert.

Mit diesen Gedanken war John bei der zweiten Flasche angelangt. Die gewünschte Wirkung blieb leider aus. Noch immer fühlte er sich von schlechtem Gewissen, Liebeskummer und Hoffnungslosigkeit geplagt. Das schwere Gefühl in seiner Brust wollte nicht leichter werden. Unterdessen war er wieder auf die Steine gesunken und starrte vor sich hin.

Wie hätte er seinem Bruder das antun können, nachdem dieser ihm gerade das Leben gerettet hatte? Völlig undenkbar! Und so hatte John das Einzige getan, das ihm scheinbar übrigblieb. Er hatte seine Gefühle für Peggy tief in sich vergraben und sich vorgenommen, ihr und Rupert, soweit es eben möglich sei, aus dem Weg zu gehen. Er bewarb sich auf eine Stelle in der Entwicklungshilfe und nur wenige Wochen später verließ er England.

Ob er die zweite Flasche auch noch komplett geleert hatte und wie er vom Strand zurück nach Hause und ins Bett gekommen war, daran konnte John sich nicht mehr erinnern. Nun aber saß er im Bett seines Jugendzimmers und kämpfte mit den Nachwirkungen eines Besäufnisses, mit dem es ihm wieder einmal nicht gelungen war, Peggy aus seinem Kopf und seinem Herzen zu schwemmen.

Er schlug die Bettdecke zur Seite – seine Ma musste extra für ihn neue Bettwäsche besorgt haben, diese blauweiß gestreifte Wäsche hatte er früher noch nie gesehen – fischte unter dem Bett nach seinen Filzpantoffeln und stand endgültig auf. Noch einmal fuhr er sich über das kratzige Kinn. Ein Besuch im Bad konnte nicht schaden, eine ausgiebige Dusche würde darüber hinaus helfen, die Spuren der letzten Nacht abzuwaschen. Auch für die Begegnung mit seiner überglücklichen und gesprächigen Mutter wäre er dann vielleicht besser gewappnet. Er wusste schon jetzt, dass sie ihn ausfragen würde. Wann er denn endgültig wieder nach England zurückkäme? Dieses Zimmer in der WG sei doch auf Dauer keine Perspektive. Ob er nicht endlich auch einmal eine nette Frau kennengelernt hätte? Ob er auch genug aß – er war so dünn. Und ganz zum Schluss würde sie hinter ihm stehen bleiben, die Hände auf seine Schultern legen und ihn ganz leise fragen, ob er denn seine Medikamente regelmäßig einnahm und seine Untersuchungstermine einhielt.

John wusste, dieser Tag und diese Befragung würden sich von den vorhergegangenen der letzten Jahre nicht unterscheiden. John würde geduldig bleiben, wie gewohnt seine

Späße machen und Geschichten aus aller Herren Länder zum Besten geben, damit nur niemand Gelegenheit bekäme, nach seinem wirklichen Befinden zu fragen. Wie üblich würde er natürlich auch niemandem sagen, dass er unglücklich verliebt war. Sein Herz würde stechende Schmerzen aussenden und er würde sich wie so oft ein wenig beunruhigt fragen, ob die Ursache dieser Schmerzen in seiner Krankheit oder seinem Liebeskummer zu finden war.

* * *

September 1996 - Southwark, London, England

John hatte es geschafft, die Mahlzeit mit seinen Eltern zu überstehen, ihr glückliches Lächeln zu ertragen und ihre liebevoll besorgten Fragen so gut es ging zu beantworten. Schließlich aber hatte er wie immer seine Sachen gepackt und die Flucht ergriffen. Er war wieder nach Southwark gefahren und hatte mit noch immer pochendem Kopf und schmerzendem Herzen die WG betreten.

„John? Bist du es?" Lindsays Stimme kam aus ihrem Zimmer. John ging zu ihr und lehnte sich an den Türrahmen. Lindsay saß auf ihrem Sofa, mehrere Kunstkataloge um sich herum ausgebreitet, mit Klebezetteln und Stift ausgestattet und sah ihn mit großen Augen an. „Und?", fragte sie.

„Ich habe einen ganz üblen Kater", antwortete John. „Dagegen hilft vermutlich nur ein Bier. Trinkst du eins mit?"

Lindsay begann zu grinsen. „Ich hab' in weiser Voraussicht einige Flaschen kaltgestellt. Machst du uns schon einmal eine auf? Ich komme sofort." Sie deutete auf die Kataloge. „Ich muss das nur kurz fertigmachen."

John nickte und wandte sich gerade dem Flur zu, als es an der Wohnungstür klingelte. Lindsay stöhnte auf. „Oh Mann, wer kommt denn jetzt?"

„Ich mache schon auf", sagte John und ging zur Tür. Er öffnete und starrte in Peggys grüne Augen.

„Wer ist es denn?" Lindsay erschien im

Flur und blieb abrupt stehen. John stand sprach- und bewegungslos an der geöffneten Tür. Peggy trug Jeans, eine hellbraune Bluse und einen leichten Mantel. Das braune Haar lag locker auf ihren Schultern und sie lächelte John mit dem Grübchen auf der linken Wange an. Weil der keine Anstalten machte, irgendetwas zu tun, ergriff schließlich Lindsay die Initiative. „Oh, hi Peggy. Komm doch rein. Ähm, herzlichen Glückwunsch zur Hochzeit."

Sie ging an John vorbei und hielt Peggy ihre Hand entgegen. Diese ergriff und schüttelte sie, sichtlich verwirrt. „Ja, äh, danke." Peggy ließ sich von Lindsay in die Wohnung ziehen und stand nun abwartend neben John im Flur.

„John, wollt ihr euch nicht setzen? Ich koche euch einen Tee." Lindsay stupste John sachte in die Seite. Ihre Worte und die Berührung lösten seinen Bann. Ruckartig kehrte wieder Bewegung in seinen Körper und er machte eine einladende Geste. „Entschuldigung. Komm doch rein. Gehen wir in mein Zimmer. Möchtest du Tee? Wir haben sicher auch einen Wein da."

„Nein, danke. Tee wäre toll." Lächelnd und dankbar blickte Peggy zu Lindsay, die sich mit den Worten „Wird gemacht" in die Küche zurückzog.

Unsicher ging John voran zu seinem Zimmer und öffnete Peggy die Tür. Als sie über die Schwelle trat, wurde ihm schlagartig bewusst, dass er gerade im Begriff war, seinen letzten Schutzort, den einzigen Raum, der bisher nichts mit Peggy zu tun hatte und keine Erinnerung an sie trug, Preis zu geben und zu verlieren. Peggy stand unbeholfen in seinem kleinen Zimmer und sah sich um. Ihr Blick schweifte vom Bett über den Sessel zum Schrank und wieder zurück. Schließlich trat sie auf das Regal zu und betrachtete seine vielen Erinnerungsstücke. „Darf ich?", fragte sie und griff ohne eine Antwort abzuwarten in eine der Fotokisten, zog einige Bilder heraus und betrachtete sie scheinbar eingehend. John setzte sich auf die Bettkante und atmete tief ein. „Peggy, du bist doch nicht hier, um Fotos anzusehen, oder?!"

Ohne die Fotos zurück zu legen, antwortete

sie: „Nein. Aber ich dachte, wir warten, bis der Tee fertig ist und wir ungestört reden können."

„Ich wüsste nicht, worüber wir reden sollten."

„John." Peggy ließ die Hände mit den Bildern sinken und drehte sich zu ihm um. Ihr Blick war gekränkt und ängstlich. Seine Abwehr bekam kleine Risse. Er erhob sich, trat zum Sessel, nahm seinen darauf liegenden Plunder herunter und ließ ihn neben dem Bett zu Boden fallen. „Na schön. Setz dich."

Es klopfte an der Tür, die John daraufhin für Lindsay öffnete. Sie brachte ein Tablett mit einer Kanne Tee, zwei Bechern, in denen Löffel steckten, Milch und Zucker und stellte alles in Ermangelung eines Tischs auf dem Boden ab. „Der Tee muss noch einen Moment ziehen", sagte sie und schlich wieder hinaus.

Peggy legte die Fotos zurück, ging zum Sessel und ließ sich auf das Leder sinken. John musste kurz an seinen Granddad denken und fragte sich, was der wohl dazu sagen würde, dass Peggy nun bei John im Zimmer und in seinem heiligen Sessel saß. Er wischte sich eine Haarsträhne aus dem Gesicht, verscheuchte den Gedanken, nahm wieder auf der Bettkante Platz und blickte Peggy vorsichtig an. „Also, warum bist du hier?"

„Um mit dir zu reden."

„Weiß Rupert, dass du hier bist?"

„Nein, und er soll es auch nicht erfahren. Ich habe ihm gesagt, ich wolle ein bisschen für mich allein sein und mich daran gewöhnen, jetzt Mrs. Woodward zu sein."

Stille senkte sich über sie. Beide saßen verkrampft da und bemühten sich, dem Blick des anderen nicht zu begegnen. Peggy brach als erste das Schweigen. „Wir haben nie darüber geredet."

„Was hätten wir auch sagen sollen?"

„Ich hätte gern gewusst, was du denkst."

„Na, was wohl?! Dass es saublöd von mir war, mit der Freundin meines Bruders ins Bett zu gehen." Seine Stimme klang so grimmig, dass er selbst erschrak. Er sah auf und erkannte die Kränkung in Peggys Augen. Sofort tat ihm sein heftiger Tonfall leid.

„Und das war alles?", fragte sie mit belegter Stimme.

„Nein, natürlich nicht. Die Nacht war toll. Es war die schönste Nacht meines Lebens." Seine Stimme war zu einem Flüstern geworden. Er war nicht einmal sicher, ob Peggy seinen letzten Satz hatte hören können. „Trotzdem musste ich weg. Du bist die Freundin meines Zwillingsbruders. Ich war durcheinander. Und noch ehe ich mir überlegen konnte, wie es weitergehen sollte, bekam ich diesen Scheiß Herzanfall und landete in der Klinik. Hätte ich meinem Bruder die Freundin ausspannen sollen, nachdem er mir das Leben gerettet hatte?"

„Vielleicht hättest du mich einmal fragen können, was ich will?! Ist dir das nie in den Sinn gekommen?" Er glaubte, Wut aus ihrer Stimme hören zu können und holte zum Gegenschlag aus: „Wieso ist dir nicht in den Sinn gekommen etwas zu sagen? Als ich aus der Klinik kam, schien zwischen dir und Rupert alles bestens zu laufen. Da war mir klar, dass du deinen Ausrutscher bereust."

„Ausrutscher? Du denkst, du warst ein Ausrutscher?" Fassungslos stand sie auf. „Es tut mir leid, wenn ich dich gestört habe, John. Scheinbar war es ein Fehler, hierher zu kommen." Sie wandte sich zur Tür und wollte gehen.

John sprang auf, griff nach ihrem Arm und sagte: „Warte. Es tut mir leid. Bitte. Setz dich wieder. Es tut mir leid. Ehrlich."

Zögernd setzte sie sich wieder in den Sessel. Erneut herrschte Schweigen zwischen ihnen. Klein und zusammen gesunken saß Peggy vor ihm. Nur zu gern hätte er sie in den Arm genommen und aufgerichtet. Aber in ihm machte sich der Verdacht breit, dass jede Annäherung sie nur noch kleiner werden lassen würde. Also blieb er regungslos sitzen und wartete, bis sie weitersprach.

„Als du aus der Klinik kamst und hier in die WG einzogst, dachte ich, du würdest dich melden. Ich hatte das Gefühl, unsere Nacht wäre für uns beide etwas Besonderes gewesen. Scheinbar hatte ich mich geirrt. Ich hörte nichts von dir. Also beschloss ich, dich zu vergessen. Als mir das nicht gelang, wollte ich doch noch einen Versuch wagen, mit dir zu reden. Und gerade als ich all meinen Mut zusammengenommen hatte und vor deiner WG-Tür auftauchte, erzählte mir dein Mitbewohner, du seist als Arzt in die Mongolei gegangen."

„Oh Gott, Peggy." All seine Beherrschung fiel in sich zusammen. Es wäre so viel möglich gewesen. Es hätte alles sein können. Er hatte so viele Fehler gemacht.

„Aber jetzt bin ich mit Rupert verheiratet und ich liebe ihn wirklich. Auf eine ganz andere Weise, aber ich liebe ihn."

„Warum erzählst du mir das alles? Warum bist du hier?" Alle eben noch denkbaren Möglichkeiten waren wie Seifenblasen zerplatzt.

Sie blickte auf und sah ihm direkt in die Augen. Ihre Stimme war fest und klar, als sie weitersprach. „Als Rupert dich als *Best Man* wollte, war ich zuerst dagegen. So viel Unausgesprochenes liegt zwischen euch. Doch dann dachte ich, das könnte eure Chance sein, wieder näher zueinander zu finden. Du fehlst ihm, John."

„Du bist hier, um mir zu sagen, dass mein Bruder mich vermisst?" Er hatte die Augenbrauen hochgezogen und glaubte, seinen Ohren nicht zu trauen.

„Ja. Nein. Wie soll ich das erklären? Sieh mal, ich bin wirklich glücklich mit Rupert. Wir sind ein gutes Team, darum haben wir geheiratet."

„Weil ihr ein gutes Team seid." Ironie troff aus seinem Ausruf.

„Wir haben viel zusammen erlebt, durchlitten und genossen. Das schweißt zusammen, auch ohne flatternde Schmetterlinge und knisternde Erotik. So etwas nennt man Alltag, John." Sie wirkte unsicher, sammelte sich aber wieder und erklärte weiter. „Als du mich auf der Hochzeit umarmtest, das war, als würde ich an einen Trafo angeschlossen. Strom schoss durch mich hindurch, mir wurde heiß und ich spürte deine Spannung. Darum bin ich hier, John. Wir müssen das ein für alle Mal klären. Wir müssen endlich einmal darüber reden."

„Klären? Mir ist gar nichts klar." John schloss die Augen und ließ den Kopf in den Nacken fallen. Er war erschöpft. Schmerz, Hoffnung und Enttäuschung so komprimiert ertragen zu müssen, hatte ihn ausgelaugt.

„Doch John, alles ist geklärt. Wir hatten unsere Chance und haben sie nicht genutzt. Das hat mich lange umgetrieben, aber ich habe damit jetzt abgeschlossen. Und ich bin wirklich glücklich mit Rupert, er ist ein toller Mann. Mir war wichtig, dir das zu sagen. Und ich bitte dich, vergiss mich. Behalte die Nacht in schöner Erinnerung, aber betrachte sie als das, was sie ist: Vergangenheit. Vielleicht könnt ihr beide – Rupert und du – dann endlich wieder zueinander finden."

John öffnete die Augen wieder und musterte Peggy. Ihr Blick war klar und gerade heraus. Sie schien all das so zu meinen, wie sie es sagte. Der Schmerz über die verpasste Chance, den er eben auch bei Peggy wahrgenommen hatte, war bei ihr einer Zufriedenheit gewichen, die sie im Leben trug. Davon war er selbst weit entfernt. Er beneidete sie und noch mehr seinen Bruder.

Peggy erhob sich. „Okay, ich glaube, ich gehe dann jetzt besser. Bleib ruhig hier, ich finde den Weg." Sie öffnete leise die Tür und verließ das Zimmer. John saß noch immer auf der Bettkante, ihren Geruch in der Nase und ihre Worte im Kopf: „Schöne Erinnerung, aber Vergangenheit."

Auf dem Fußboden stand eine Kanne voll mit tiefschwarzem Tee. Stehen gelassen und vergessen worden. Ausgekühlt. John fühlte sich ebenso.

Kapitel 20

14. August 2013 - London, England

John konnte nicht schlafen. Peggy lag neben ihm, die Bettdecke bis über die Ohren gezogen, und atmete tief und gleichmäßig. Er versuchte still zu liegen, um sie nicht aufzuwecken. Das Schlagen der Kirchturmuhr hatte vor nicht allzu langer Zeit Mitternacht verkündet. John sehnte sich nach Schlaf, um dieser bizarren Situation zu entkommen. Gestern Abend hatte es sich gut angefühlt, so vertraut mit Peggy zu sein. Doch nun lag sie neben ihm im Bett und sein Verlangen wuchs. Er wünschte sich, sie unbeschwert umarmen und küssen zu können. Fantasien ergriffen ihn. Er stellte sich vor, wie er Peggy das Nachthemd über den Kopf zog und mit den Händen die Konturen ihres Körpers entlang strich. Die Lust in ihm erwachte wie ein hungriges Raubtier.

Während er sich noch bemühte, seine Erregung zu unterdrücken, wurde die Tür geöffnet. „Peggy, bist du hier? Ich wollte nochmal nach dir sehen. Jetzt suche ich dich schon im ganzen Haus." Licht flammte auf und Elaine Woodward stand im Zimmer. „Ich weiß es ist spät …", begann Johns Ma ihren Satz und erstarrte dann. Alle Farbe wich aus ihrem Gesicht, sie stand bewegungslos in der Tür und starrte sie an. Die Zeit schien still zu stehen, während er die Szenerie mit den Augen seiner Mutter betrachtete. Das zerwühlte Bett des Gästezimmers, in dem Peggy sich gerade, nur mit einem Nachthemd bekleidet, neben ihm aufsetzte. Niemand sprach ein Wort. Röte schoss in Johns Gesicht. Das vertraute Gefühl der Schuld legte sich bleischwer auf seine Schultern. Zugleich wuchs die Wut in ihm. Dieses Mal gab es keinen Grund, sich schuldig zu fühlen.

„Ma, du kannst doch nicht einfach hier so reinplatzen!", entfuhr es ihm.

„John!" - „Wie bitte?"

Der Damm brach und beide Frauen begannen gleichzeitig zu reden.

„Elaine, es ist nicht wie du denkst!"

„Sag du mir nicht, was ich kann und was nicht."

„Ich habe John gebeten zu bleiben."

„Dass du es wagst."

John blickte irritiert von einer zur anderen und hob abwehrend die Hände.

„Stopp! Ma, hör doch erst einmal zu. Peggy, ich erkläre es ihr."

Während Peggy tatsächlich verstummte, war seine Mutter nicht zu bremsen. Ihre Stimme klang immer schriller und die blasse Haut wurde zornig rot, während sie tobte: „Ich will keine Erklärung. Von keinem von euch. Oh Rupert, es tut mir so leid. Die eigene Frau. Und dein Zwillingsbruder. Das kann doch wohl nicht wahr sein. Habt ihr gar keinen Anstand? John, das hätte ich nie von dir gedacht. Seid ihr froh, dass er tot ist? Peggy, ich habe dich immer wie eine Tochter behandelt…" Sie ächzte und sackte im Türrahmen zusammen.

„Ma!", mit einem Satz war John bei ihr, doch sie schüttelte ihn ab.

„Fass mich nicht an!", fauchte sie. „Mein eigener Sohn. Dein eigener Bruder…"

Peggy trat hinzu, ignorierte das Schimpfen ihrer Schwiegermutter und half ihr auf. Sie warf John einen flehenden Blick zu: „Ich glaube, es ist das Beste, wenn du jetzt gehst!" Es gelang ihr, Elaine in Richtung Wohnzimmer zu schieben, während die weiter zeterte und schrie.

Einen Moment stand John unentschlossen da. Er blickte zum Bett, in dem er eben noch entspannt und erregt zugleich mit Peggy gelegen hatte. Wie ein tosendes Erdbeben war das Geschehen dann über ihn hereingebrochen und wie so oft, wenn es um Peggy ging, stand er nun machtlos und ausgeliefert daneben.

Er zog sich an und verließ ohne einen Blick ins Wohnzimmer oder ein weiteres Wort das Haus.

Wie ferngesteuert stolperte John durch die dunklen Straßen. Wütende Ohnmacht verschleierte sein Sehen und Denken. Die Hände zu Fäusten geballt in den Taschen seines Sakkos vergraben und den Blick starr ins Nirgendwo gerichtet, nahm er weder Menschen um sich herum oder den dichter werdenden nächtlichen Verkehr wahr, der ihn umtoste, sobald er das ruhige Wohngebiet verlassen hatte.

Wut schwappte durch seinen Körper und er hatte das dringenden Bedürfnis, auf irgendetwas einzuschlagen. Sätze sprudelten aus ihm heraus. „Was denkt die sich eigentlich? - Was wollte sie denn so spät noch? – Hoffentlich wird Peggy mit ihr fertig!" Entgegenkommende Passanten beäugten ihn misstrauisch, doch es war ihm egal. Er stürmte weiter, einfach geradeaus, nur weg. Die rasende Wut trieb ihn voran.

* * *

17. Juli 1981 - Brighton, England

Die Haare noch feucht, warf John sich die Sporttasche über die Schulter und verließ die

Umkleide. Ein fettes Grinsen war in seinem Gesicht festgetackert.

„Gratuliere, Woodward!", rief Ethan Jones, ein Spieler der Footballmannschaft vom Parkplatz zu ihm herüber. Er deutete auf sein Auto: „Die meisten fahren zum Pier raus. Ich hab' noch was frei. Willst du mit?"

John überlegte nicht lang. „Klar, gib mir zehn Minuten, dann bin ich startklar. Hast du noch zwei Plätze mehr?"

Ethan winkte zustimmend und John eilte zum Abraham House hinüber. Er spurtete die Treppen hoch zu seinem Zimmer, das überraschenderweise leer war. Eigentlich hatte er damit gerechnet, hier auf Rupert und Simon zu stoßen, die nach dem Spiel auf ihn warten wollten. Auch sie wollten feiern, dass die Rugbymannschaft des Brighton College in diesem Jahr die Schulmeisterschaft gewonnen hatte. Morgen würde die offizielle Schulfeier stattfinden. Heute jedoch durften die Jugendlichen der höheren Klassen das Schulgelände verlassen und ihre eigenen kleinen Partys veranstalten.

John pfefferte seine Sporttasche in die Ecke, fischte frische Klamotten aus dem Schrank und zog sich um. Hinter ihm wurde die Tür aufgerissen. Rupert stand schnaufend im Raum. „Ma und Dad sind da", keuchte er. Ob vor Schreck oder weil er die Treppe so schnell raufgeflitzt war, konnte John nicht sagen.

„Was?"

„Es stimmt. Eure Eltern sind da." Auch Simon war mittlerweile ins Zimmer getreten.

„Das kann doch wohl nicht wahr sein!", schimpfte John.

„Ich dachte während des Spiel schon, ich hätte sie auf den Rängen erkannt", fuhr Simon fort, „aber Rupert meinte, ich würde mich irren."

„Ja Scheiße, wer ahnt denn auch, dass die tatsächlich zum Abschlussspiel kommen." Ruperts Gesicht war hochrot, nur einige seiner Sommersprossen bildeten sich als helle Punkte auf der Haut ab. Seine grün-blauen

Augen blitzten empört. „Bei meinen Schachpartien waren sie noch nie!"

Simon stieß ihm den Ellenbogen in die Rippen. „Das ist doch jetzt egal. Ihr müsst euch beeilen."

„Beeilen?" Rupert und John fragten gleichzeitig.

„Na klar, sonst erwischen sie euch noch hier."

Als keiner der Zwillinge antwortete, fuhr er fort: „Mann, ihr seid aber heute schwer von Begriff. Ihr verschwindet und feiert die Meisterschaft. Ich bleibe hier und halte eure Eltern hin, bis ihr eine Fahrgelegenheit gefunden habt und sicher weg seid."

„Fahrgelegenheit geht klar", sagte John. Ethan wartet auf dem Parkplatz. Allerdings auf uns drei."

„Genau", bestätigte Rupert, „wir wollten alle zusammen feiern!"

„Denkt doch mal nach", sagte Simon, „wenn nicht jemand hier auf sie einquatscht und verhindert, dass sie euch sofort ausrufen lassen, dann haben die euch, ehe Ethan seinen Motor gestartet hat."

Die Zwillinge schauten sich ratlos an. John stampfte wütend mit dem Fuß auf. „Verdammt. Das war doch sicher Mas Idee."

„Hundertprozentig", stimmte Rupert zu. „Sie hat echt ein Talent, in den ungünstigsten Momenten aufzukreuzen."

„Nicht mal Dad schafft es, sie zu bremsen, wenn sie sich etwas in den Kopf gesetzt hat." John seufzte.

„Los jetzt!", drängte Simon. „Die Zeit läuft." Er ging zur Tür und spähte vorsichtig hinaus auf den Flur. „Die Luft ist rein. Wenn ihr die Hintertreppe nehmt, dürftet ihr ihnen nicht begegnen."

John und Rupert wechselten einen letzten Blick, zuckten mit den Schultern und griffen nach ihren Geldbörsen.

„Danke, Mann. Du hast was gut bei uns!", sagt John.

„Genau. Danke.", sagte auch Rupert.

„Schon gut. Jetzt macht, dass ihr loskommt. Und schmuggelt mir nachher ein Bier mit rein, klar?!"

„Klar", antworteten John und Rupert unisono und huschten mit geduckten Köpfen über den Hinterausgang zum Parkplatz.

* * *

14. August 2013 - London, England

Das Quietschen von Reifen holte ihn in die nächtliche Gegenwart zurück. Er stand mitten auf einer Kreuzung, ein Auto war nur knapp vor ihm zum Stehen gekommen. John schirmte seine Augen vor dem blendenden Licht der Scheinwerfer ab. Der Fahrer beschimpfte ihn mit Gesten und Worten und riet ihm, sich auf seinen Geisteszustand untersuchen zu lassen. Ein heiseres Lachen platzte aus John heraus, wodurch der Autofahrer sich in seiner These, es mit einem Verrückten zu tun zu haben, vermutlich bestätigt sah. John hob entschuldigend die Hände und verließ die

Kreuzung. Als er seine Hände danach wieder in die Jackentaschen schob, erstasteten seine Finger ein Stück Papier. Er zog es heraus und starrte im bunten Licht der Leuchtreklamen auf die geschriebenen Wörter. Er erkannte eine Adresse in Camden. Es war Simons Adresse, die er da in der Hand hielt.

Kapitel 21

14. August 2013 - London, England

Im Erdgeschoss des Hauses war einer dieser Läden, in denen man sich von kleinen Fischen die Hornhaut an den Füssen abkauen lassen konnte. Er war geschlossen, nur das Licht der Aquarien schimmerte durch das große Schaufenster zu John hinaus. Um ihn herum herrschte lautes und buntes Treiben, wie immer in der Nähe des Camden Market. Eine Gruppe grölender Männer zog vorüber. Einer von ihnen trug ein rosa Tutu, ein schwarzes Samtkorsett und eine grellgrüne Perücke. Sein Bauchladen, den er wie ein Schutzschild vor sich herschob, hatte Kondome, kleine Schnapsflaschen, Süßigkeiten und anderen Krempel im Angebot. John warf ihm einen mitleidigen Blick hinterher und machte sich dann auf die Suche nach der Klingel. Die kleine Tür zu Simons Wohnung war zwischen zwei Ladeneingänge gequetscht. Erst als er den schrillen Ton der Klingel durch ein Fenster über ihm hören konnte, wurde ihm die Situation bewusst.

In seinem schwarzen Beerdigungs-Anzug stand er mitten in der Nacht vor der Tür eines alten Freundes, zu dem er jahrelang keinen Kontakt gehabt hatte. Was hatte er sich bloß dabei gedacht? Als er gerade auf dem Absatz kehrtmachen wollte, wurde die Tür geöffnet.

„John." Simons Gesichtsausdruck wechselte von verschlafen zu überrascht, dann erschien ein Lächeln. „Komm doch rein!" Er trat einen Schritt zurück und ließ John ins Haus. Nur in Boxershorts gekleidet ging er John voraus die Treppe hinauf. In der Wohnung angekommen, empfing sie der Geruch von alten Büchern und herbem Aftershave.

„Ich hätte nicht gedacht, dass du dein Versprechen so schnell einlöst", sagte Simon.

„Welches Versprechen?" John runzelte die Stirn.

„Mich besuchen zu kommen", antwortete Simon.

Als John darauf nichts erwiderte, musterte Simon ihn eingehend und sagte dann: „Dein

Tag ist nicht besser geworden, wie es aussieht."

Mit einem müden Grinsen zog John die Schultern hoch. Beide lachten und die nervöse Spannung löste sich schlagartig auf.

„Kaffee oder Bier?"

„Kaffee wäre fantastisch."

„Geh schon in die Küche. Ich zieh mir nur rasch etwas an."

Simons Küche war ein buntes Durcheinander verschiedenster Möbel, die niemand gewagt hätte miteinander zu kombinieren. Aber Simon konnte das. Ein kleiner, blau gestrichener Holztisch stand an der weißen Wand, umringt von Stühlen, die aus Metall oder Plastik waren und auf denen jeweils ein orange-grün kariertes Kissen lag. Die Küchenschränke passten ebenso wenig zueinander. Manche hatten weiße Hochglanzfronten und Edelstahlbeschläge, einige waren aus Holz, andere augenscheinlich selbst zusammengezimmert und mit Griffen aus Porzellanknöpfen versehen. John setzte sich an den Tisch und spürte warme Vertrautheit in sich aufsteigen. Simon hatte sich nie viel aus Äußerlichkeiten gemacht. Schon als Junge hatte er die meisten Dinge pragmatisch betrachtet und sich mit dem zufrieden gegeben, was er hatte oder problemlos bekommen konnte. Dabei war er mit einem Selbstbewusstsein gesegnet, um das John ihn oft beneidet und das schon im College schnell allen Lästermäulern den Spaß verdorben hatte.

Selbst an ihrem ersten Schultag war es Simon wichtiger gewesen, die rote Strickjacke seiner Mutter zu tragen, als sich darum zu kümmern, was seine Schulkameraden über ihn denken würden.

„Willst du darüber reden?", fragte Simon, als er in die Küche kam und einen Kaffee aufsetzte.

„Erinnerst du dich an den Tag, an dem wir die Rugbymeisterschaft gewonnen haben?"

Simon stutze kurz. „War das nicht der Tag, an dem eure Eltern plötzlich auf der Matte standen?", fragte er schließlich zurück.

„Rupert und ich sind einfach abgehauen. Das war nicht in Ordnung."

„Ich hab's euch doch angeboten, wenn ich mich richtig erinnere?"

„Trotzdem", beharrte John. „Es war egoistisch."

Ihm entging nicht, dass Simon ihn mit gerunzelter Stirn betrachtete, Luft holte, um etwas zu sagen, das er dann aber kopfschüttelnd herunterschluckte. Für einen Moment schwiegen beide, bis Simon sagte: „Es ist gut, dass du da bist. Ich wollte dir sowieso etwas zeigen."

Mit stotterndem Knattern erwachte die Maschine zum Leben. Ein grüner Lichtkegel durchschnitt die Luft und beleuchtete den Tanz der Staubflocken. Unwillkürlich musste John niesen. Flackernde Bilder erschienen endlich auf dem knittrigen Laken, das Simon auf einer Wäscheleine vor dem Bücherregal aufgehängt hatte.

Das Knattern verfiel in einen monotonen Rhythmus, während die Bilder des Stummfilms zuckend auf der improvisierten Leinwand abliefen.

John drehte sich zu Simon um, der neben seinem Super-8-Projektor stand und mit gerunzelter Stirn das Laufen der Filmspule beobachtete.

„Du hast das alles aufgehoben?"

„Ich kann einfach nichts wegwerfen. Weißt du doch", antwortete Simon achselzuckend.

Selbst ein flüchtiger Blick in Simons Arbeitszimmer hätte genügt, diese Aussage zu belegen. Regale voller Bücher, Kisten, Ordner und Taschen bedeckten die Wände dort, wo nicht Tür oder Fenster waren. Weitere Kartons waren vor den Regalen zu schmalen Türmen aufgestapelt, in den Ecken standen Körbe voller Zeitungen, vollgeheftete Pinnwände lehnten davor. Auf der Fensterbank fristete eine vertrocknete Palme die letzten Tage ihres Daseins. John fragte sich, ob Simon sie je gegossen hatte, oder ob die arme Pflanze zuletzt

Wasser von Tess bekommen hatte, bevor diese ausgezogen war.

Der Schreibtisch vor dem Fenster lag voller Hefte und Papiere, die in bedrohlich hohen Stapeln aufeinander zu schwankten. Ein altes Telefon mit Wählscheibe thronte in diesem Durcheinander wie ein Fels in der Brandung und staubte langsam zu. Über allem lag der Geruch von vergilbtem Papier und Staub.

John saß inmitten dieses chaotischen Zimmers auf einem wackeligen Barhocker, den er unter und hinter Kisten hervor gezerrt hatte und schaute gebannt auf den Film, den Simon zielsicher aus seinem Kram gefischt und mit den Worten „Hoffentlich tut das alte Ding es noch!" in den antiquarisch anmutenden Projektor eingefädelt hatte.

John erkannte sein altes College-Zimmer sofort. Es war L-förmig gewesen. Rechts und links von der Tür hatte je ein großer Kleiderschrank gestanden, zuerst beklebt mit Sportlerpostern, später mit Musikgruppen und eigenen Fotos. An der gegenüberliegenden Wand hatten neben zwei Schreibtischen auch zwei

Betten in den Raum geragt. Das linke hatte Simon gehört, in dem rechten hatte Rupert geschlafen. Nach rechts hatte der Raum dann einen Knick gemacht. Dort hatte sich nochmal Bett, Schrank und Schreibtisch befunden. Johns Reich. Der Film hatte mit wackelnden Bildern begonnen. Die Zimmertür wurde wie von Geisterhand geöffnet, dann schwenkte die Kamera durch das Zimmer und verharrte schließlich bei dem Ausschnitt von Johns Bett und Schreibtisch. John sah sich selbst am Schreibtisch sitzen. Den Kopf schwer auf die Hände gestützt, war er scheinbar konzentriert über ein Papier gebeugt. Auf dem Bett neben ihm saß Rupert auf zerwühltem Bettzeug und zupfte energisch an den Saiten einer blauen Gitarre, einen Stapel Notenblätter neben sich.

Einen Moment lang passierte nichts. Man hätte meinen können, Simon habe den Film angehalten. Nur Ruperts Zupfen auf der Gitarre, das unscharf zu erkennen war, wies darauf hin, dass das Band noch lief. Plötzlich richtete John sich auf, zerknüllte das vor sich liegende Papier zu einer festen Kugel, warf damit nach Rupert und stürzte sich gleich darauf mit wütender Miene auf seinen Zwillingsbruder. Die Bilder begannen zu wackeln und brachen schließlich ab.

John erinnerte sich, dass Simon damals erst zu lachen begonnen und dann versucht hatte, die Streithähne zu trennen.

Traurig drehte John sich zu Simon um. Der alte Freund saß im Schneidersitz auf dem Boden seines Arbeitszimmers und hatte die Stirn in tiefe Falten gelegt.

„Eigentlich hatte ich einen anderen Film gesucht", sagte er, wie zur Entschuldigung. „Es gibt einen Film, der zeigt euch nach deinem ersten Rugbyspiel. Erinnerst du dich?"

John schmunzelte, als Bilder der Erinnerung in ihm aufstiegen. „Wie könnte ich das vergessen? Mein erstes Rugbyspiel und ich stürze beim Tackling so blöd, dass mir der Schuh des Gegners ein blaues Auge verpasst."

„Und nach dem Spiel stand sofort Rupert da und hielt dir einen Beutel mit Eis aufs Gesicht, weißt du noch?" Die Falten auf der Stirn waren verschwunden, das schelmische Grinsen zurück.

John grinste bei der Erinnerung an die alte Geschichte ebenfalls. Zum ersten Mal nach seiner Krankheit hatte er sich sportlich ausgetobt und gleich eine Verletzung davongetragen. Den sorgenvollen Blick und die pädagogischen Konsequenzen seiner Eltern, die sich für das Wochenende angekündigt hatten, konnten sowohl er als auch Rupert vorausahnen. Also hatten beide alles darangesetzt, sein Veilchen zu kaschieren. Zuletzt hatten sie sich eine harmlose Geschichte von tollpatschigen Zwillingen ausgedacht, um das blaue Auge zu erklären. Und waren damit durchgekommen.

Johns Tasche vibrierte. Noch immer grinsend, zog er sein Handy hervor. Das Lächeln erstarb, als er erkannte, dass Mandy ihn zu erreichen versuchte. Was könnte sie von ihm wollen, mitten in der Nacht? Sicher hatte Ma alle völlig verrückt gemacht und damit auch Mandy auf den Plan gerufen. Ihre Vorwürfe und Fragen oder auch nur gut gemeinten Ratschläge konnte er jetzt wirklich nicht gebrauchen. Er drückte den Anruf weg und steckte das Handy wieder ein.

Simon sah ihn an, sagte aber nichts. „Noch einen Kaffee?", fragte er stattdessen.

Sie gingen zurück in die Küche und setzen sich einander gegenüber an den kleinen Tisch.

„Rupert hat dich sehr vermisst", sagte Simon plötzlich.

John seufzte. „Das sagtest du bereits. Und Peggy hat es auch schon gesagt." Wut stieg in ihm auf. Wieso klangen bei diesem Satz immer alle so vorwurfsvoll?

Simons linkes Auge begann zu zucken. Es wurde abwechselnd größer und kleiner und nahm die Narbe in seinem Gesicht mit auf eine Achterbahnfahrt. Ein deutliches Zeichen für Anspannung, erinnerte sich John und wappnete sich für Simons nächste Worte.

„Und wen hast du vermisst? Rupert? Oder doch eher Peggy?"

John verschluckte sich an seinem Kaffee und konnte nur hustend und röchelnd nachfragen. „Wie bitte?"

„Ich weiß das von dir und Peggy." Das Zucken wurde schneller. „Rupert hat es mir erzählt."

„Rupert?" In Johns Kopf klang seine eigene Stimme hohl nach. Er schnappte nach Luft, seine Gedanken überschlugen sich. Wie und wann hatte Rupert davon erfahren? Was genau hatte er gewusst?

Mit leisem Brummen meldete sich erneut das Handy in der Hosentasche. John zog es hastig heraus und drückte den Anruf weg, ohne hinzusehen. Das Handy legte er vor sich auf den Tisch.

John holte tief Luft und sah Simon an. Das Gesicht seines Freundes hatte sich wieder beruhigt, die Narbe lag still. In Johns Brust aber hämmerte wild sein Herz gegen die Rippen. „Was hat Rupert dir erzählt?", fragte er.

Auf dem Tisch begann das Smartphone vibrierend zu tanzen. John drückte es wieder aus.

Fragend sah er Simon an und wartete auf eine Antwort. Da tanzte das Telefon wieder los.

„Vielleicht solltest du besser dran gehen", schlug Simon vor.

John griff hektisch nach dem Handy und drückte auf den grünen Hörer. „Was?", bellte er hinein.

„John? Wo steckst du denn?" Es war Lindsay. Sie klang beunruhigt. John erinnerte sich, dass er sie schon am Abend abgewürgt hatte.

„Lindsay. Ich habe doch gesagt, ich melde mich."

John hörte, wie Lindsay erschrocken die Luft einsog und konnte förmlich sehen, wie sie begann, an einem ihrer Finger zu pulen. Sofort tat es ihm leid, sie so heftig angegangen zu sein.

„Deine Schwester sucht dich", sagte Lindsay. Ihre Stimme klang kalt.

„Mandy?"

„Hast du noch eine Schwester?"

„Und da schickt sie dich?"

„Nein, dich anzurufen war meine Idee. Eine blöde Idee, wie sich gerade herausstellt! Na jedenfalls hat sie angerufen und gesagt, dass sie dich auf dem Handy nicht erreichen konnte. Sie hatte gehofft, du seist bei mir."

„Ich bin bei Simon."

„Sie wird es wieder auf deinem Handy versuchen, hat sie gesagt. Ich wollte nur hören, ob alles in Ordnung ist. Tut mir leid, wenn ich gestört habe." Sarkasmus tropfte aus dem Hörer.

„Lindsay …" Doch sie hatte schon aufgelegt.

„Ärger?", frage Simon. Im gleichen Moment verkündete Johns Handydisplay brummend den Eingang einer Nachricht von Mandy. Er seufzte, schob sich eine Haarsträhne aus dem Gesicht und öffnete sie. Was er las, ließ ihn auf seinem Stuhl zusammensacken, als hätte ihm jemand in den Magen geboxt. „Ma hatte einen Zusammenbruch. Melde dich!"

„Warum gehst du denn nicht ans Telefon?" Mandys Stimme klang müde und gereizt.

„Was ist passiert?", fragte John statt einer Antwort.

„Das weißt du doch genau", erwiderte Mandy.

„Mandy, wie geht es ihr?" John spürte, wie die Sorge um seine Mutter ihm die Kehle zuschnürte. „Wo seid ihr? Ich komme."

„Auf keinen Fall. Sie will dich nicht sehen."

So grausam das klang, lieferte es immerhin den beruhigenden Hinweis, dass seine Ma in der Lage war, ihren Willen deutlich auszudrücken. „Was ist passiert?", wiederholte John seine Frage und bekam endlich eine Antwort.

Peggy hatte Mandy zu Hilfe gerufen, als Elaines Empörung kein Ende nehmen wollte. Mit Schimpfen und Schreien hatte sie weiter auf John und Peggy geflucht. Keine Erklärung und kein Versuch, sie zu beruhigen, waren zu ihr durchgedrungen. Als sie zuletzt keuchend und mit hochrotem Kopf bei Peggy auf dem Sofa saß und Löcher in die Luft starrte, ohne auf Peggy oder Mandy zu reagieren, hatten die Dr. Langley angerufen. Der alte Hausarzt hatte sich tatsächlich überreden lassen, vorbei zu kommen und Elaine ein Beruhigungsmittel zu spritzen und nun lag sie schlafend im eigenen Bett. Immerhin hatte Mandy ihrer Schwägerin zugehört und wusste von dem Missverständnis.

„Warum kann ich dann nicht vorbeikommen?", fragte John.

„Weil es mitten in der Nacht ist und wir jetzt sowieso alle besser schlafen sollten. Außerdem würde ich dann morgen früh Ma zu erklären versuchen, dass alles ganz harmlos war. Mir hört sie hoffentlich zu, ohne sich gleich wieder aufzuregen."

John versuchte sich vorzustellen, welcher Tumult heute Nacht in seiner Familie geherrscht hatte. Und er, der ihn ausgelöst hatte, war wieder einmal nicht dagewesen, um ihn aufzulösen. Er setzte sich auf den Barhocker in Simons Arbeitszimmer. Hierhin hatte er sich zurückgezogen, um in Ruhe mit Mandy telefonieren zu können. Bisher war er nervös auf- und abgelaufen, nun spürte er, wie die Erleichterung seine Beine schwer machte. Außerdem verschwanden die Scheuklappen, die eben noch seine Mutter in den Fokus seines Denkens gestellt hatten, und gaben den Blick auf ein größeres Umfeld frei.

„Wie geht es Dad?", fragte er.

„Er saß die meiste Zeit hilflos und still in der Küche. Luke hat eine Partie Schach mit ihm gespielt. Jetzt ist er auch wieder ins Bett gegangen."

„Wie gut, dass ihr da seid. Danke Mandy!"

„Wo bist du eigentlich? Ich habe es bei Lindsay versucht, aber die wusste auch nicht, wo du steckst."

Der Stachel des schlechten Gewissens bohrte sich in Johns Haut.

„Ich bin bei Simon Benett. Erinnerst du dich an ihn? Wir haben uns auf dem College ein Zimmer geteilt."

„War das nicht der Junge mit der Narbe ihm Gesicht?" Mandys Stimme klang trotz der

Sorgen amüsiert. „Ich fand ihn immer gruselig. Ich wusste gar nicht, dass ihr noch Kontakt hattet und war überrascht, ihn bei der Beerdigung zu sehen."

„Rupert hat den Kontakt gehalten. Ich habe Simon bei der Beerdigung auch das erste Mal nach Jahren wiedergesehen. Es ist schön, mit jemandem über Rupert zu reden."

Sie beendeten ihr Telefonat und John atmete tief durch. Was für ein Tag. Sein Bruder war beerdigt worden, seine Mutter hatte einen Zusammenbruch erlitten, er hatte seine Schwester wieder mal hängen lassen, seine beste Freundin gekränkt und ein Gespräch mit einem alten Freund vor sich, von dem er nicht sicher war, ob es ihm gefallen würde. Zeit, es heraus zu finden.

Als John Simon in der kleinen Küche wieder gegenübersaß, fürchtete er sich. Simon aber lächelte ihn an und legte ihm eine Hand auf den Arm.

„John, du musst dich nicht rechtfertigen, schon gar nicht mir gegenüber. Wenn du nicht darüber reden willst, ist das okay."

„Was genau hat Rupert dir über Peggy und mich erzählt?", fragte John.

„Das ist alles schon ziemlich lange her", sagte Simon ausweichend.

„Du hast doch davon angefangen."

„Ich hatte es schon vergessen. Aber als ich dich gestern sah, und die Blicke, mit denen du Peggy angesehen hast … Du liebst sie."

Simons schlichte Feststellung traf John mit voller Wucht. Sein Herzschlag setzte einen Moment aus, ehe er antwortete: „Ja, ich liebe sie." Ein tiefes Seufzen entrang sich seiner Kehle. „Und du glaubst nicht, wie sehr ich versucht habe, es nicht zu tun." Er stützte seine Ellenbogen auf die Tischplatte und verbarg das Gesicht in den Händen. Mit geschlossenen Augen und hinter vorgehaltener Hand sprach er weiter. „Ich habe sie vom ersten Moment an geliebt. Ich weiß nicht, was es war. Irgendetwas verband uns. Das hat auch Peggy gespürt. Wir haben eine Nacht miteinander verbracht. Eine einzige Nacht. Ich zehre von dieser Erinnerung und gleichzeitig wünschte ich, es wäre nie passiert." John hob den Kopf, öffnete die Augen und sah Simon an. Er war überrascht, keine Ablehnung in seinem Blick zu lesen. Das ermutigte ihn, weiter zu sprechen. „Ich habe sogar darüber nachgedacht, es Rupert zu beichten und Peggy zu bitten, sich für mich zu entscheiden. Ich habe ernsthaft erwogen, meinem Zwillingsbruder die Freundin auszuspannen. Kannst du dir das vorstellen?"

„Was hat dich abgehalten?", fragte Simon.

„Ha!" John lachte bitter auf. „Ich würde gern behaupten, mein Ehrgefühl oder meine Loyalität hätten mich gebremst. Aber das war es nicht. Mein beschissenes Herz hat mich auf die Matte geschickt."

Simon sah ihn fragend an.

„Ich hatte eine Herzattacke. Die erste seit Jahren. Manchmal, wenn ich viel Stress habe, fällt meinem Herz auf, dass da ein kleiner Plastikaufkleber auf ihm klebt, den es gern loswerden möchte. Dann zickt es eben rum –

pumpt viel zu heftig, oder auch mal gar nicht mehr. Meistens merke ich das rechtzeitig und kann meinen Kreislauf stabilisieren. An jenem Tag aber war es so heftig, dass ich gestorben wäre, wenn Rupert nicht rechtzeitig nach Hause gekommen wäre und mich reanimiert hätte. Ich betrüge ihn mit seiner Freundin und er rettet mir das Leben. Ironischer geht es nicht, oder?"

John schwieg und spürte, wie sein ewig schlechtes Gewissen neues Gift in seinem Inneren versprühte. Wann immer er dachte, seiner Schuld entkommen zu sein, genug gebüßt zu haben, passierte etwas, das die nie verheilte Wunde wieder aufriss und giftigen Eiter freigab, der alle seine Zellen besetzte. Er hatte sich davon nie befreien können.

„Mir war nicht klar, dass Rupert davon gewusst hat", sagte er schließlich.

„Peggy hat es ihm gesagt", antwortete Simon endlich. John sah ihn erstaunt an.

„Wann? Warum?"

„So genau weiß ich das auch nicht. Peggy hat sich wohl irgendwie verraten. Eine Notiz auf einem Zettel, oder so?"

John musste schmunzeln. Das wäre typisch für Peggy, die alles auf Zettel schrieb, was irgendwie wichtig war. Es war ein Automatismus geworden, alles festzuhalten, was ihr durch den Kopf geisterte. Auch wenn John keine Idee hatte, was genau sie zu ihrer gemeinsamen Nacht aufgeschrieben haben könnte, klang es durchaus wahrscheinlich, dass sie sich mit einem ihrer Zettel verraten hatte.

„Jedenfalls hat Rupert sie darauf angesprochen und sie hat es ihm erzählt", fuhr Simon fort. „Das muss ziemlich kurz nach eurer Nacht gewesen sein."

„Oh Gott." John starrte aus dem Fenster und versuchte sich vorzustellen, was dieser Verrat für Rupert bedeutet hatte.

„Warum hat er denn nie etwas gesagt?", fragte er mehr sich selbst als Simon. Der aber antwortete: „Ich glaube, er hat das mit sich selbst ausgemacht. Zuerst einmal hat er sich ja von Peggy getrennt…"

„Was?" John riss die Augen auf. Davon hatte er nichts gewusst.

„Er hat mir die Geschichte erst Jahre später erzählt. Da hat er ganz abgeklärt davon gesprochen. Ich glaube, er war einfach maßlos enttäuscht. Eher von Peggy als von dir. Das war jedenfalls mein Eindruck."

John lächelte seinen alten Freund an, dankbar für den Versuch, dem Selbstvorwurf den Boden unter den Füßen wegzunehmen.

Simon fuhr fort: „Naja und als Peggy dann feststellte, dass sie von ihm schwanger war, haben sie sich ja auch wieder versöhnt."

„Schwanger?" Das Wort strömte mit dem letzten Lufthauch aus Johns Hals, ehe er vor Schreck den Atem anhielt.

„Das wusstest du nicht?" Nun sah auch Simon erschrocken aus.

John schüttelte heftig den Kopf. „Ich hatte keine Ahnung." In Simons Gesicht war die Achterbahn wieder angefahren. Langsam aber unübersehbar zuckte das Auge und hob und senkte die Narbe. Er räusperte sich, ehe er leise sagte: „Sie hat es verloren."

John schwieg. Die vielen schockierenden Neuigkeiten verursachten ihm Übelkeit. Er fragte sich, von wem Simon da sprach. Konnte es um seinen Bruder und dessen Frau gehen? Und John hatte in all den Jahren nichts gewusst? Niemand hatte ihm etwas gesagt. Warum nicht? Naja, er war ja auch nicht da gewesen. Und ging es ihn etwas an? Wusste Mandy davon? Oder seine Eltern? Er sah Rupert vor sich, wie er im Sarg gelegen hatte. John erinnerte sich an das Gefühl der Vertrautheit, das ihn durchströmt hatte, nachdem er die vorwitzige Sommersprosse entdeckt hatte. Jetzt fragte sich John, ob er seinen Bruder überhaupt noch gekannt hatte. Und doch – das gemeinsame Wochenende auf Norfolk hatte sich vertraut und richtig angefühlt.

Als könnte Simon seine Gedanken lesen sagte er: „So haben wir eben alle unsere Geheimnisse und Dinge, die wir mit uns allein abmachen. Wie gesagt, Rupert hat mit mir erst

Jahre später über all das gesprochen. Und ich glaube nicht, dass er vorher überhaupt mit jemandem darüber geredet hat."

„Du warst ihm ein besserer Freund als ich", sagte John leise.

„Ich war ihm ein Freund. Du warst sein Zwillingsbruder und er hat dich geliebt. Trotz allem."

Die Hitze in Johns Magen wirbelte auf und verteilte sich in seinen ganzen Körper. Schweiß trat ihm auf die Stirn. Er hatte alles falsch gemacht. Die Flucht, das Schweigen, die ewige Selbstgeißelung – das alles hätte er sich sparen können. Wenn er nur ein bisschen Vertrauen gehabt hätte. Vertrauen in seine Gefühle, Vertrauen in seine Liebe und Vertrauen zu seinem Bruder. Er wünschte sich, Rupert säße jetzt vor ihm, so wie Simon es tat. Und sie hätten noch einmal die Chance, alles laut auszusprechen, was ungesagt, aber geschehen war. Von dem sie beide gewusst, es aber totgeschwiegen hatten. Den Graben zwischen sich hatten sie beide ausgehoben, das war ihm jetzt klar. „Warum hat er denn nie etwas gesagt?", fragte John noch einmal.

„Ich glaube, am Anfang konnte er nicht. Da war er zu verletzt und zu wütend. Und später war es ihm nicht mehr wichtig."

„Mir wäre es wichtig gewesen."

„Aber du hast ja auch nie darüber gesprochen. Du bist weggegangen und hast alles hinter dir abgebrochen. Und wenn du mal da warst, wollten alle nur eine schöne Zeit mit dir verbringen und nicht alte Probleme wälzen."

Noch immer war John heiß. Die Erkenntnis traf ihn mitten in sein kaputtes Herz. Er hatte seinen Bruder verloren. Noch einmal und endgültig.

Kapitel 22

14. August 2013 - Southwark, London, England

„Lindsay?" John trat in die Wohnung und ließ die Tür hinter sich ins Schloss fallen. Er lauschte, doch nichts regte sich. Lindsay war nicht zu Hause. Erleichtert atmete John aus und schalt sich gleichzeitig einen Narren. Er musste sich bei Lindsay entschuldigen. Je eher, desto besser. Dass sie jetzt nicht da war, verschaffte ihm nur eine kurze Verschnaufpause.

Er ging in sein Zimmer, zog Sakko und Schuhe aus und ließ sich aufs Bett fallen. Seine Glieder waren schwer, seine Augen brannten und er fühlte sich todmüde. Er hatte die halbe Nacht mit Simon Kaffee getrunken und geredet. Als Simon ihm dann mit Decke und Kissen das Sofa hergerichtet hatte, war an Schlafen nicht zu denken. Unablässig hatte er Simons Worte gehört. „Rupert wusste es. Sie war schwanger. Sie hat es verloren." Noch immer grübelte er darüber nach. Hätte all das etwas geändert? Wäre sein Leben anders verlaufen, wenn er es gewusst hätte?

Er seufzte und legte eine Hand auf seine brennenden Augen. Die Kälte seiner Hand tat den Augen gut, alarmierte ihn aber gleichzeitig. Der Arzt in ihm erwachte und scannte seinen Körper: regelmäßiger Herzschlag, etwas flacher Atem, kalte Hände und Füße, verkrampfter Bauch. John atmete bewusst tief in den Bauch und erhob sich dann vom Bett. Vielleicht konnte eine ausgiebige Dusche die Kälte vertreiben und seine Lebensgeister wecken.

Er zog sich aus, warf die Klamotten achtlos aufs Bett und ging den langen Flur entlang ins Bad. Auf dem Weg zur Dusche kam er am Spiegel vorbei. Trübe Augen mit Rändern so tief wie Suppenteller schauten ihm entgegen. Er rieb die Bartstoppeln auf der grauen Haut, schob die Haare aus dem Gesicht und stieg in die Dusche. Lange ließ er sich das heiße Wasser auf Kopf und Schultern prasseln und spürte, wie es die Anspannung in ihm lockerte, von ihm abwusch und mit sich in den

Abfluss zog. Die Wärme kehrte zurück, zuerst in seine Extremitäten, dann in seinen Kopf und Bauch. Weil er sein Duschgel vergessen hatte, griff er nach Lindsays Seife. Ihr Lavendelduft umhüllte ihn. Als er das Gefühl hatte, sich dem Tag wieder stellen zu können, stieg er aus der Dusche und angelte nach einem Handtuch. Aus dem Spiegel blickte ihm nun ein rotgesichtiger unrasierter Mann entgegen. Noch während er sich abtrocknete, sah er sich nach seinem Rasierer um. Doch er fand weder einen Rasierapparat, noch seine Kulturtasche. Seufzend ließ er das nasse Handtuch auf den Boden fallen und ging in sein Zimmer. Er hatte den Weg zurück zum Bad etwa zur Hälfte hinter sich gebracht, als ein Schlüssel im Türschloss gedreht wurde und Lindsay die Wohnung betrat. Wie angewurzelt blieb sie stehen und starrte ihn an. Er starrte zurück. Lindsay trug schwarze Turnschuhe zu einem roten Lederminirock. Die schwarze transparente Bluse ließ das rote Mieder darunter durchschimmern. Sie sah wie immer atemberaubend aus. „Hallo", sagte John verlegen und hielt seine Hände schützend vor sein Geschlecht. Flammende Röte brannte auf seinen Wangen. Als er seine Stimme endlich wieder gefunden hatte sagte er: „Lindsay, wir müssen reden".

Lindsay ließ ihren Blick mit hochgezogenen Augenbrauen über Johns nackten Körper gleiten und antwortete: „Wenn du denkst, so bei mir gut Wetter machen zu können…" Ein Lächeln trat auf ihr Gesicht. „Naja, das könnte mir gefallen", sagte sie schließlich.

„Gib mir zehn Minuten", ignorierte John ihre Worte und schob sich an Lindsay vorbei ins Bad. Einen Moment lang blieb er regungslos vor dem Spiegel stehen. Er konnte hören, wie Lindsay das Radio in der Küche einschaltete und dann in ihrem Zimmer verschwand. Fahrig schäumte er sein Gesicht ein und begann sich zu rasieren. Dabei lauschte er auf Geräusche aus der Wohnung. Sie hatte das sicher nicht ernst gemeint. Was sollte das denn heißen? Blieb sie jetzt in ihrem Zimmer und wartete dort auf ihn? Heißer Schmerz durchfuhr sein Kinn und hellrotes Blut tropfte ins

Waschbecken. Er verbannte alle Grübeleien aus seinem Kopf und versuchte, sich auf die Rasur zu konzentrieren. Als eine knarrende Holzdiele im Flur ihm verriet, dass Lindsay ihr Zimmer wieder verlassen hatte, atmete John erleichtert auf und wusch sich schließlich die letzten Schaumreste aus dem Gesicht. Jetzt war er wieder vorzeigbar.

Noch einmal huschte John nackt über den Flur in sein Zimmer, zog Jeans und T-Shirt über und ging dann zu Lindsay. Sie hatte sich umgezogen und saß nun im grauen Jogginganzug und mit untergeschlagenen Beinen auf dem Sofa im Wohnzimmer. Vor ihr auf dem Tisch standen eine Tüte Milch und zwei Gläser. John setzte sich neben sie. In ihr Schweigen dudelte das Radio aus der Küche einen alten Hit von den Rolling Stones. Schließlich ergriff John das Wort: „Es tut mir leid, Lindsay."

„Was genau tut dir denn leid?", fragte sie schnell zurück.

„Ich weiß, ich hätte mich melden sollen. Und ich weiß, ich habe meinen Ärger an dir ausgelassen, obwohl du am wenigsten dafür kannst. Das war nicht fair."

„Stimmt", antwortete Lindsay und goss sich ein Glas Milch ein. „Willst du auch?", fragte sie John.

Er nickte und nahm das Glas entgegen, das sie ihm reichte.

„Das tut mir leid, Linds. Ehrlich!"

„Das weiß ich doch", sagte sie und machte mit der Hand eine Bewegung, als würde sie den Groll zwischen ihnen damit wegwischen.

„Du bist nicht mehr sauer?"

„Wie könnte ich – nach dem Empfang?!" Lindsay lachte auf.

„Lindsay, im Ernst", mahnte John.

„Im Ernst, John. Wofür hat man denn Freunde? Das sind doch die Menschen, die einen trotz aller Fehler lieben. Und du bist nun mal mein Freund, auch wenn du dich manchmal wie ein Arschloch aufführst." Ihre blauen Augen blitzten ihn an.

„Es tut mir leid", sagte er noch einmal

kleinlaut.

„Ich weiß. Und jetzt ist gut, okay?! Erzähl lieber, was los war. Mandy klang total aufgebracht."

John lehnte sich zurück und erzählte, was geschehen war. Die Nacht bei Peggy, das entspannte Gespräch über Rupert und ihr beider Leben und das wohlige und spannende Gefühl, neben Peggy im Bett zu liegen. Doch gleich darauf die Szene mit seiner Ma, ihr Entsetzen und seine Flucht. Und zum Schluss die Offenbarungen von Simon und den schockierenden Anruf seiner Schwester.

„Ach du Scheiße", entfuhr es Lindsay.

„Ich hoffe, wenn Mandy meiner Ma alles erklärt hat, beruhigt sich die Lage wieder."

„Ich meine nicht deine Ma. Ich meine Peggy und Rupert."

Schweigend saßen sie sich eine Weile gegenüber.

„Bei Simon habe ich etwas erkannt", begann John schließlich. „Ich bin nicht der Einzige, der geschwiegen hat. Und ich bin auch nicht der Einzige, der an der Situation etwas hätte ändern können."

„Wie meinst du das?"

„Rupert und Peggy hätten genauso gut etwas sagen können."

„Vielleicht dachten sie, es wäre für dich leichter, wenn sie nichts sagen."

„Vielleicht… wäre… würde…" John seufzte. „Die ganze Geschichte ist so verworren. Scheinbar waren wir alle in unsere Gefühle so verstrickt, dass wir die der Anderen nicht sehen konnten."

„Und jetzt?", fragte Lindsay.

„Was, und jetzt?", fragte John zurück.

„Wie geht es jetzt weiter?"

„Wie soll es schon weitergehen? Ich fliege mit der nächsten Maschine zurück nach Norfolk." Ihm war nicht bewusst gewesen, dass er diesen Entschluss gefasst hatte, ehe er ihn sich nun sagen hörte.

Mit großen Augen blickte Lindsay ihn an. „Warum?"

„Vielleicht hat es jetzt endlich ein Ende!"

„Du meinst, du liebst sie nicht mehr?" Lindsay klang überrascht.

„Nein, ich meine, dass ich nun sicher weiß, dass es nie eine Chance für uns gegeben hat. Vielleicht kann ich jetzt endlich aufhören, darüber nachzudenken und mein eigenes Leben leben."

„Aber warum denn auf Norfolk?"

„Warum nicht? Es geht mir gut auf Norfolk, ich fühle mich dort wohl. Und ohne die Geister meiner Vergangenheit kann es doch nur noch besser werden."

„Und was ist mit deinen Eltern?"

Johns eben erwachter Optimismus bekam einen Dämpfer. „Ich werde mit Mandy und Peggy eine Lösung finden müssen."

„Mit Peggy?" Lindsay zog die Augenbrauen in die Höhe.

„Sie gehört zur Familie, damit muss ich umgehen. Aber ich werde versuchen, sie von jetzt an als meine Schwägerin zu sehen!" Entschlossen griff John nach seinem Glas und trank es mit großen Schlucken aus.

Als er sich wieder zurücklehnte, strich Lindsay sanft den Milchrest von seiner Oberlippe und sagte leise: „Vielleicht verliebst du dich ja auch noch einmal neu."

John hielt die Luft an und betrachtete Lindsay fragend. Sie schaute ihm lange in die Augen und lachte dann nervös auf. „Jetzt starr mich doch nicht so an." Nach einer kurzen Pause fuhr sie fort: „Sei ehrlich: Hast du noch nie darüber nachgedacht?"

„Worüber?", fragte John zurück.

„Über uns." Lindsay sah ihn unverwandt an. John war es, der nach einer Weile verlegen den Blick durch den Raum wandern ließ. An der Wand gegenüber hing der große Flachbildschirm, auf dem Lindsay gern Filme aus ihrer großen DVD-Sammlung ansah. In den Regalen neben der Stereoanlage und dem Blu-Ray-Player standen außer Sciencefiction- und Fantasyfilmen auch eine gut sortierte Auswahl britischer Rock- und Popmusik, die sie besonders mochte. Größter Blickfang ihres Wohnzimmers aber war das Bild „Butterfly" von Andy Warhol, das Lindsay sich nach ihren ersten Erfolgen in der Galerie gekauft hatte und das nun im goldenen Rahmen und von Strahlern beleuchtet an einer Wand prangte. Alles in diesem Zimmer war John vertraut, zu vielen von Lindsays Besitztümern kannte er Geschichten und Ursprung. Sogar der nussige Duft, der Lindsays Wohnzimmer erfüllte, war ihm vertraut, ebenso wie der Lavendelhauch, den Johns Haut von ihrer Seife verströmte.

Lindsays Hand auf seinem Bein holte ihn zurück in den Moment. „Sag ehrlich!", wiederholte sie.

„Lindsay…" begann John und wusste dann nicht, was er noch sagen sollte. Bilder stoben durch seinen Kopf. Er sah Lindsay in allen möglichen Situationen vor sich: müde beim Frühstück, frisch herausgeputzt im Pub, krank auf dem Sofa, aufgeregt vor dem nächsten Date, begeistert über einen neuen Künstler, den sie ausstellen wollte, nackt in ihrem Zimmer eine Hand nach ihm ausgestreckt …

Er kannte Lindsay so lange und so gut. Sie war seine beste Freundin und hatte immer zu ihm gehalten. Sie gehörte zu seinem Leben, machte London für ihn zu so etwas wie Heimat. Er liebte sie. Aber war seine Weise, sie zu lieben, jene, die Lindsay meinte?

Lindsay schwang sich auf dem Sofa herum und setzte sich rittlings auf seinen Schoß. John hob abwehrend seine Hände, ließ sie dann aber wieder sinken. Lindsay nahm sein Gesicht in ihre Hände, beugte sich langsam vor und küsste ihn. Sanft berührten ihre Lippen die seinen. Sie waren warm und schmeckten nach Milch. Zögernd schloss John die Augen und ließ sie gewähren. Ihre Zunge liebkoste seine Lippen, sie küsste mal sanft, mal fest, schließlich biss sie zart in seine Unterlippe. Da umfasste John ihre schmale Hüfte, zog sie an sich und erwiderte ihren Kuss. Er spürte ihren Atem auf seinen Wangen. Sein Herz schien zu stolpern und er hielt den Atem an. Lindsay küsste ihn weiter, fordernder nun. John folgte ihrem Drängen. Plötzlich zog sie sich zurück und John öffnete die Augen. Lindsay zog gerade die Jacke ihres Trainingsanzuges aus und blickte John mit ihren grünen Augen an. John stutzte und blinzelte. Blaue Augen. Lindsay sah ihn aus blauen Augen an.

Sie bemerkte sein Zaudern und runzelte die Stirn. „Alles okay?", fragte sie. John schüttelte den Kopf. Nicht, um nein zu sagen, sondern um das Durcheinander der vermischten Bilder von Lindsay und Peggy aus seinem Kopf zu bekommen. Er schlug seine Hände vors Gesicht. „Stopp!", rief er. Lindsay rutschte seitlich von seinem Schoß. „Stopp, stopp, stopp!", wiederholte er. Als er Lindsay wieder ansah, rollten Tränen aus ihren eisblauen Augen und malten schwarze Mascaraflüsse auf ihre Wangen. „Es tut mir leid", flüsterte John.

„Nein, mir tut es leid", erwiderte Lindsay, griff nach ihrer Jacke und verließ das Wohnzimmer.

Er wusste nicht, wie lange er reglos auf

Lindsays Sofa sitzen geblieben war. Er konnte auch nicht sagen, ob er etwas gedacht oder gefühlt hatte. Irgendwann stand er einfach auf und ging in sein Zimmer. Oder vielmehr: in Lindsays Gästezimmer. Mechanisch suchte er seine Sachen zusammen und stopfte sie in die Reisetasche. Er fühlte sich wie unter Narkose. Die Welt um ihn herum lag im Nebel und alles in seinem Innern war gedämpft. Sein Körper funktionierte automatisch, führte Befehle aus, die einem Hirn entsprangen, das nicht das seine zu sein schien. „Wie auf Autopilot", dachte er und dieser Gedanke erweckte etwas in ihm zum Leben. Pilot – Steward – Norfolk. Diese Gedankenkette konnte er noch denken.

Er griff nach seinem Handy. Der erste Anruf galt dem Flughafen. Er buchte noch für den Abend einen Rückflug. Dann wählte John eine zweite Nummer und lauschte auf das Freizeichen. Seine Anspannung entwich ihm mit einem Schnaufen, als am anderen Ende der Anrufbeantworter ansprang. Er war dankbar, sich jetzt nicht erklären zu müssen. So hinterließ er lediglich seine Ankunftszeit auf Norfolk und die Bitte, dass Steward ihn am

Flughafen abholen möge.

Blieb nur noch, sich von seiner Familie zu verabschieden.

Kapitel 23

14. August 2013 - London, England

John stieg aus dem Taxi. Die Reisetasche fest umklammert, blieb er einen Moment am Straßenrand stehen. Er schaute zum Haus seines Bruders, stellte sich vor, dass Peggy allein und traurig darinsaß, und kämpfte den Drang nieder, bei ihr zu klingeln. Stattdessen stieg er die wenigen Stufen zur Haustür seiner Eltern empor und drückte dort auf die Klingel.

Aus dem Inneren drangen Schritte an sein Ohr, dann öffnete sich die Tür. Mary stand ihm gegenüber. Statt einer Begrüßung wandte sie sich zur Treppe um und rief nach oben: „Onkel John ist da!" Dann trat sie einen Schritt zur Seite und ließ ihn herein. „Grandma ist wieder wach. Mom hat mit ihr gesprochen und sie hat sich scheinbar wieder eingekriegt. Sie liegt aber noch auf dem Sofa. Was war denn bloß los?"

John musterte sie, als er ihr die Treppe hinauf folgte. In Turnschuhen, bunter Leggins und T-Shirt bewegte sie sich noch immer tapsig wie ein Kind. Doch zeigte ihr Körper erste

Anzeichen der jungen Frau, die sie bald sein würde. Wie viel von dem, was in den letzten Tagen gesagt wurde, und mehr noch von dem Ungesagten, hatte sie wohl mitbekommen? Abrupt blieb sie stehen. „Na toll, du verrätst es mir also auch nicht", schmollte sie.

John zuckte die Achseln. „Wenn deine Mutter dir nichts erzählt hat…"

„Die erzählt mir sowieso nie was. Sie behandelt mich wie ein kleines Kind. Nur wenn es darum geht, auf Marge aufzupassen, dann soll ich plötzlich erwachsen und verantwortungsvoll sein. Das ist doch Kacke!" Sie nahm die letzten Stufen und bog nach links ab. „Ich gehe zu Dad in die Küche. Wir machen Pizza. Willst du auch ein Stück?"

„Ja gern, danke!", sagte John. Er atmete noch einmal tief durch und betrat das Wohnzimmer. Zu seiner Erleichterung saß seine Ma aufrecht im Sessel, eine Zeitschrift auf dem Schoß, den Blick aber starr aus dem Fenster gerichtet. Sein Vater saß im Sessel daneben, den er dicht an den Tisch gezogen hatte. Vor ihm auf dem Tisch lag ein Puzzle, das er mit

Marge, die neben ihm stand, fertigzustellen versuchte. Die zumeist roten und pinken Puzzleteilchen bildeten einen scharfen Kontrast zum sonst tristen Wohnzimmer seiner Eltern.

„Nein, Granddad", sagte Marge gerade, „das passt da nicht!" Sie nahm ihm ein Puzzlestück aus der Hand und legte es beiseite. „Versuch es doch nochmal mit diesem", schlug sie ihm vor und hielt Jim ein neues Teil hin. John musste schmunzeln. Er fragte sich, wer mit dem gemeinsamen Puzzeln wohl wem einen größeren Gefallen tat.

„John!" Seine Mutter hatte ihn bemerkt und streckte ihm die Hände entgegen. John trat zu ihr und ergriff sie. „Es tut mir leid, Ma."

„Sch, wir wollen nicht mehr davon reden", sagte sie und warf einen Seitenblick auf Marge.

„Deine Mutter hat mal wieder aus einer Mücke einen Elefanten gemacht", sagte sein Vater und zwinkerte John zu. „Dafür musst du dich nicht entschuldigen."

„Jim!" Elaine klang gekränkt. „Ich weiß

nicht, was du gedacht hättest, wenn du gesehen hättest…"

„Wir wollten doch nicht mehr darüber sprechen", unterbrach ihr Mann sie und versuchte, ein weiteres Puzzleteil zu positionieren.

Elaine schaute wieder aus dem Fenster. Mit erstickter Stimme fragte sie: „Isst du mit uns? Mandy macht Pizza."

Wie auf Kommando erschien Mandy in der Tür. „Falsch. Mandy hat lediglich den Pizzateig gemacht. Belegen muss jeder sein Stück selbst. Also, kommt ihr in die Küche?"

„Au ja!" Marge rannte sofort los.

Mandy trat zu John, hielt ihn unauffällig am Arm fest und sagte zu ihren Eltern gewandt: „Mom, Dad, ihr auch bitte!"

Jim und Elaine erhoben sich langsam und verließen das Zimmer. Als sie allein waren, schaute John seine Schwester fragend an. „Und?"

„Ich habe ihr erklärt, dass alles nur ein Missverständnis war. Ich glaube, sie hätte jede Erklärung geschluckt, die dich nur irgendwie reingewaschen hätte."

„Was soll das denn heißen?" John spürte Ärger in sich aufwallen. Heimlich hieß er ihn willkommen. Er war ihm lieber als seine ständigen Gewissensbisse.

„Sie hat gerade Rupert verloren. Dich auch noch zu verlieren – und sei es aus moralischer Empörung – das hätte sie nicht verkraftet."

John suchte noch nach einer bissigen Antwort, als Marge schmollend in der Tür erschien.

„Mary gibt mir nicht den Käse", schluchzte sie und stampfte mit dem Fuß auf.

„Ich komme", sagte Mandy, legte ihrer Tochter die Hand auf den Rücken und schob sie vor sich her aus dem Wohnzimmer. Mit einem kurzen Blick zurück fügte sie hinzu: „Das kriegen wir schon auch noch hin."

Irgendwie gelang es, dass alle ihr Pizzastück nach eigenem Wunsch belegten. Zum Schluss hielt Mandy Holzspieße mit bunten Fahnen in die Höhe. „So, jetzt sucht sich jeder eine Flagge aus und markiert damit sein Pizzastück."

Marge steckte ihre Norwegenfahne in ein dickes Stück Käse und bemerkte dann: „Mom, da ist noch ein Stück Pizza frei. Wer kriegt denn das?"

„Das ist für Peggy. Die kommt sicher gleich", antwortete Mandy. John sog erschrocken die Luft ein. Seine Ma sah ihn an und sagte: „Ich habe sie eingeladen, mit uns zu essen. Ich fand, das wäre das Mindeste." Leichte Röte überzog ihre Wangen.

„Alle fertig?", fragte Mandy in die entstandene Pause. „Dann raus hier. John und ich räumen das Chaos auf."

Sie seufzte und krempelte die Ärmel ihrer Bluse hoch. Luke und Jim verließen als erste die Küche. Marge blieb in der Tür stehen und fragte: „Wann ist die Pizza denn fertig?" Sie rieb sich den Bauch und leckte mit der Zunge über ihre Lippen. „Ich habe Hunger."

Elaine nahm sie bei der Hand und sagte:

„Dann gehen wir beide jetzt Peggy holen. Sobald sie ihr Stück belegt hat, kann die Pizza in den Ofen und dann dauert es nicht mehr lange."

„Gute Idee", warf Mandy ein. „Mary, willst du nicht mitgehen?!"

Mary schaute ihre Mutter überrascht an und schien eine stumme Aufforderung in deren Augen zu lesen. Sie machte einen Schmollmund und schaute mit hochgezogenen Augenbrauen zwischen John und ihrer Mutter hin und her. Schließlich zuckte sie resigniert mit den Schultern und seufzte: „Meinetwegen."

Mandy begann, die restlichen Lebensmittel wegzuräumen, John stellte schmutziges Geschirr in die Spülmaschine. Schweigend werkelten sie vor sich hin, bis die Schritte auf der Treppe verklungen waren und die Haustür ins Schloss gefallen war.

„Peggy hat mir erzählt", begann Mandy, steckte sich eine Olive in den Mund und zerkaute sie, während sie Tomaten und Paprika in den Kühlschrank räumte, „dass ihr über Mom und Dad gesprochen habt."

Johns Atem entwich mit einem Stoßseufzer seiner Brust. Er hatte nicht gemerkt, dass er die Luft angehalten hatte. Nun war er erleichtert, welche Richtung das Gespräch nahm.

„Stimmt", sagte er nur.

„Da hat Rupert sich wirklich eine tolle Frau ausgesucht, oder?"

John stutzte. „Wie meinst du das?", hakte er nach und kramte grundlos im Spüler, damit Mandy die Hitze in seinem Gesicht nicht sehen konnte.

„Sie fühlt sich verantwortlich für die beiden und will sich weiter um sie kümmern. Das rechne ich ihr hoch an."

„Ach so. Ja", stotterte John.

„Das heißt, solange sie nicht mehr Hilfe brauchen als zurzeit, kann alles so bleiben wie es ist." Mandy wusch sich die Hände, trocknete sie ab und lehnte sich dann an die Spüle. „Das bedeutet auch, dass du nach Norfolk zurückkannst, ohne dir etwas vorwerfen zu müssen."

John lachte getroffen auf und wandte sich

seiner Schwester zu. „Das Gleiche gilt ja wohl für dich, oder?"

„Wir wissen doch beide, dass ich in den letzten Jahren deutlich häufiger hier war als du." John sah die Strenge in Mandys Zügen und konnte sich gut vorstellen, dass Mary und Marge keine Widerrede wagten, wenn ihre Mutter sie mit diesem Blick ansah.

„Edinburgh ist eben etwas dichter dran als Australien", erwiderte John mit betont milder Stimme.

„Ach, und deswegen ist es automatisch mein Job, mich um die beiden zu kümmern?", fauchte Mandy zurück.

„Das habe ich überhaupt nicht gesagt. Aber ich habe es satt, mir immer anhören zu müssen, was für ein schlechter Sohn ich bin, nur, weil ich nicht jede Woche zum Tee komme." John war laut geworden. „Tut mir leid, ich lebe nun mal am anderen Ende der Welt."

„Ja – und warum ist das so?", zeterte Mandy. Sie standen sich in der Küche gegenüber, vorgebeugt beide, und zankten wie aggressive Streithähne.

„Geht es vielleicht noch ein bisschen lauter?" Luke erschien in der Küchentür. „Ihr könnt von Glück sagen, dass Elaine momentan nicht da und Jim mittlerweile zu schwerhörig ist, um euch zu hören."

Beschämt schaute John von seinem Schwager zu seiner Schwester. Luke nickte ihm aufmunternd zu. John erinnerte sich an ihr Gespräch im Park. Es kam ihm vor, als sei es Jahre her.

Er ging zu seiner Schwester und legte den Arm um sie. „Pass auf, Mandy. Wir haben beide ein eigenes Leben und wir haben beide Verantwortung für unsere Eltern. Ich erwarte nicht, dass du dich um alles allein sorgst, du darfst es aber auch nicht von mir erwarten."

„Tue ich doch gar nicht …", fiel sie ihm patzig ins Wort.

„Mandy, lass deinen Bruder reden!", sagte Luke mahnend und sie verstummte.

John schaute ihn dankbar an, wusste aber

dann nicht weiter.

„Naja, was ich meine, ist... Solange es hier so klappt und Peggy bereit ist, sie zu unterstützen, sind wir beide fein raus. Genießen wir die Zeit, ohne uns gegenseitig Vorhaltungen zu machen."

Er hielt ihr die Hand hin. „Frieden?"

„Frieden", sagte sie und schlug ein.

„Jetzt sind wir nur noch zwei", sagte John und dachte an die Blutsbrüderschaft mit Rupert. „Wir sollten zusammenhalten." Er umarmte seine Schwester. Seinen Bruder hatte er verloren. Den Rest der Familie wollte er nicht auch noch verlieren.

Unten öffnete sich die Haustür und Schritte erklangen auf der Treppe. Marge betrat die Küche, sie zog Peggy hinter sich her. „Siehst du, das da ist dein Stück. Du musst es nur noch belegen, dann kann die Pizza endlich in den Ofen."

Peggy schaute sich um. Sie musste das betretene Schweigen bemerkt haben. Zuletzt blieb ihr Blick an John hängen und sie schaute ihn aus ihren grünen Augen fragend an. „Ist alles in Ordnung?", murmelte sie.

„Mom, wo sind denn die Sachen für auf die Pizza drauf?", rief Marge dazwischen und es kam wieder Bewegung in die Szene.

Mandy riss die Kühlschranktür auf: „Ach, ich Dussel hab sie schon weggeräumt. Peggy, was möchtest du denn haben?"

John, Luke, Elaine und die beiden Mädchen gingen ins Wohnzimmer. Mandy und Peggy folgten ihnen, nachdem die Bleche in den Ofen geschoben waren.

Während des Mittagessens ging alles gut. Es gelang sogar, über Rupert zu reden, ohne von der Trauer ins Schweigen gezogen zu werden. Außerdem schwatzte Marge in jeder Gesprächspause munter drauf los und ihre Großeltern entspannten zusehends in der Gesellschaft all ihrer Lieben. John fühlte sich wie von einer warmen Woge durch den Nachmittag getragen. Peggys Nähe umhüllte ihn wie ein Rettungsring und linderte sein Unbehagen in demselben Maße, wie sie es nährte. Denn manchmal klatschte John eine kalte Welle der Wirklichkeit ins Gesicht. Dann schaute er auf die Uhr und sah die knappe Zeit bis zu seiner Abreise verrinnen, ohne dass er die anderen über den bevorstehenden Abschied informiert hätte. Und ihm wurde schmerzlich bewusst, dass alle Versuche, in Peggy lediglich seine Schwägerin zu sehen, zum Scheitern verurteilt waren. Das Begehren saß tief in ihm und sandte manchmal ein leises Zucken in die eine oder andere Region seines Körpers.

Es war Mandy, die unbeabsichtigt den ernsten Teil einläutete. „So Marge, jetzt geht es in die Badewanne und nach dem Abendbrot dann ab ins Bett", sagte sie.

„Och Mummy, ein bisschen noch", bettelte Marge, doch ihre Mutter ließ sich nicht erweichen. Also erhob sich Marge maulend vom Tisch. Auch John stand auf und breitete die Arme aus. „Sagst du mir auf Wiedersehen, Marge?"

Schlagartig verstummten alle und starrten

ihn an.

„Was soll das heißen?" Sein Dad fand als erster die Sprache wieder.

Nun prasselten die Fragen auf ihn herab. „Fliegst du etwa schon zurück?" „Doch nicht etwa heute noch?" „Warum hast du denn nichts gesagt?"

Nur Peggy blieb still sitzen und schaute John ernst an.

„Aber warum denn, John?", fragte seine Ma flehentlich. „Wegen heute Nacht?"

„Weil du wieder so ein Theater machen musstest", schimpfte Jim mit seiner Frau.

„Nicht deswegen …", begann John, doch seine Mutter sprach schon weiter.

„Das ist doch Blödsinn. Ich weiß doch, dass da nichts war zwischen dir und Peggy."

„Natürlich nicht!", polterte Jim. „Wie du sowas überhaupt denken konntest." Vorwurfsvoll sah er Elaine an.

„Dad, lass gut sein", sagte John.

Da meldete sich Mary zu Wort: „Also darum ging es die ganze Zeit."

„Mary, bring deine kleine Schwester in die Badewanne!", befahl Mandy in scharfem Ton.

„Das ist voll ungerecht", maulte Mary.

„Geh und hör auf deine Mutter", unterbrach Luke sie.

„Mache ich ja sofort", fauchte Mary zurück. „Aber ich finde es voll ungerecht, Grandma anzumeckern. Ich finde, so wie Onkel John Tante Peggy immer anstarrt, kann es gut sein, dass die beiden was miteinander haben."

„Mary!" Mandys Stimme klang schrill. Mary griff ohne weitere Worte die Hand ihrer kleinen Schwester und zog sie hinter sich her aus dem Zimmer.

Die Zeit stand still. Johns Atem hatte ausgesetzt, dafür machte sein Herz einen Salto nach dem anderen. Gewichte schienen an seinem Körper zu hängen und jede Bewegung zu erschweren. Er schnaufte vor Anstrengung.

Das Zimmer verlor seine Konturen. „Oh nein, bitte nicht", dachte John, „nicht wieder ohnmächtig werden."

Etwas Kaltes an seiner Hand ließ ihn zusammenzucken. Ruckelnd fuhr die Zeit wieder an und der Raum gewann seine Schärfe zurück. „Trink einen Schluck", sagte Luke und drückte ihm ein Glas Wasser in die Hand.

„Danke", murmelte John und trank das Glas in hastigen Zügen leer. Überlaut hörte er sein eigenes Schlucken. Alle starrten ihn an. Schweigend. Nur in seinem Kopf tönten Worte. „Sag die Wahrheit" schrien einige Synapsen, andere hielten „Es ist alles deine Schuld" dagegen. Ruperts Gesicht tauchte vor seinem inneren Auge auf und dann hörte er klar und deutlich Simons Stimme: „Du warst sein Zwillingsbruder und er hat dich geliebt. Trotz allem."

Warum nur hatte er nie so wahrhaftig an seiner Liebe festhalten können, wie sein Bruder es getan hatte, fragte John sich. Einmal wenigstens sollte er für sich einstehen, dachte er, stellte das Glas ab, holte tief Luft und sah in die Runde der fragenden Gesichter ihm gegenüber.

„Ich muss euch etwas erklären", begann er.

„John." Peggy sah ihn an und er las die Bitte in ihren Augen. Wie einen Waldsee im Sommer, so hatte er ihre grünen Augen oft erinnert. Doch nun waren sie wie unergründliche Tiefen, unter deren Oberfläche Ungeheuer lauerten. Es war an der Zeit, sie ans Tageslicht zu holen und herauszufinden, ob man sie zähmen könnte.

„Es tut mir leid, Peggy. Ich habe mich lange genug vor der Wahrheit versteckt."

„John, was redest du denn da?" Sein Vater schaute verwirrt.

„Was für eine Wahrheit?", fragte Mandy trocken und schaute von John zu Peggy und wieder zurück.

„Ich hatte also doch recht." Elaines Stimme war ein Flüstern.

„Nein", entfuhr es Peggy. „Es war so, wie ich gesagt habe. Es ist nichts passiert letzte Nacht." Wieder schaute sie flehentlich zu

John.

„Sie sagt die Wahrheit", bestätigte John, „es ist nichts passiert."

Peggys Schultern sackten bei seinen Worten mit einem Seufzen herab.

„Zumindest nicht letzte Nacht."

Kapitel 24

14. August 2013 - London, England

Die Maschine hob pünktlich ab.

John war kurz zuvor auf seinen Fensterplatz gesunken. Er sah noch immer Peggys grüne Augen vor sich. Flehen, Verzweiflung, Anklage und Achtung, all das meinte er darin gelesen zu haben. Vielleicht auch ein leises Schmunzeln?

Doch wenn John die Augen schloss, dann sah er auch die traurigen Augen seiner Ma und das Schwanken zwischen Wut und Kummer bei seinem Dad. Beide hatten entgeistert seinen Worten gelauscht und mehr als einmal hilflos den Kopf geschüttelt. Wie gut John sie verstehen konnte.

Mandy und Luke waren zu stummen Beobachtern geworden. Wie Gerichtsreporter bei einem Aufsehen erregenden Fall hatten sie zugehört und sich still ihr eigenes Urteil gebildet, das sicher irgendwann verkündet werden würde.

Doch das war John egal. Er hatte sich sein

Urteil immer schon selbst gesprochen.

Wie betäubt starrte er vor sich hin, während die Motoren des Flugzeugs in seinen Ohren dröhnten. Aber das hörte er nicht, stattdessen zogen Satzfetzen durch seine Erinnerung. „Sag, dass das nicht wahr ist!" – „Wie konntest du das tun?" - „Das hätte ich nie von dir gedacht." – „Er war dein Bruder. Dein Zwillingsbruder."

Was hatte er denn erwartet? Dass seine Eltern ihm Absolution erteilten? Oder dass Peggy ihm um den Hals fiel und ihre Liebe zu ihm eingestand? Weder das eine noch das andere war zu erwarten gewesen oder eingetroffen. Dann hatte der Abend ein abruptes Ende gefunden, weil John zum Flughafen aufbrechen musste, um seinen Flieger zu erreichen. Niemand hatte ihm hinterher gewinkt, als das Taxi losfuhr. Es hatte ihm aber auch niemand eine Abschiedsumarmung verweigert. Außer Peggy, die ihm wortlos die Hand gereicht und sich dann abgewandt hatte.

John schlief viel während seiner Heimreise.

Die Zwischenstopps waren kurz dieses Mal, so dass er nur vom Flugzeug zum Terminal und zum nächsten Flieger pendelte. Anders als auf dem Hinflug litt er auch nicht an einem Gefühl der Enge oder anderem Unbehagen. Eine seltsame Stille hatte sich über ihn gelegt. Er war nicht sicher, ob sie Ausdruck von körperlicher Erschöpfung oder Reue war, genoss aber die Ruhe in Kopf und Bauch. Selbst sein Herz klopfte langsam und gleichmäßig in seiner Brust.

Als John in Sydney seine letzte Flugetappe antrat, stellte sich sogar eine leise Vorfreude ein. Er freute sich auf sein Zuhause. Auf sein Bett in erster Linie, aber auch auf seinen Freund Steward und den Alltag in der Praxis. Am Gepäckband schließlich trat er ungeduldig von einem Fuß auf den anderen, weil er es kaum mehr abwarten konnte, eine frische pazifische Brise einzuatmen.

Steward erwartete ihn direkt hinter der Abfertigung. Er umarmte John wortlos, nahm ihm die Reisetasche ab und ging vor ihm her zum Auto. John ließ sich seufzend in die Ledersitze von Stewards Pick-up sinken. Steward stieg ebenfalls ein und sah seinen Freund durchdringend an. „Du siehst scheiße aus", sagte er schließlich und startete den Motor.

„Vielen Dank für das herzliche Willkommen", antwortete John und begann laut zu lachen. Er konnte sich gar nicht wieder beruhigen. Er lachte, dass ihm der Atem wegblieb und hielt sich den Bauch. So saß er auf dem Beifahrersitz, während Steward das Flughafengelände verließ.

„Zu dir oder zu uns?", fragte Steward, als John sich beruhigt hatte. „Sally hat Eintopf gekocht und du bist herzlich eingeladen, soll ich dir ausrichten."

„Danke", sagte John, „aber ich möchte lieber nach Hause."

„Dachte ich mir", antwortete Steward und deutete mit einem Kopfnicken auf die Notsitzbank hinter sich. In einem großen gelben Plastikeimer schwappte Suppe.

Eine halbe Stunde später saßen sie auf Johns Veranda, beide einen dampfenden Teller Eintopf und ein kaltes Bier vor sich. Es war einer dieser seltenen warmen Wintertage im Augusttage. Die Blüten der Hibiskussträucher leuchteten im Sonnenschein und der Wind ließ sie wie bunte Luftballons auf und ab tanzen.

Steward berichtete die Neuigkeiten der Insel. Ein Farmer aus der Nachbarschaft hatte fünf Rinder an eine merkwürdige Krankheit verloren, so dass alle Landwirte nun den Ausbruch einer Seuche befürchteten. Die alte Trudy war aus dem Krankenhaus entlassen worden und machte ihrer Schwiegertochter wieder das Leben schwer. Ihr Sohn Terence ließ sich derweil in der Kneipe volllaufen und brach schließlich grundlos Schlägereien vom Zaun. Sally hatte eine neue Route für eine Gruppenwanderung ausprobiert und dabei eine Baumhöhle von Fledermäusen entdeckt. Weil sie aber keine Kamera dabeigehabt hatte und kein Beweisfoto vorweisen konnte, weigerte Steward sich mit einem Augenzwinkern, ihre Entdeckung anzuerkennen.

„Ach, und Miranda schiebt noch immer jeden Tag voller Stolz den Kinderwagen durch die Stadt und erzählt jedem, was für ein süßes Kerlchen ihr Brad doch ist." Steward rollte mit den Augen, schob seinen leeren Teller von sich weg und lehnte sich mit einem Seufzen zurück. „Du siehst, hier hat sich nichts verändert, während du in London warst."

„Ich habe Grandma Lucy getroffen", sagte John und schaute versonnen in den blauen Himmel.

„Wen?"

„Grandma Lucy, die Oma von Miranda. Sie saß während des Fluges nach Sydney neben mir." John lachte resigniert auf. „Da hab' ich das erste Mal geweint." Er hatte das Gefühl, als sei das eine Ewigkeit her, dabei war es vor gerade mal sieben Tagen gewesen.

Sie schwiegen eine Weile. Schließlich fragte Steward: „Und? Wie war's in der alten Heimat?"

John dachte nach. Wo sollte er anfangen? Zögernd begann er, doch bald schon redete er schneller und schneller, als müsse alles aus ihm heraus, damit er nicht daran erstickte.

Er berichtete von seinem Abschied vom aufgebahrten Rupert, vom Wiedersehen mit Simon, von Lindsay und ihren Annäherungsversuchen, aber auch von seinem linkischen Verhalten ihr gegenüber. Er beschrieb seine Eltern und den Schrecken, den ihr offensichtliches Alter ihm versetzt hatte. Er sprach über seine Trauer um seinen Zwillingsbruders und sein schlechtes Gewissen seiner Familie gegenüber, nur so selten da zu sein.

Steward hörte ihm zu, unterbrach Johns Redefluss nicht und ließ auch durch keine Miene erkennen, was er über das Gehörte dachte. Erst als John geendet hatte und von seinem Bier trank, stellte Steward eine Frage. Eine einzige nur, bestehend aus zwei Wörtern. Zwei Wörter, die dafür sorgten, dass Johns Beherrschung, von der er gar nicht wusste, dass er sie gewahrt hatte, in sich zusammenbrach. Zwei kleine Wörter. Sie lauteten: „Und Peggy?"

John sackte in sich zusammen. Er schaute hinab auf seine Hände, die in seinem Schoß einander kneteten. Sein Kopf war wie leergefegt. Alle Worte waren vergessen. John war nicht in der Lage zu erzählen, was passiert war oder wie er sich fühlte. Er spürte einen stechenden Schmerz im Nacken und lockerte unwillkürlich die angespannten Schultern. Wieder schaute er auf seine Hände. Sie lagen noch immer in seinem Schoß, ballten sich zu Fäusten und öffneten sich wieder. John zwang sich zu einer kontrollierten Bewegung und hoffte, dadurch auch seinen Kopf wieder in Gang setzen zu können.

Er stellte die Teller zusammen und schob sie in die Mitte des Tisches. Dabei fiel sein Blick auf Steward. John hatte fast vergessen, dass er noch immer bei ihm auf der Veranda saß. Er konnte Sorge in den Augen seines Freundes lesen. Und doch saß der einfach nur dort und ließ John die Zeit, die er brauchte. Dankbarkeit durchströmte ihn und mit ihr kehrte das Leben zurück. John seufzte tief. „Ich weiß nicht. Ich hab' Scheiß gebaut, fürchte ich", sagte er schließlich. „Oder zum ersten Mal alles richtiggemacht. Ich weiß es nicht."

Steward blieb bei seinem Schweigen. Mit großen Augen und fragendem Blick schaute er John an.

„Ich habe gesagt, dass ich sie liebe. Immer schon und immer noch!" Es klang gepresst und doch verschaffte es John Erleichterung, diese Worte laut auszusprechen.

„Wem? Peggy?", fragte Steward.

„Nein. Allen", antwortete John.

Stewards Augen wurden noch größer, doch er sagte nichts.

„Ich wollte einmal ehrlich sein", fuhr John schließlich fort. „Ein einziges Mal. Wären wir alle ehrlicher gewesen, es hätte ganz anders kommen können. Aber das habe ich erst erkannt, als Simon mir das alles erzählt hat." Er brach ab und schaute zu Steward, dessen Gesicht nun eine nachdenkliche Miene zeigte. John lachte auf: „Du verstehst kein Wort, nicht wahr? Keine Sorge, ich bin nicht verrückt."

Steward erhob sich. „Pass auf, ich hole uns noch ein Bier und danach erzählst du mir alles der Reihe nach. Was meinst du?" Ohne eine Antwort abzuwarten, griff er nach den leeren Flaschen und verschwand damit im Haus.

John ließ seinen Blick in die Ferne schweifen und versuchte, seine Gedanken zu sortieren. Fehler? Wahrheit? Hatte er richtig gehandelt? Hatte er das Recht gehabt, so zu handeln? Wer sprach dieses Recht? Wem war er wozu verpflichtet? Er horchte in sich hinein. Und war überrascht.

„Es war kein Fehler" sagte John, als Steward wieder auf die Veranda trat. Der setzte sich, stellte eine Flasche Bier vor John auf den Tisch und lehnte sich in seinem Stuhl zurück. „Ich glaube auch nicht, dass es ein Fehler war", sagte er.

Doch John sprach schon weiter. „Diese ewige Gewissensfrage. Darf ich die Freundin meines Bruders lieben? Noch dazu des Bruders, der mir das Leben gerettet hat? Das ist doch Mist, so zu fragen. Ich habe sie nun einmal geliebt. Fertig. Die Frage wäre gewesen: Wie gehe ich damit um?"

John nahm einen Schluck Bier und sprach weiter. „Das war mein Fehler. Dass ich geschwiegen habe. Und das Schweigen hat uns auseinandergebracht. Uns alle. Aber jetzt weiß ich, dass ich nicht der Einzige bin, der geschwiegen hat. Rupert hat gewusst, dass Peggy und ich eine Nacht miteinander verbracht haben. Und er hat nichts gesagt. Aber er hat sich von Peggy getrennt, doch sie hat auch nichts gesagt. Erst als sie bemerkte, dass sie schwanger war, hat sie mit Rupert geredet. Aber nie mit mir. Alle haben wir immer geschwiegen, nie hat einer von uns gesagt, was er wirklich fühlt."

„Und das hast du alles erzählt?", fragte Steward schockiert.

„Bist du verrückt?", entgegnete John. „Ich habe nicht über Rupert und Peggy gesprochen, sondern nur über Peggy und mich. Ihre Trennung und Schwangerschaft gehen mich nichts an. Aber ich habe von unserer Nacht erzählt und von meinem Vorhaben, Rupert davon zu erzählen."

Er hielt inne und starrte zerstreut auf das Bier in seiner Hand, ehe er fortfuhr. „Wenn ich damals etwas gesagt hätte, hätten wir möglicherweise eine Chance gehabt. Aber vielleicht hätte sie sich trotzdem für Rupert entschieden. Wer weiß das schon. Das ist ja auch völlig egal. In jedem Fall hätten Rupert und ich eine Chance gehabt. Wenn wir nur ehrlich gewesen wären."

John schüttelte den Kopf. „Dieses verdammte Schweigen!"

„Ich finde gut, dass du es endlich gesagt hast", ermutigte Steward ihn.

„Ich hab's einfach nicht mehr ausgehalten. Den Heimflug habe ich morgens noch gebucht, um wieder mal abzuhauen. Um der Situation zu entfliehen. Dass ich dabei aber immer wieder meine Familie kränke und im Stich lasse und mir auch die Chance nehme, von ihnen geliebt zu werden, habe ich einfach ausgeblendet." John trank einen Schluck Bier, was ihn erfrischte. „Aber als wir dann alle zusammensaßen und krampfhaft bemüht waren, all die Fettnäpfchen auszulassen, die wir zwischen uns aufgestellt hatten, da ist mir klargeworden, dass Schweigen Quatsch ist. Wenn wir eine Familie sind und uns wirklich lieben, dann müssen wir doch wenigstens ehrlich zueinander sein können." John zögerte einen Moment und schob dann hinterher: „Ich glaube, Rupert hätte das auch gewollt!"

„Wie haben sie reagiert?", fragte Steward und machte ein Gesicht, als fürchte er sich vor der Antwort.

„Schockiert, sprachlos, empört, traurig. Von allem etwas. Meine Ma hat die ganze Zeit lamentiert und entsetzt nachgefragt. Dad hat sich wie immer eher zurückgehalten, aber ich konnte an der Art, wie er seine Hände geknetet hat, sehen, dass er aufgebracht war. Ich glaube, es war ganz gut, dass ich irgendwann zum Flughafen musste, sonst säßen wir vermutlich jetzt noch so da. Es ist ja auch alles gesagt. Wahrscheinlich brauchen sie jetzt etwas Zeit, das zu verdauen. Dann werden wir sehen, wie es weitergeht."

John verstummte. Er wusste, dass er seinen Eltern großen Schmerz zugefügt hatte, hoffte aber, sie würden ihn eines Tages verstehen können.

„Und Peggy?" Stewards Frage riss John aus seinen Gedanken und führte sie zurück in das Wohnzimmer seiner Eltern. Er sah Peggy vor sich, ihre schreckgeweiteten grünen Augen, ihren langen Hals, auf dem ihr Kopf wie erstarrt thronte und ihren steifen Handschlag, den sie ihm zum Abschied darbot.

„Ich weiß es nicht", sagte John.

„Sie muss doch irgendetwas gesagt haben", insistierte Steward.

„Nichts. Nicht einmal, als meine Eltern sie direkt angesprochen haben. Sie hat einfach nur dagesessen und sich alles angehört. Aber sie hat auf keine Frage reagiert und auch sonst auf keine Weise erkennen lassen, wie sie dazu steht." John starrte in den blauen Himmel über seiner Veranda. Er fragte sich, wie der Himmel über Peggy jetzt gerade wohl aussah. „Ich kann das verstehen. Ich habe ungebeten eines ihrer Geheimnisse ausgeplaudert. Es war mein Bedürfnis, ehrlich zu sein. Nicht ihres. Vielleicht weiß sie noch gar nicht, wie sie dazu steht. Immerhin ist ihr Ehemann gerade gestorben. Das hat sie ohnehin ziemlich aus der Bahn geworfen. Und dann komme ich und zwinge sie, Position zu beziehen. Dass sie das nicht kann und stattdessen schweigt, kann ich gut verstehen."

John blickte zu Steward. Der nickte, schwieg aber.

„Versteh das nicht falsch. Ich habe das nicht getan, um Peggy für mich zu gewinnen. Es ging dabei nicht um eine Liebeserklärung. Ich wollte nur endlich dieses Schweigen und das Schuldgefühl loswerden."

Steward hob seine Bierflasche und hielt sie John entgegen. „Gratuliere zu deinem Mut! Ich hoffe, er zahlt sich aus. Prost!"

„Ich glaube, er hat sich schon ausgezahlt", gab John zurück und hob ebenfalls seine Bierflasche. „Zum ersten Mal seit Jahren, ach was, seit Jahrzehnten, fühle ich nicht diese bleierne

Selbstanklage in mir. Es ist, als ob mir jemand eine Zehnkilohantel von den Schultern und einen Stein aus dem Magen genommen hätte."

Sie tranken schweigend. Ein Papagei flog kreischend an der Veranda vorbei und landete in der Norfolktanne neben dem Haus. John beobachtete, wie der Vogel sein buntes Gefieder putzte und dabei Feder um Feder durch seinen Schnabel zog. Ein Lächeln legte sich auf sein Gesicht. Ob das Aufräumen in seinem Leben wohl dazu führte, dass es wieder bunt und schillernd würde, so wie ein Papagei nach der Gefiederpflege?

Lindsay fiel ihm ein. Und Mandy. Sein Lächeln erlosch. Steward musste es wahrgenommen haben. Er sagte: „Aber irgendetwas bedrückt dich noch." Es war eine Feststellung, keine Frage.

„Mandy", sagte John nur.

„Ah, die große Schwester", frotzelte Steward. „Wie hat sie denn reagiert?"

„Erschrocken, aber ruhig. Vermutlich wird

sie mir irgendwann die Meinung geigen. Bisher hat sie sich mit einem Urteil zurückgehalten. Darum geht es aber auch gar nicht."

„Worum geht es denn dann?"

„Um meine Eltern. Bisher hat Rupert sich um sie gekümmert. Und Peggy natürlich. Sie will das auch weiterhin tun." John brach ab, dachte kurz nach und fuhr dann fort: „Hoffen wir, dass meine Eltern sie lassen, nach alldem. Aber was, wenn sie mehr Unterstützung oder gar Pflege brauchen? Da steht mir noch eine Auseinandersetzung mit Mandy bevor."

Der Papagei erhob sich wieder in die Lüfte. John sah ihm nach. „Und mit Lindsay", sagte er dumpf.

„Ach, du kennst doch Lindsay", ermunterte ihn Steward. „Sie ist impulsiv und schon ewig in dich verknallt. Da sind halt die Pferde mit ihr durchgegangen. Aber genauso schnell fängt sie sie auch wieder ein und verzeiht dir - und vor allem sich selbst."

„Ich bin da nicht so sicher", entgegnete John.

„Ich aber", bekräftigte Steward. „Lass ihr ein bisschen Zeit. Die kriegt sich schon wieder ein. Und in einem Jahr lacht ihr gemeinsam drüber. Wie immer", schloss Steward augenzwinkernd.

„Hoffen wir, dass du recht hast", antwortete John.

* * *

Nachdem Steward gegangen war, hatte John einen kurzen Rundgang durch die Praxis gemacht, den Anrufbeantworter abgehört und seine E-Mails gecheckt. Auf der Veranda hatte er alleine noch ein drittes Bier getrunken und war schließlich hineingegangen, um eine ausgiebige Dusche zu nehmen. Nun lag er erschöpft und angetrunken im Bett. Leider ließ der Schlaf auf sich warten. Gerade als er kurz davor war, einzudämmern, verriet ihm ein leises Sirren an seinem Ohr, dass er vergessen hatte, das Moskitonetz über dem Bett auszubreiten. „Mist", fluchte er leise und nahm auch schon das unangenehme Jucken an Knie und Rücken wahr. Er stieg vom Bett und machte sich in der vertrauten Dunkelheit seines Hauses auf den Weg in die angrenzenden Praxisräume, um sich Nachtkerzenöl gegen den Juckreiz zu besorgen. In seinem Behandlungsraum empfing ihn das blaue Licht des eingeschalteten Computer-Monitors. „Mist", sagte John noch einmal. Er hatte vergessen, den Rechner wieder herunter zu fahren. Als er die Hand nach dem Schalter ausstreckte, fiel ihm das Blinken am unteren Rand des Bildschirms auf. Ein kleines Fenster zeigte an, dass jemand kürzlich vier Mal versucht hatte, ihn per Skype zu erreichen. John klickte auf das Fenster, es ploppte auf und füllte nun den ganzen Bildschirm aus. Lindsays Gesicht lächelte ihm entgegen.

KAPITEL 25

April 2014 - Kingston, Norfolkinsel, Australien

John zählte löffelweise Kaffee in den Filter, als er hinter sich ein Geräusch hörte. Er drehte sich um und sah Lindsay aus dem Schlafzimmer kommen. Von ihrem knittrigen T-Shirt hielt ihm Lady Gaga ihren Stinkefinger entgegen. Barfuß tapste Lindsay zu John in die Küche. Ihr Haar war vom Schlaf zerzaust, ihre blauen Augen schauten ihm müde entgegen.

„Guten Morgen", sagte sie, trat zu ihm, küsste ihn auf die Wange und lehnte sich an ihn. „Gut geschlafen?"

„Besser als du scheinbar", antwortete John und grinste.

„Wenn ich geschlafen habe, dann ausgesprochen gut", erwiderte sie und zwinkerte ihm zu. „Nur eben eindeutig zu wenig", schob sie hinterher und gähnte.

John lachte. „Setz dich, der Kaffee ist gleich fertig."

Lindsay ließ sich auf einen der Stühle am Esstisch fallen, legte die Arme auf die Tischplatte und bettete ihren Kopf darauf.

„Warum muss der Flieger auch so verdammt früh gehen", murmelte sie.

John stellte Teller und Tassen zu ihr auf den Tisch. „So früh", wiederholte er belustigt. „Dabei geht er erst um elf. Du konntest einfach nur nicht genug kriegen gestern."

Lindsay richtete sich entrüstet auf. „Ach komm, sag mir nicht, du hättest den Abend nicht auch genossen!"

John lachte. „Du hast recht. Es war ein wirklich toller Abend", pflichtete er ihr bei. „Du hättest vielleicht nur nicht so viel von Stewards Whiskey trinken sollen."

„Pff", machte Lindsay und legte ihren Kopf zurück auf die Tischplatte.

John hatte mittlerweile auch Müsli und Obst bereitgestellt und setzte sich zu ihr an den Tisch.

„Jetzt gibt es erst einmal ein ordentliches

Frühstück und dann geht`s dir gleich viel besser. Wirst sehen", sagte er und begann einen Apfel zu schälen.

„Keinen Kaffee?", fragte Lindsay.

Wie um zu antworten, stieß die Kaffeemaschine ein lautes Röcheln aus. „Tut mir leid, das alte Ding braucht noch einen Moment", sagte John nach einem prüfenden Blick.

„Dann gehe ich erst duschen", sagte Lindsay und erhob sich wie in Zeitlupe.

„Kann ich mit unter die Dusche?", ertönte eine matte Stimme. John und Lindsay drehten sich um. Ein blonder, muskulöser Mann kam aus dem Schlafzimmer geschlurft. Er trug wie Lindsay nur Slip und T-Shirt und sah genauso übernächtigt aus wie sie.

„Wenn ich mir euch so ansehe – das kann nicht nur am Whiskey liegen", frotzelte John.

„Schuldig im Sinne der Anklage", erwiderte der Blonde lachend, trat zu Lindsay und küsste sie. „Du kannst mich doch nicht einfach alleine lassen in dem großen Bett." Seine Stimme war halb Scherz, halb ernst gemeinte

Klage.

„Ich habe dir gesagt, dass wir aufstehen müssen, aber du hast dich einfach nicht gerührt", rechtfertigte Lindsay sich und schob hinterher: „Dabei warst du es, der unbedingt heute fliegen wollte."

„Aber doch nur, damit wir die Vernissage übermorgen nicht verpassen, zu der du so dringend wolltest."

John lauschte dem Geplänkel der beiden und lächelte. Steward hatte recht behalten. Kurz nachdem John wieder auf Norfolk angekommen war, hatte er mit Lindsay geskypt. Sie hatten sich ausgesprochen und schon bald darauf gemeinsam über den Vorfall auf Lindsays Sofa gelacht. John war erleichtert gewesen, seine beste Freundin nicht zu verlieren. Und Lindsay hatte es kaum erwarten können, ihm – ihrem besten Freund – zu erzählen, dass Mitch sich endlich wieder gemeldet hatte. Jener tolle Typ, mit dem sie ihr erstes Date mit enttäuschendem Ausgang gehabt hatte, als John den ersten Abend in ihrer alten WG verbrachte hatte. Jener leicht bekleidete Athlet, das gerade kichernd mit Lindsay in Johns kleinem Bad verschwand. Seit einem halben Jahr waren die beiden nun ein Paar und John war sehr gespannt gewesen, als sie sich zum Besuch auf Norfolk angekündigt hatten.

Lindsays verändertes Äußeres hatte in John zuerst einmal alle Alarmglocken läuten lassen. Sie hatte ihr Haar wachsen lassen, so dass es seine natürliche Krause offenbarte und Lindsays Gesicht nun weich umspielte. Auch der blaue Ballonrock zur gelben Bluse, die sie bei der Ankunft auf Norfolk getragen hatte, ließen Lindsay viel femininer erscheinen. John hatte die Angst, Lindsay verliere sich selbst, nur um einem Mann zu gefallen, allerdings schnell abgelegt. Mitch liebte Lindsay mit jeder Faser seines Körpers, das konnte John in seinen Blicken lesen. Und Lindsay hatte unter dieser Liebe eine Sinnlichkeit entwickelt, wie John sie an ihr noch nie bemerkt hatte. Manchmal, wenn John die beiden beobachtete, stieß der Neid kleine Nadeln in sein Fleisch und erinnerte ihn schmerzhaft an die unerfüllte Liebe seines eigenen Lebens. John verscheuchte diese Gedanken. In erster Linie freute er sich für Lindsay. Er hatte ihren Besuch sehr genossen und den beiden Verliebten für die Dauer ihres Aufenthaltes sein Schlafzimmer überlassen, während er auf der Liege in einem seiner Behandlungszimmer schlief. Ihre Rückkehr heute nach London war für ihn daher sowohl ein schmerzhafter Abschied, als auch Freude auf sein eigenes weiches Bett.

Die Kaffeemaschine signalisierte mit lautem Zischen, dass ihre Arbeit erledigt war und schaltete sich aus. John trank die erste Tasse des duftenden Getränks allein und schmunzelte über das Gelächter aus dem Bad.

Als Steward vor dem Haus hupte, waren sie gerade mit dem Frühstück fertig geworden. John trat auf die Veranda. „Komm rein", rief er Steward zu, „sie brauchen noch einen Moment."

Steward stellte den Motor ab und kam zum Haus.

„Lindsay ist doch sonst immer so pünktlich", stellte er verwundert fest.

„Ja, aber dann hast du sie auch nicht am Abend zuvor mit deinem Whiskey abgefüllt", erwiderte John und boxte Steward scherzhaft in die Seite.

Steward zuckte mit den Schultern und sagte: „Kann ja keiner ahnen, dass sie nichts verträgt." Er grinste. „Frauen. Sally hat es heute Morgen auch nicht aus dem Bett geschafft. Deswegen kommt sie auch nicht mit zum Flughafen."

„Aber ihr Auto hat sie dir gegeben?" John deutete auf den weißen Subaru vor dem Haus.

„Naja, meiner hat doch hinten nur die Notbank. Das wollte ich Lindsay dann doch nicht zumuten."

„Was wolltest du mir nicht zumuten?" Die Verandatür schwang auf und Lindsay erschien mit Reise- und Handtasche bepackt in der Tür. „Das Gepäck schleppen zu müssen?" Sie drückte Steward ihre Taschen in die Hand. „Danke, du bist eben doch ein echter Gentleman." Sie grinste breit.

„Pass bloß auf", mahnte Steward, „sonst

musst du doch mit Johns Fahrrad zum Flughafen radeln. Mit Mitch und deinem Gepäck hinten drauf."

Lindsay schnaubte. „Dass du aber auch noch immer keinen Führerschein gemacht hast, John. Nur deswegen bin ich auf diesen miesen Typen angewiesen."

Steward drohte Lindsay mit dem erhobenen Zeigefinger und stimmte dann in das Lachen seiner Freunde ein. Gemeinsam mit Mitch trug er schließlich das Gepäck zum Wagen.

Als hätte Lindsay nur auf die Gelegenheit gewartet, raunte sie: „Nun sag schon, John. Was meinst du?"

„Volltreffer", sagte er.

Ein Strahlen erhellte ihr Gesicht. „Ja, oder?!" Sie umarmte ihn. „Ich bin so glücklich, John. Dass sich das so anfühlt, hätte ich nicht gedacht. Ich wünschte, du würdest dich auch so fühlen!"

John erwiderte ihre Umarmung. „Mir geht es gut, Lindsay."

Sie löste sich sanft von ihm, schaute ihm

forschend in die Augen. „Hast du etwas von Peggy gehört?"

Er schüttelte stumm den Kopf. Mitch und Steward kamen zurück auf die Veranda und ersparten ihm eine ausführliche Antwort.

„Kann es losgehen?", fragte Steward.

„Pass gut auf ihn auf, hörst du!", sagte Lindsay zu Steward und küsste John auf die Wange.

„Klar, mache ich", antwortete Steward.

John spürte einen Kloß in seinem Hals. „Los jetzt. Ihr verpasst sonst euren Flieger."

Er drückte Lindsay ein letztes Mal an sich, schüttelte Mitch die Hand und winkte zum Abschied, bis der Subaru um die Ecke bog.

* * *

„So, das ist die letzte", sagte Sally und setzte eine rotgetigerte Katze vor John auf den Tisch. John nahm eine Spritze und schob die

Nadel unter das Fell des kläglich miauenden Tiers. „Fertig", sagte er und lehnte sich zurück. Sein Rücken war verspannt, der Schweiß lief ihm ins Gesicht. Es war ein heißer Tag geworden und in der Scheune von Steward und Sally tanzte der Staub im flirrenden Licht des Sommers.

„Vielen Dank, John", sagte Sally und ließ die kleine Katze laufen.

„Nichts zu danken", erwiderte John. „Ich mache das gerne."

Sally lächelte ihn an. „Ich meinte auch nicht die Impfungen, sondern dass du Steward nichts verrätst."

Sally fand auf ihren Streifzügen über die Insel häufig kranke oder ausgesetzte Tiere. Steward hatte sich einverstanden erklärt, sie aufzunehmen, solange sie gesund waren und keine Tierarztkosten verursachten. Daraufhin hatte Sally John gefragt, ob er die Tiere untersuchen und gegen das Nötigste impfen könne. Allerdings dürfe er Steward nichts davon verraten.

John mochte Sally und bewunderte sie für ihr großes Herz, mit dem sie allen Lebewesen begegnete. Dieses große Herz hatte seinen Freund Steward gerettet, als der in einer tiefen Krise steckte. John war Sally dankbar für die Liebe, mit der sie seinen Freund von dessen Dämonen befreit hatte. Und er genoss ihre Freundschaft, mit der sie auch ihm eine Heimat und eine Familie schuf. Darum hatte er sich sofort bereit erklärt, ihr mit den Tieren zu helfen. „Ich mache das gerne", wiederholte er und lächelte zurück.

„Komm, wir gehen ins Haus, etwas trinken", sagte Sally und schob John aus der Scheune. „Steward kommt bestimmt auch gleich vom Flughafen zurück."

„Wie erklärst du Steward eigentlich deine plötzliche Genesung? Der denkt doch, du lägest mit einem schlimmen Kater im Bett." John folgte Sally in die Küche und nahm dankend das Glas kalter Milch entgegen, das sie ihm anbot.

„Ach, da fällt mir schon was ein", sagte sie und begann, in einem Topf auf dem Herd zu rühren. „Magst du zum Essen bleiben?"

„Nein, danke", antwortete John. „Wir haben spät gefrühstückt. Und ehrlich gesagt wäre ich gern ein bisschen allein. Eine Woche zu dritt in meinem kleinen Haus ..."

„Das kann ich mir vorstellen", sagte Sally.

John trank sein Glas leer und stellte es in die Spüle. „Wenn das okay ist, würde ich mir gern die ‚Mary I' ausleihen und ein bisschen rausfahren."

„Natürlich. Du weißt ja, wo der Schlüssel hängt."

John umarmte Sally. „Grüß Steward. Ich melde mich", sagte er zum Abschied und verließ das Haus.

Der Wind strich sanft über sein Gesicht. Er war mit dem Kajütboot ein Stück hinausgefahren, gerade so weit, dass er die schreienden Möwen hinter sich gelassen hatte. Schließlich hatte er den Motor ausgestellt und sich treiben lassen. Er wandte das Gesicht der Sonne zu und schloss die Augen. Er lauschte dem Plätschern des Wassers und dem Klopfen seines Herzens. Tagelang, sogar wochenlang hatte er nicht an Peggy gedacht. Nicht, weil er sich den Gedanken an sie verboten hätte. Vielmehr schien es, als sei er seit seinem Geständnis in seinem eigenen Leben angekommen, mehr als je zuvor. Keine Schuld nagte mehr an seinem Gewissen und die Sehnsucht nach seiner Familie gestand er sich endlich ein, denn er musste keine Lügen mehr scheuen, die eine Begegnung früher immer mit sich gebracht hatte. Im Gegenteil. Er telefonierte regelmäßig mit seinen Eltern und hatte versprochen, bald wieder nach London zu kommen. Er stand in Kontakt mit Mandy und hatte sie eingeladen, ihn zusammen mit ihrer Familie besuchen zu kommen. Als sei er mit einem Bann belegt gewesen, der nun von ihm genommen war, so dachte John manchmal.

Einzig von Peggy hatte er nichts gehört. Weder hatte sie sich gemeldet, noch erzählten die anderen, wie es ihr ging. Und er wagte nicht, zu fragen. Anfangs hatte es ihn noch umgetrieben, hatte er mit der Idee geliebäugelt, ihr einen Brief zu schreiben. Doch mit der Zeit war der Gedanke mehr und mehr in den Hintergrund gerückt.

Bis Lindsay heute Morgen nach ihr gefragt hatte. „Ich wünschte, du würdest dich auch so fühlen", hatte sie gesagt. So verliebt, so glücklich – hatte sie gemeint. Und dabei hatte er an Peggy denken müssen.

Nun saß John auf dem kleinen Boot und versuchte, sein Herz auszuhorchen. Abgesehen davon, dass es kräftig und regelmäßig schlug, verriet es ihm nichts über seinen Zustand. Sein Bauch allerdings sprach eine ganz andere Sprache. Dieses nervöse Flattern in seinem Innern entstand immer dann, wenn er sich erlaubte, von Peggy zu träumen. Wie immer tauchten zuerst ihre grünen Augen in seinem Kopf auf, dann sah er das Grübchen auf ihrer Wange tanzen und schließlich meinte er, mitten auf dem Pazifik Peggys herben Duft riechen zu können.

„John? Hier ist Sally. Bitte melde dich!" John schreckte hoch. Die Stimme schnarrte ihm aus dem Funkgerät entgegen. „John? Bitte melde dich!"

John griff nach dem Sender. „Ich bin hier. Sally, was ist denn los?" Unruhe ergriff ihn. Noch nie hatte Sally ihn auf dem Boot angefunkt.

„John, du solltest besser nach Hause kommen." Das Funkgerät schnarrte so heftig, dass John dem Klang von Sallys Stimme keine Informationen entnehmen konnte.

„Ist etwas passiert?", fragte er und spürte die Anspannung in seinem Unterkiefer.

„Nein, nichts passiert. Du hast Besuch."

Besuch? Lindsay und Mitch waren doch gerade erst geflogen. Und überhaupt, woher wusste Sally, dass er Besuch hatte?

Als könnte Sally seine Gedanken hören, sagte sie: „Steward hat sie vom Flughafen mitgebracht. Sie sind sich dort zufällig begegnet."

Sollten Mandy, Luke und die Kinder überraschend gekommen sein? Das sah seiner Schwester überhaupt nicht ähnlich. Seine Eltern? Auch die hätten sich sicher vorher angekündigt.

„John, fahr nach Hause", wiederholte Sally noch einmal. Das Rauschen des Funkgerätes erstarb. Sally hatte das Gespräch beendet. Hastig startete John den Motor.

Im Laufschritt bog John um die letzte Ecke. Er blickte zu seinem Haus und sah im Gegenlicht der Sonne eine Gestalt auf seiner Veranda sitzen. Er verlangsamte seinen Schritt und näherte sich seinem Haus vorsichtig, als fürchtete er, von einer Explosion getroffen werden zu können.

Als er die Stufen zu seiner Veranda erklomm, stand sie auf und die Erkenntnis in ihm glich tatsächlich einer Explosion. Es rauschte in seinen Ohren, sein Kopf war erfüllt von süßem Duft, sein Herz unternahm einen Hürdenlauf. Er blieb auf den Stufen stehen. Sie trat einen Schritt auf ihn zu.

„Die Insel ist ja wirklich winzig", sagte Peggy und lächelte ihn unsicher an.

John blickte verständnislos zurück.

„Ich hatte mir die ganze Zeit Sorgen gemacht, wie ich dich finde", erklärte Peggy, „doch dann werde ich gleich auf dem Flughafen von deinem Freund Steward aufgelesen. Da dachte ich, wie klein die Welt, oder vielmehr diese Insel, doch ist."

„Mhm", machte John und starrte sie weiter an, als sei sie ein Gespenst. Doch sie stand leibhaftig vor ihm. Das Grübchen auf ihrer Wange war durch ihr Lächeln hervorgetreten. Sie trug einen geflochtenen Zopf. Nur an den Schläfen waren einige Haarsträhnen herausgefallen und schmiegten sich in sanften Kringeln an ihre verschwitzte Haut. Sie trug eine beige Bluse zur braunen Leinenhose, alles von der langen Reise zerknittert. Und doch strahlte Peggy eine Anmut aus, die ihm die Sprache verschlug.

„Du wunderst dich sicher, dass ich hier so plötzlich auftauche", sagte Peggy und das scheue Grinsen kräuselte ihre Nase.

John spürte den Drang, sie zu berühren, fuhr sich mit der Hand dann aber doch nur über die eigene schweißnasse Stirn. Sie lächelten verlegen und standen sich unschlüssig gegenüber. Wie zwei Hunde, die einander erst beschnuppern müssen, dachte John und sog instinktiv ihren Duft ein.

„John?" Mit besorgter Miene trat Peggy einen Schritt auf ihn zu, die Hand in Richtung seines Herzens ausgestreckt. Ohne darüber nachzudenken, ergriff John ihre Hand und legte sie auf seine Brust. Trotz der warmen Temperaturen waren ihre Finger kalt und zittrig. Er legte seine Hand auf ihre und spürte, wie erst sein Herzschlag und dann ihr Zittern sich beruhigten.

„Ich habe lange über das nachgedacht, was du gesagt hast." Peggy sprach leise und hielt den Blick gesenkt. „Ich habe mich gefragt, was passiert wäre, wenn du damals nicht diesen Herzanfall bekommen hättest."

„Peggy...", begann John zögernd, doch sie hob abwehrend die Hände. „Nein, lass mich das einmal sagen." Er schwieg. Sie blickte suchend in den Himmel, als hoffte sie, dort ihre nächsten Worte zu finden. Es dauerte eine

Weile, ehe sie fortfuhr. „Ich habe Rupert geliebt. Ich war wirklich glücklich mit ihm und ich vermisse ihn jeden Tag." Ihre grünen Augen flackerten, als sie John endlich ansah. „Aber ich habe auch dich vermisst, all die Jahre."

„Warum hast du dich dann nicht gemeldet?" Die Frage klang schärfer, als John beabsichtigt hatte. Peggy zog erschrocken ihre Hand zurück.

„In den letzten Monaten, meine ich. Du hast nicht mit einer Silbe reagiert."

„Ich wusste nicht, was ich sagen sollte."

„Aber jetzt weißt du es? Und kommst hierher, um mir zu sagen, wie sehr du Rupert vermisst."

Peggy trat einen Schritt zurück und schüttelte den Kopf. „So habe ich das nicht gemeint."

„Wie hast du es dann gemeint?"

„Das versuche ich ja gerade zu erklären." Peggy sah ihn an, Trotz lag in ihren Augen. „Rupert gehört zu meinem Leben und wird es immer tun. Aber ich konnte nicht aufhören, an dich zu denken. Darum bin ich hier."

John blieb stumm. Er war nicht sicher, ob er sie schütteln oder küssen wollte.

„Ich weiß nicht, was aus uns geworden wäre, wenn wir es damals versucht hätten. Und ich habe auch nicht darunter gelitten, mit Rupert verheiratet zu sein. Aber du hast immer in einem Teil meines Herzens gewohnt. Und vielleicht ist jetzt die Zeit gekommen, um herauszufinden, was aus uns wird. Vielleicht ist das hier unsere zweite Chance."

Sie schlug mit ihrer Faust zaghaft auf seine Brust. „Und du versaust sie gerade!", sagte sie mit schiefem Lächeln.

Wieder griff er nach ihrer Hand und hielt sie fest. Er sah sie an und las in ihren grünen Augen denselben Schmerz und die gleiche Hoffnung, die auch ihn bewegten.

„Es tut mir leid", sagte er.

„Mir auch", antwortete sie leise.

Langsam beugte er sich zu ihr und küsste sie sanft. Er hielt noch immer ihre Hand, als ihre Lippen sich voneinander lösten.

„Ich bin froh, dass du da bist", sagte John.

„Wenn du nichts dagegen hast, würde ich gern bleiben", antwortete Peggy.

John trat auf die Veranda, ging an ihr vorbei und zog sie mit sich. Er öffnete die Tür und bedeutete ihr, einzutreten. „Ich bin froh, dass du endlich da bist."

Peggy umarmte ihn, griff dann nach ihrem Koffer und ging hinein. Die Umarmung war nur flüchtig gewesen, doch John meinte, mit Peggys Duft auch einen Hauch Zukunft einzuatmen. Eine Zukunft ganz nach seinem Geschmack.

Peggy hatte sein Zuhause betreten. Mit klopfendem Herzen folgte John ihr ins Haus und schloss die Tür.

DANKE

Schreiben braucht Phantasie und Mut. Schreiben braucht Zeit und eine gewisse Portion Verrücktheit.

Darum braucht jeder Schreiberling Menschen an der Seite, die all das befeuern, unterstützen und aushalten. Ich bin – Gott sei Dank – reich gesegnet mit solchen Menschen in meinem Leben, denen ich an dieser Stelle ganz herzlich danken möchte.

Zuallererst meinem Mann Joachim, der immer hinter mir steht, jede Schreibblockade einreißen hilft, immer der erste Testleser (oder -hörer) ist und mich wahlweise ermutigt, lobt, beruhigt oder antreibt.

Ein Dank geht an Rosa-Maria, Diana und Iris, meine treuen Schreibfreundinnen und wohlgesonnenen Kritikerinnen. Außerdem an meine Mama, Schwester Britta und Kiki Sting, deren Anmerkungen und Korrekturen mich jede auf ihre Weise voranbrachten.

Danke auch an Dr. Hanne Landbeck von schreibwerk berlin, die mein Schreiben in geordnete Bahnen brachte und mit ihrem Lektorat für den letzten Schliff sorgte.

Herzlichen Dank an Jean-Michel Tapp von JMT Design, der durch die Umschlaggestaltung das Buch äußerlich herausgeputzt hat.

Sie alle haben zum Gelingen dieses Romans beigetragen. Sämtliche Unzulänglichkeiten gehen allein auf mein Konto.

Andrea Gärtner, Sommer 2017

Von Andrea Gärtner sind außerdem erschienen:

Verlassene Orte: Ein HALLER-Taschenbuch; 1. Dezember 2012 von Corinna Griesbach (Herausgeber) p.machinery Verlag

die Kurzgeschichte **„Hof der Erinnerung"**

Mordsurlaub: Mörderische See(n) und eiskalte Berge – Taschenbuch; 12. Juli 2013 von Greta Wallenhorst (Herausgeber), Der Kleine Buchverlag

die Kurzgeschichte **„Wüstentauchgang"**

Und Wünsche gehen doch in Erfüllung – Taschenbuch; 27. November 2014 von Oliver Lehnert (Herausgeber)

die Kurzgeschichte **„Das Geheimnis der Jul-Schellen"**

Horizonte 1: Texte aus den Kursen von schreibwerk berlin - Kindle Edition; 6. Januar 2015 Hanne Landbeck (Herausgeber)

die Kurzgeschichten: **„Immunsystem"** und **„Anatidaephobie"**

Mordskarlsruhe: Von Tulpenmädchen, Richtern und Anderen – Taschenbuch; 29. Juli 2015 von Greta Wallenhorst (Herausgeber), Der Kleine Buchverlag

die Kurzgeschichte **„Brandwunden"**

Mordsklasse: Tintenkiller, nie gelernt und trotzdem tot – Taschenbuch; 4. April 2016 von Greta Wallenhorst (Herausgeber), Der Kleine Buchverlag

die Kurzgeschichte **„Ausbruch"**